LA FÊTE DES FOLS

ROMAN

DU MÊME AUTEUR

L'appel du large, (ré-édition des « *Vergondées* »)
Éditions Tabou 2014

www.editionsdu38.com
Toulouse, 2016

ISBN : 978-2-37453-151-9

CAMILLE COLMIN-STIMBRE

PIERRICK DE LODHÉRAC
SAIGNEUR ORDINAIRE

Tome 1

LA FÊTE DES FOLS

ROMAN

LES ÉDITIONS DU 38

Avant-propos

Ce roman se joue en l'ouest du pays de France à l'aube du XVe siècle. Les aventures que mes personnages vont vivre sont inspirées (en partie) de faits historiques.

C'est un roman où l'érotisme (sujet réputé intouchable dans la littérature ordinaire sous peine de déclassement de l'œuvre) a sa part comme une plante vivace, et nécessaire, jaillissant de toute sa force. Je la cultiverai non hypocritement en cave obscure comme les esprits émasculés le réclament, mais à la lumière du jour, la belle lumière de la vie. Comme on la cultivait alors, parfois même paillardement enluminée, dans maints écrits, farces, soties, fabliaux, romans. Un pied de nez joyeux à la pression d'une Église obsédée par le sexe et qui faisait des bataillons de frustrés à l'extérieur et d'aliénés en son dedans.

Si l'érotisme se nourrit d'insolite et d'illicite alors vous lirez parfois, honte à vous, de l'érotisme !

La rencontre corporelle amoureuse et son vocabulaire poétique, joyeux ou gaillard (qui n'exclut en rien la tendresse) ne rend malades de l'esprit et du cœur que ceux qui prêtent l'oreille à des sectes castratrices. En assumant joyeusement notre part animale nous sommes toujours pleinement humains.

Taire la vie de nos sexes est un impératif venu tout droit du premier siècle chrétien. L'humanité ne se perd pas dans les arcanes de l'amour, ses contes et ses ruts, mais dans l'accumulation éhontée des richesses, la quête du pouvoir absolu. Quand les humains, exceptés ceux de sa meute, ne sont plus considérés que comme des proies ou des troupeaux obligés. Quand on perd tout respect des autres hommes et plus encore des femmes, toute compassion. Quand la relation aux autres n'existe que dans l'intérêt, la violence du pouvoir, la violence de l'argent, la domination qui bat et torture, nie l'autre en tant qu'être humain, lui dénie tout droit de penser, d'aimer, de jouir, de s'appartenir et que l'on devient un esclavagiste.

Pour le reste, régalez-vous de cette histoire ancienne, ce récit réaliste, haut en couleurs et non édulcoré par la tartufferie bien-pensante dans un coin de cette France d'alors, peuplée de mystiques, d'exploiteurs, de jouisseurs, de poètes, de brutes barbares, d'esclaves domestiques trimant, de vilains vivant plutôt bien sur leurs terres et celles du seigneur, de gens ordinaires et de quelques figures qui le sont moins.

Un temps d'une très grande violence. Violence sur les femmes car le viol est, hélas, une pratique courante invoquée dans nombre de romans de l'époque. Violence des armes sur les corps, violence des tributs honteux prélevés par quelques grands de la noblesse et du clergé sur ceux qui ont peine sur la glèbe pour entasser l'or et le dilapider en tournois et festivités, violence de l'Église dans les esprits à l'égard de toute pensée libre.

Les citations d'avant-chapitre sont volontairement anachroniques. Elles disent que je ne suis pas un historien devenu romancier, mais un romancier appliqué, plaisamment égaré dans l'Histoire.

Sous ses yeux, toutes les puissances de la vie s'efforcent
et se magnifient pour créer. Les mamelles ont déjà pris,
jusqu'à leurs bouts exagérés, la majesté maternelle.
Et ces plaintes, ces plaintes lamentables
qui pleurent d'avance l'accouchement !
Pierre Louÿs, *Aphrodite.*

Forteresse du port de Machecoul.
En l'an 1402
26 décembre.

Chapitre I : La fête des fols (partie 1)

Frère Clémente, le pervers, les imaginait ces plaintes de pucelles mises en perce, ces longs *lamenti* de femmes en chaleur comme pleurant d'avance l'accouchement, ces grognements de mâles en rut. Du donjon, il avait vu au loin, comme surgis de la mer sur l'île de Boin, des feux allumés qui présageaient que, là-bas aussi, on festoyait. De cinq lieues à la ronde on venait ici pour bambocher et faire le bric hors de la vue des voisins ou de la famille. La poterne du château de Machecoul à peine passée, chants et cris de plaisirs lui avaient assailli l'oreille et fait dresser le vit sous son mantel.

À son grand désarroi, le noble Seigneur Geoffrey de Laval (un titre à ressasser… dans les deux sens et que je m'obstinerai donc à surnommer « du Palindrome » pour ne point le confondre avec deux autres seigneurs de Laval contemporains, son cousin Guy II à Champtocé et son oncle Guy XII à Laval), Geoffrey disais-je, l'avait convié à mener prière en la chapelle mariale pour que la bonne Dame pardonne à tous ces manants qui allaient, pendant douze jours, tremper dans les agapes, les folies et la fornication. Mais la

Bonne Dame et les manants étaient, en réalité, pour l'un et l'autre, le cadet de leurs soucis.

Geoffrey du Palindrome, priait, plus par superstition que par foi, pour que la Bonne Dame favorise la naissance de son héritier et que se passe au mieux l'épreuve que subissait Swanhilda du Haut Nord, sa concubine grosse de ses œuvres, dans les mains expertes de la ventrière du bourg.

L'autre, le dominicain Clémente, priait lui, pour que Swanhilda, cette femme qu'il détestait – cette déesse blonde venue du Nord qui avait menacé de lui couper la gorge –, meure en couches.

La Vierge devait en perdre son latin et son araméen.

Le dominicain enfin libre, soulagé, s'empressait vers le bourg. Peut-être retrouverait-il frère Jean le second chapelain ? Ce bougre profitait des folies du solstice pour satisfaire discrètement son péché mignon : les Adonis imberbes. Pour le reste de l'année, il rangeait prudemment ses tendances à l'inversion. Hormis quelques écarts discrets avec son frère d'ordre. Sous peine de rôtir.

Clémente aimait à s'immerger dans cette fête des fols qui verrait les Machecoulais tenter d'oublier pour un temps, dans un tourbillon de beuveries, de festins gras et de coïts sauvages, les terreurs de l'au-delà cultivées par l'Église en leurs âmes fragiles. Il les regarderait, avec un petit sourire de mépris, lâcher la bride à leurs sexes longtemps garrottés et couper quelques mailles des filets dogmatiques dans lesquels leurs esprits se débattaient tout au long de leurs vies de pauvres pécheurs convaincus. Son œil voyeur se régalerait de leurs excès, de leurs jouissances graveleuses d'hommes redevenus sauvages, de leurs prurits. Ces ruts bestiaux auxquels il participerait lui aussi, prudemment, à la marge.

Frère Clémente avait manqué, hélas, les représentations satyriques offertes par « les compagnies joyeuses ». C'était là belle occasion de rire du clergé et des nobles qui, toute l'année, piétinaient les humbles. Ce rire-là était la grande revanche des méprisés.

Il avait pu enfin s'échapper pour participer aux mômeries du solstice, à la fête des fous et celle des ânes, ces fêtes furieuses qu'on mélangeait gaillardement à Machecoul. Tant de peuples et de cultures s'étaient mêlés ici au cours des âges. L'âne que l'on fêta d'abord à Rouen – le doux animal aux oreilles mouvantes qui aurait porté Marie, grosse, jusqu'à Bethléem – n'était plus célébré aujourd'hui que pour son gourdin gigantesque et sa capacité à jeter des ruisseaux de foutre. Il était tant envié, en songe, par les hommes menus et par les femmes gourmandes !

Un échassier, haut d'une toise et demie, faisait pendouiller en son honneur, entre ses longues pattes de buis, un mandrin noir et blanc à l'énorme gland aplati si bien imité qu'on s'attendait à tout moment à le voir se roidir. Certaines enchaleurées en sentaient sourdre l'humeur.

Des pèlerins, (les Jacquets) venant de Bristol (en terre des Angles) et accostés à Paimpol, faisaient le détour pour quelques nuitées en sécurité derrière les puissantes murailles de Machecoul. Ils rompraient provisoirement leur vœu de coquillard pour se réjouir et faire la fête. Leur chemin était parallèle à ceux de Plymouth, South-Hampton, Brighton. Ces petits ruisseaux abondaient la rive droite de la rivière de croyants qui coulait de Paris. Deux autres rivières avaient leur source à Vézelay et au Puy en Velay. Elles étaient déjà gonflées des rus venus d'Allemagne, d'Autriche, de la Confédération des six cantons. Elles conflueraient vers Ostabat avant de devenir ce fleuve de marcheurs qui traverse les monts Pyrénées, court sur deux cents lieues et se jette dans la mer-cathédrale Saint Jacques, à Compostelle.

La fête durerait du 24 décembre au 6 janvier.

La fête des affamés serait la ripaille, la fête des mécréants secrets le blasphème, celle des ivrognes le renard escorché moult fois, la fête des frustrés les foteries les plus graveleuses. Geoffrey du Palindrome avait mis, comme le faisait chaque année son cousin Guy, trois livres tournois dans la caisse de la Confrérie des Fols, le Chanoine jubilaire autant. De quoi acheter vins et rôts pour tous.

Car Geoffrey, à Machecoul, n'était pas le seigneur des lieux. Il avait emprunté cette place forte à son cousin Guy II de Laval-Rais pour y attendre la venue de son héritier.

Ces agapes pleines de rires et de lubricité étaient une réminiscence des Saturnales romaines quand, jadis au forum, la populace forniquait librement de gré à gré. Ces libres temps de réjouissances et d'inversion des statuts voyaient les esclaves élevés, pour quelques jours, au rang d'hommes libres. En l'église Sainte-Croix de Machecoul les chanoines aussi devraient descendre du chœur pour s'agenouiller dans la nef habituellement réservée au peuple et laisser leurs belles stalles aux manants. C'était, pour tous ces humbles, occasion de rire pendant les jeux ridicules qu'on organisait pour se moquer des maîtres. Les rires jailliraient comme ruisseau dévalant vers les égouts du malheur pour se débarrasser des misères passées. Ils honoraient de manière joyeuse ce merveilleux « Sol invictus » (allié au culte de Mithra) qui avait failli disparaître dans l'océan et allait remonter, glorieux, de plus en plus haut dans le ciel.

C'était aussi, au plus profond de l'inconscient de la mémoire collective, le ramembrement des orgies de Boubastis quand, debout sur leurs barques et descendant le courant, les prêtresses d'Hator – la maîtresse de la vulve –, exhibaient leur pubis à des milliers de femmes près des rives pour les inciter au coït afin d'appeler le Nil à déborder et fertiliser les sables. C'était aussi un lointain écho des petites Dionysies, des Lénéennes grecques et l'imitation joyeuse des Lupercales orgiaques de la Rome antique. Résonnaient là, avec mille ans d'écho, les hommages au soleil que pratiquaient les celtes. Dans leurs cercles de mégalithes ou leurs chênaies profondes, faisant ronfler leurs carnyx de bronze et mugir leurs conques marines, ils honoraient Kernunos le Dieu-cerf tenant gui et serpent, Teutatis le grand et surtout Taranis le solaire.

César, le conquérant des Gaules, a écrit :

« C'est peu dire que les gaulois sont religieux, ils sont pétris de divin. »

Cette cérémonie, trois fois millénaires sous d'autres formes, réclamait des rites dans sa célébration du « fol » :

Le rite subversif de l'inversion des rôles, ce bouleversement des hiérarchies qui déclencheraient des cascades de moqueries.

Le rite dionysiaque et son trop de vin qui pousserait à une roide franchise qu'il faudrait payer plus tard.

Le rite orgiaque qui amènerait aux transgressions lubriques du sexe : fornication, adultère, pratiques bestiales, viols ritualisés, inceste et, pour les bougres cachés, le honteux sabbat anal. Ces quelques jours de privilèges outrés et païens, pleins de joies, de jeux, de risques, de plaisirs des drueries, n'étaient qu'une courte parenthèse pendant laquelle on jetait aux orties les chaînes des ruts interdits, les chaînes de l'enfer d'après mort, et la longue chaîne du quotidien des soumis. Le réveil serait douloureux, ces trois chaînes forgées par la chrétienté, plus lourdes encore à porter.

Et plus l'Église s'opposait à ces fêtes païennes d'avant Jésus, plus les chrétiens qu'elle tenait toute l'année dans sa puissante main moralisatrice et hypocrite oubliaient, pour quelques jours, ses commandements. Depuis trois siècles déjà, elle s'efforçait de nouer l'aiguillette à ses soumis et de clore le vagin de leurs femmes. Elle avait mis en place une diabolique machine à frustrations qui s'emballait aujourd'hui dans la frénésie des corps. Tous ces pécheurs pris de la folie du jouir, oubliaient l'enfer qui leur était promis, oubliaient toute pudeur, banquetaient et forniquaient au vu de tous. Le clergé séculier de la ville participait lui aussi et, par sa présence, cautionnait toutes les turpitudes qui se feraient en ces jours « d'indulgences ». En « messe basse », il se disait que le jour du solstice, certaines abbayes de bénédictines s'ouvraient à la visite de cisterciens.

C'était aussi pour les moins bien pourvus en femmes – rustauds, ruffians et ribauds – l'un des rares joyeux jours de l'année, puisque les femmes, conviées à des déduits paillards, devenaient coureuses et bordelières. En ces jours de folie, la plus sotte et peûte fille, le plus benêt coquebert avaient leur chance au déduit.

Sur la place du port de Machecoul, le phare à bois qui guidait les bateaux était éteint. Les veilleurs devaient brûler là-haut avec des gueuses et leur chauffer le crépion plutôt que d'entretenir la flambée. Ce phare avait pourtant grande importance. La baie, dans laquelle les terribles galères romaines – toutes baptisées d'un doux nom de femme – étaient entrées il y a quinze siècles pour conquérir cette région, cette baie, s'ensablait lentement. Les marais gagnaient. La passe menant au port se rétrécissait année après année comme celle d'Aigues-Mortes qui avait vu s'embarquer Louis IX le Saint benêt. Elle devait lutter aujourd'hui contre l'ensablement. Dans un demi-millénaire, peut-être, la grève serait à cinq lieues de Machecoul. Deux cogues, une carague, trois sapines et une vieille linte pointue étaient amarrées là. Clémente vit en passant que l'on s'y troussait gaillardement. Cinq paltonières étaient au montoir sur les ponts, gastées par cinq paillards.

Échauffé par ce spectacle, Clémente avait bu coup sur coup deux lampées d'hypocras et un gobelet de vin d'Anjou, délicieuses boissons peu alcoolisées. Sa juste mesure pour être un peu gris, médiocrement joyeux, et toujours gaillard.

Il avait dévalé la rue menant à la place de l'Auditorius où un orchestre improvisé de deux vielles à roue, d'un tambourin et de trois flûtes jouait estampies et branles.

Une tresque – la farandole ramenée d'Italie au siècle d'avant par les musiciens du Duc d'Anjou – venait de commencer. La longue file sautillante serpenta vers la rue des Bouchers. Frère Clémente, œil expert, avait repéré deux bourgeoises enrubannées au visage déjà rougi par le vin et les agapes. Il rompit la chaîne pour se caler entre elles. Cette partie balladoire de la fête avait été copiée de la Provence où les danses avaient fait leur place depuis fort longtemps. Les danseries villageoises n'étaient-elles pas la meilleure occasion de rompre la ségrégation des genres exigée par L'Église et son terrorisme sexuel ?

L'une, aux cheveux presque blancs et aux yeux transparents, devait être une descendante des Vandales, des Alains ou des Suèves qui avaient envahi cette région en 408 après avoir passé le Rhin gelé le 31 décembre 406 pour aller prendre Mayence. Ou peut-être des Wisigoths qui tenaient l'Aquitaine, Toulouse et la Charente en 417. À moins que ce ne fût une résurgence des sauvages phallus normands qui avaient fécondé moultes femmes du pays de Retz quatre siècles plus tard. Elle remuait son beau cul devant lui avec ardeur. Deux naches rondies et mouvantes. L'autre faisait tressauter, à chaque pas, des pis ronds et lourds de belle tenue. Ses cheveux de suie étaient peut-être un cadeau des Phéniciens, ces grands navigateurs pêcheurs d'esclaves. En passant devant l'auberge des Trois Pins, il garda la main de « beaux pis », lui sourit pour la semondre galamment et s'engouffra dans les écuries. Il allait refermer la porte quand dame Callipyge le repoussa pour se jeter sur la paille et s'agiter impudiquement comme faisant danser la saltarelle à ses landies, sous le cotillon.

En riant, il dit :

— Quand il y en a pour une…

— Il y a boire pour deux… répliqua la brune qui s'agenouilla devant lui.

Ouvrant son long mantel à capuce qui en faisait un homme ordinaire, il releva son blanc froc de laine écrue. Elle se jeta d'une bouche goulue sur son guiseau dressé… Elle avait aperçu la croix de buis et les grains d'olivier du chapelet. Elle était en bonne compagnie et aurait absolution immédiate en commerçant avec un homme de Dieu…

Le péché et l'absolution dans des agapes aphrodisiaques.

Le bon et le méchant cherchent également les hommes :
Le bon pour leur profit, le méchant pour le sien.
Adam Mickiewicz, *Maximes et sentences*.

Machecoul.
En l'an 1402
26 décembre.

Chapitre II : L'Église fait les diables et les saints !

Le diabolique Frère Clémente avait quitté la troupe des clercs pour se faire nomade solitaire comme un méchant loup qu'il était. L'un de ces religieux partagés entre mystique et réalité. Il avait rentré la bête à l'écurie de la Curie en devenant prêtre. Mais elle grondait en sourdine. Jusqu'au jour où elle se réveilla, monstrueuse, les flancs agités de tressaillements, le vit roidi d'un priapisme incontrôlable. La chasteté des prêtres, exigée à partir de 1079 par Grégoire VII, était gage de grands paillards en devenir. On ne range pas impunément cent fois et avec regret, un vit à la tête rubiconde et levée.

L'Église avait, comme à tant d'autres, meurtri son désir. Curés et moines en étaient devenus, dans la conscience populaire, des débauchés et des lubriques. Pas de sexe, pas de femme, pas de mariage, donc pas d'héritier, tout pour Rome à la mort du clerc. Grégoire, s'il existe un enfer, devrait être damné éternellement pour ce gigantesque péché de simonie qui allait faire des religieux des frustrés ou des débauchés sans vergogne pendant les siècles à venir. Le premier et le plus gigantesque péché de lucre.

Clémente craignait pourtant l'enfer qui attend les pécheurs post-mortem. Mais les interdits de la Curie, concernant le sexe, s'étaient heurtés à son esprit tourmenté par une libido impérieuse. Il avait abandonné toute résistance. Il péchait continuellement, se confessait auprès de son tendre ami frère Jean, puis se punissait, lacérait son dos de discipline. Sa très vilaine âme soulagée, il repartait se vautrer dans sa bauge de fornicateur. Il croyait aussi que faisant – comme tout bon dominicain héritier de Dominique de Guzmann et de l'Inquisition –, œuvre de surveillance pour l'Évêché et la Noblesse bretonnante dissidente, il serait toujours pardonné.

Ses frères humains, les grégaires, libérés pour quelques jours de leur collier, s'étaient remis en bandes et tribus pour rire, riboter et se rouler dans la poussière du stupre. Depuis des siècles ne disait-on pas que les sots faisaient la fête et que les sages en profitaient ? La révolte latente inhérente à toute fête avait été émasculée par la mémoire des paillardises et jouissances des fêtes précédentes. Une grande révolution, née d'une déraison soudaine et dangereuse pour le pouvoir, ne verrait pas encore le jour cette année. Les benêts continueraient à accepter les chaînes de leur servitude volontaire. On se contenterait des mêmes folies. Tous ces peureux de l'après-mort, bambochaient avec la même ferveur qu'ils mettaient dans le reste de l'année à prier, à inventer et faire cent actions de grâce pour chacun des moments de la journée, chaque instant de leur vie. Ils mangeaient, travaillaient, pissaient catholique, se poussant mutuellement de patenôtres. Depuis des siècles, les moutons en troupeaux paissaient la même herbe sainte, s'enfuyaient ensemble derrière le premier apeuré, portaient qui son fagot qui sa paille pour grailler le mal-pensant. L'Église avait mis en route une grande meule à adorations qui faisait une farine de moutons irrésistible, qui sentait l'encens, le candélabre, attirant la moindre brebis égarée à l'entour, un gigantesque moulin sans vent et sans eau qui, maintenant autonome, tournait et broyait les intelligences : la foi, l'irrésistible prêcheur. L'équarrisseuse de cervelles, la semeuse de croyances ineptes, la mise au ban de la raison et de l'intelligence, la foi dont les bambocheurs s'étaient dévêtus provisoirement. Car dans ce grand désordre apparent de la fête des fols, l'ordre régnait. C'est ce que pensait le Dominicain en marchant dans les ruelles.

Un peu moins tendu, mais le membre encore vivace, il était reparti pour chercher un autre bonheur salace. Il revoyait ces deux bourgeoises. L'une était l'épouse du Lombard, prêteur discret et marchand de grains. C'était à l'ordinaire une jeune femme posée, pieuse, d'une moralité irréprochable, se dévouant auprès des pauvres tout au long de l'année. Elle devait cependant être en manque d'amour et de jouir pour se jeter ainsi dans le stupre de la fête des fous. Il l'avait vigoureusement sarclée, le buste posé sur un charreton. Elle mugissait d'une voix de basse à chacune de ses plantées. Il avait déjà entendu ce chant particulier du plaisir vaginal. On en parlait dans son manuel des confesseurs. On disait que ces femmes jouissant avec des voix d'homme se faisaient enceinter à chaque druerie. Ah que la Curie était donc experte en science du jouir et en interdits !

À un moment, la porte de l'écurie s'était ouverte. Un matelot aviné, reconnaissable à son pantalon coupé à mi-mollet, était entré. Il avait regardé quelques instants Clémente qui s'activait et avait entonné un refrain qu'on jetait en cadence sur « la belle Hélène » pour monter les voiles :

« Oh et souque, oh et souque... »

Clémente lui avait lancé un regard noir de chien à qui on veut prendre son os. Le matelot était reparti.

L'amie agenouillée, avait entendu ses « Oh et souque » qui s'éloignaient pendant qu'elle observait leur jointement, la langue sortie. Elle attendait le moment où Clémente viendrait se mouiller encore un peu plus à sa bouche. Elle attendait aussi la plainte outragée du vagin ainsi abandonné. Quand la blonde repue jusqu'à la douleur avait baissé ses belles rondeurs sur ses talons, elles avaient échangé leurs places sans dire mot. La petite brune, le nez dans la paille, lui avait offert, bien haut levé, un rond potron de garçon. Sans prendre repos, il l'avait enfourchée. Il savait depuis longtemps faire économie de foutre et se réjouissait d'abord des cris de joie de ces femelles colonisées par le cornu et épuisées par les navettes de son guiseau d'âne. Les jets de blanc viendraient bien assez tôt et avec plus d'abondance encore. Sa trique encore plus raide, il l'avait longuement ramonée, dessus, dessous. Elle en pleurait de joie – la chienne – en se mordant le bras. Paul de Tarse avait bien raison de dire que le diable habite le ventre des femmes… et leur cul ! Quel bonheur que de pécher ! Pour accroître encore l'infamie de la fornication, de la bougrerie et du fellatio, il avait ajouté le péché d'Onan et le sacrilège (tout n'était-il pas permis, à tous, pendant la fête de l'âne et des fols ?) en les faisant agenouiller devant lui. Il s'était longuement branlotté, admirant leurs jolies têtes, la langue sortie de leur bouche affamée par l'attente qu'il prolongeait et leurs grands yeux fixés sur son goupillon de chair.

— *Te absolvo... te absolvo... te absolvo... te absolvo... te absolvo...* avait-il scandé, en barbouillant leurs visages et leurs bouches gourmandes de longues giclées diaboliques d'huile de rein.

Clémente le dominicain avait fait vœu d'obéissance, le seul explicitement exigé par les ordres de frères prêcheurs. Il avait vite oublié que les vœux de pauvreté et de chasteté étaient implicitement compris dans celui-ci. Il aurait griefs méfaits à confesser à son frère Jean. Sa prochaine séance de flagellant s'annonçait rude.

***

Jehan de la Mettrie, clerc philosophe, avait bien remarqué le départ précipité de frère Clémente vers le bourg. Fin connaisseur des âmes, observateur, il savait où se dirigeait le dominicain. Vers le stupre et les plaisirs du sexe interdit. Plusieurs jours d'agapes, de drueries, de folies. Clémente était connu, des femmes et filles œuvrant au castel, pour être un pointu toujours sur la brèche, un pervers à l'invention fertile, un caresseur à la main rude. Les religions, ces illusions, font les saints et les diables.

Jehan, jeune oblat, avait été novice bénédictin au Mont. Il y avait rencontré plusieurs de ces religieux dévorés par leur sexe. Les interdits concernant d'un côté, la libido, et de l'autre cette glorification de la pureté angélique faisaient un mélange empoisonné dans ces têtes mystiques pleines de frustrations. Trois garçons qu'il connaissait parmi les novices à Saint Michel avait été les cibles de deux frères tonsurés. Jehan était une proie tentante avec sa frêle stature et sa joliesse féminine. Il avait eu le courage de dire non. C'était un élève surdoué en latin, en grec, un enfant intelligent à l'esprit curieux et le prieur, grand admirateur d'Homère, que Jehan commençait à lire et à commenter, s'était pris pour lui d'une affection sincère, désintéressée et admirative. Une ombre de poids derrière l'enfant quand il avait refusé les avances. Le prieur avait bien compris pourquoi ce surdoué des langues ne voulait plus aller au cours de latin....

Quatre ans plus tard, Jehan avait rencontré les mêmes malades du sexe en l'abbaye de Cormery. Tous les frères n'étaient certes pas des débauchés mais tous faisaient silence. Toutes les cellules du grand corps sacré s'alliaient pour le protéger. Une règle implicite du monachisme et de la Curie. Cette même règle du silence qu'il avait retrouvée dans tous les établissements religieux qu'il avait fréquentés et avec les mêmes malaises. Cette règle du silence qui prévalait dans toutes les écoles tenues par des clercs. Lors de son séjour à Rome au printemps 1389 Jehan était allé écouter la merveilleuse psalette de Saint Pierre. Certains hauts prélats étaient très assidus aux répétitions des enfants de chœur aux voix d'anges auxquelles le pape Urbain VI, l'assassin de ses propres cardinaux, n'était pas insensible. Nul n'arrive au sommet des hiérarchies sans avoir la mitre, le heaume ou la bourse d'or qui enfle et sans avoir peu ou prou damné son âme. La bergerie taisait et taira toujours ses brebis galeuses, car c'est elle qui les contamine.

Tant que le tonsuré serait hors des murs et courant les rues de la ville à la recherche de bonnes fortunes pendant la fête des fols, Swanhilda, la belle « guerrière au cygne » sur laquelle Jehan veillait discrètement ne risquait rien. À la demande de l'évêque de Saint-Malo Robert de la Motte d'Acigné, il s'inquiétait aussi des intérêts de sa ville natale, celle de ses deux parents toujours vivants. Il faisait vigie en écoutant et questionnant discrètement les voyageurs qui cherchaient refuge, pour une nuit, dans le castel. Particulièrement des pénitents godons. Veille importante depuis que l'anti-pape d'Avignon Clément VII avait donné, en 1394, ce havre normand au Roi Charles, sixième du nom. Le port malouin serait l'une des premières cibles visées par les godons quand reprendraient les hostilités.

Au cœur de cette guerre, entre France et Angleterre, qui allait durer 116 années, couvait aussi, depuis le début du XIV siècle, une lutte sournoise et féroce pour le Duché de Bretagne. Moultes péripéties avaient agrémenté l'installation des trois premiers « Jean de Bretagne ». Le quatrième Jean, un Montfort, venait de trépasser. Sa femme Anne de Navarre assurait la régence, car leur fils Jean V n'avait que treize ans. Certains intriguaient déjà pour le faire basculer vers le royaume d'Angleterre et peut-être s'y perdre. Les grandes familles d'Anjou, de Bretagne et de Normandie, les Clisson, les Laval, les Penthièvre, les Blois, les Dreux, les Richmond, les Montmorency étaient aux aguets. Ils répugnaient à trop s'engager en faveur de l'un des deux rois.

Car, si les barons ont toujours quelques envies de se grandir, ils sont prudents.

Jehan veillait d'abord sur les intérêts de son ami Geoffrey du Palindrome dont la lignée était en danger. Les grands vautours de l'Ouest du pays de France, tous ceux qui possédaient des terres mitoyennes à ses tenures et fiefs étaient aux aguets. Que Geoffrey, jusqu'à ce jour sans héritier, vienne à disparaître au combat, tous se précipiteraient pour proposer leur protection à ses féaux et agrandir ainsi leur zone d'influence. Peut-être même pour dépecer sa châtellenie de La Gravelle, l'une des trente mille places fortes de France. Geoffrey était le dernier fruit d'une branche secondaire des grands Seigneurs de Laval.Jehan pensait à Swanhilda en plein travail et à la ventrière qui allait aider la jeune femme en gésine pour mettre au monde en secret, ici, à Machecoul, loin du Maine, l'enfant que le seigneur Geoffrey espérait depuis plusieurs années. Avec l'assentiment de son épouse Julia (hélas bréhaigne) et de son beau-père Robert d'Ernée. Et bien loin des règles de succession exigées par l'Église, les us et les coutumes. Ils avaient tous trois décidé de cet « arrangement » secret. Julia afin de ne pas être répudiée pour stérilité, Robert pour garder ensemble les terres qu'il avait patiemment accumulées, Geoffrey pour assurer sa succession au plus vite dans l'amour.

Son cousin et ami Guy II de Laval-Rais, Seigneur de Machecoul et bien d'autres fiefs, avec qui il pratiquait régulièrement le prêt de troupes et le soutien militaire, lui avait ouvert cette forteresse qui protégeait le sud du pays de Nantes. Il s'y était discrètement installé depuis deux mois pour attendre la naissance de son héritier Pierrick. Car Geoffrey n'espérait évidemment qu'un petit mâle. Bien avant sa naissance le garçon avait déjà reçu son fief et son nom : Lodhérac. Tout comme l'ancêtre des Laval, Guy I, avait fondé La Gravelle et deux villages attenants Mondevert et Bréal au Xe siècle pour prendre des terres sur le domaine d'une royauté en déliquescence, Geoffrey a commencé la création d'un village qu'il appellera Lodhérac au bord de « l'étang neuf » entre la Gravelle et d'Ernée.

Pierrick de Lodhérac. Une vocalise propitiatoire que Geoffrey répétait en sourdine en la faisant rouler comme un torrent dans sa gorge. Pierrick de Lodhérac… Pierrick de Lodhérac.

Quand le loup enseigne aux oies leur prière,
il les croque, pour ses honoraires.
Deutsches Sprichwort

Forteresse du port de Machecoul.
En l'an de grâce 1402
26 décembre après 23 heures.

Chapitre III : La fête des fols (2). Une oie presque blanche

Frère Clémente toujours dru, passa rue des Tanneurs. À deux toises de l'infâme ruisseau central collectant ordures et matières, on forniquait et buvait sous les porches, contre les étals, sur les peaux étalées couvrant le haut du pavé. Flottaient dans l'air des odeurs de fauves et de suint dont le puir décuplait les envies salaces.

Les cris, les rires bruyants, les refrains gaillards disaient que la fête, toujours un peu retenue à son commencement, avait viré à l'ivresse et au paillard.

Rue Saint Pierre, il s'était arrêté un instant pour admirer, par les vantaux entre-ouverts de leur belle maison de pierres, la femme du talmelier en bacchante déchaînée. Le jeune et beau mitron qu'elle guignait depuis le début de son compagnonnage gisait sur le pétrin. Elle s'était fichée en pal sur son jeune brandon de chêne après que les autres convives... l'eussent caressée, longuement léchée à se tordre et l'eussent couverte entièrement de fleur de froment. L'apprenti ne pouvait plus bouger et ainsi ne risquait pas de l'abandonner lâchement en route. Il se rattrapait de ne pouvoir la saillir à son bon vouloir en lui broyant les pis. Des pis d'une fort belle pâte, solide, pleine, fleurant bon ; pas une pâte de pauvre mêlant le méteil, l'orge et la farine de gland... N'était-il pas là, justement, pour apprendre à pétrir, malaxer, gâcher, manier, former de cent façons ? Ses prochaines fournées seraient bien levées, imagées et fantasmées… L'époux réjoui voyageait à Sodome. C'était la seule fois de l'année où il pouvait pratiquer sa belle épouse à rebours. Le bourgmestre avait envahi l'autre entrée et empêchait la blanche cavalière de se plaindre, en eût-elle eu envie, ce qui ne semblait pas être le cas. Ses bons voisins de la rue, un vannier, et un potier maigre au panais asinien, occupaient ses mains. Ils remplaceraient bientôt les planteurs en place. Jusqu'au prochain Noël, elle n'oserait plus regarder ses voisins en face et eux pourraient à loisir lorgner sur les appeaux qu'ils avaient bousculés bestialement. C'est leurs femmes qui profiteraient, à nuitée, de leur chair roidie par le souvenir. Mais que de confessions, de pénitences et de jeûnes en perspective. L'Église fabriquait un monde d'esprits tordus, viciés, obsédés jusqu'à la maladie par la jouissance lubrique et le sexe honteux. Les âmes se voilaient de vergogne.

Rue des Capucins, il rencontra la jeune veuve Agathe qu'accompagnait Eulalie sa mince fillotte. Il les connaissait toutes deux. Agathe s'était plusieurs fois prêtée à lui pour quelque argent ou indulgence. Elle n'était pas une gouge déclarée. De celles qu'on qualifiait de « *ribaude, paillardes, catin, putain, prebtresse* ». Elle allait se vendre à Nantes, un jour ou deux, de temps à autre. Les cheveux défaits, de sa démarche onctueuse, elle flânait sur le port dans sa robe rouge décolletée et sans manche. C'était une délurée qui arrondissait ainsi discrètement sa maigre bourse de blanchisseuse.

Elle en profitait pour prendre beaucoup de plaisir en choisissant ses pratiquants. C'est ce qui plaisait à frère Clémente. Les catins, avec lesquelles il se commettait parfois, étaient des souches comparées à celle-là qui gueulait sa joie en allant au bonheur. Elle n'était pas une pratiquante exempte de tout reproche et le Dominicain fermait aimablement les yeux sur ses absences aux offices. Elle avait pu, en rendant service à quelques-uns de ces mâles en rut plus ou moins puissants, échanger, observer, questionner et comprendre comment le monde s'organisait. Elle était sans illusion sur la noblesse et sa protection des petits, le prêtre et sa mission reçue de Dieu. Alors elle faisait au mieux pour elle et sa fille, avec discrétion, utilisant ses fréquentations.

— Noël, Noël, Noël, bonne nuit à toi Frère Clémente. Je savais te rencontrer par ici…

— Noël, Noël, à toi aussi, et belle nuit Agathe, et à toi aussi, Eulalie.

— Me rendras-tu grand service en ces moments des Libertés de Décembre et des Cornards ?

— Dis toujours…

— Mon Eulalie a passé ses seize ans depuis vendanges. Elle a donc l'âge de convoler, l'âge du déduit, comme le permettent la Coutume, la Loi et l'Église dès la douzième année. C'est une vierge, un jardinet clos qui a eu ses premiers sangs à Pâques, il y a quatre ans. Elle rentre après-demain blanchisseuse-buandière au château, mon oie blanche. Je sais que le seigneur Jean de Craon ce vieux sanglier, le beau-père de notre seigneur Guy est un fieffé bandeleur et une brute… Il ne quitte son fief d'Anjou et ne vient aux fêtes d'hiver de Machecoul que pour trousser tant et plus. Il ne se passera deux jours avant qu'il ne la tire à genoux par ses nattes sous la table pour qu'elle le langotte et fasse monter sa trique. Il la mettra en perce et la gastera comme un âne monte une mule. À mon arrivée au château, il y a dix-huit ans, je suis passée par là. Je ne veux point faire de ma fille une puterelle. Je veux lui épargner les tourments d'une grosse vieille mentule rageuse et méchante à débrisure, pour ses prémices. Voudras-tu me la fotre avec douceur ?… Ouvrir gentiment son connil… l'approfondir ? Combien lui donneras-tu pour son pucelage ?... Veux-tu bien de ces accordailles pour la nuit ?... Je la réparerai pendant quelques jours à la propolis, au citron, à l'eau de myrrhe… Elle mettra un petit tissu de laine trempé dans du sang de lapin. Craon croira saillir une pucelle, quand elle gémira.

Pendant tout le temps qu'Agathe exposait sa demande, il était resté muet, la laissant patauger, en rajouter. Son œil sombre sous le sourcil allait de l'une à l'autre. Il réfléchissait. Ce pucelage mis à l'étal était une délicieuse oublie toute chaude sortie de l'huile et qu'il allait certes savourer, déguster longuement. Clémente voyait surtout ce que ne pouvait comprendre Agathe. Que l'offre qui lui était faite dépassait de quelques coudées un pucelage à effaroucher et faire s'envoler. C'était un fort avantage pour lui que d'avoir une servante toute neuve au château, vierge de relation et d'allégeance à quiconque. Une alliée secrète dans la place. Il ne fixa plus du regard que la pucelle qui rougissait, rougissait, en se tortillant pendant que sa mère évoquait son jardinet et les turpitudes que lui ferait subir le vieux paillard du castel.

Eulalie, teint de pivoine certes, le regardait pourtant en souriant, les yeux plissés. Elle était à cette époque de la vie ou la fillette joueuse, prude et naïve a fait place à la grande fille sorcellante qui évoque déjà dangereusement la femme et qui le sait. Ce n'était la première fois qu'il jetait son œil noir sur elle. Elle aussi connaissait Clémente et bien mieux qu'il ne le croyait. Agathe l'envoyait dormir sur une natte quand un homme venait sous leur toit. Habituellement, elles dormaient ensemble, pour additionner leurs chaleurs, comme on le faisait dans bien des familles pauvres. Les jeunes y faisaient discrètement apprentissage de la vie quand ce n'était pas expériences pratiques entre tous, adultes et enfants mélangés, au grand dam de l'Église. Longtemps après, Agathe s'arrêtait près d'elle pour écouter sa calme respiration de fausse dormeuse, puis elle rejoignait sa couche à l'autre bout de l'unique pièce de leur chaumière avec sa ramasse d'un soir. Depuis deux ans déjà, cachée sous sa couverture de laine écrue, elle écoutait secrètement les fêtes charnelles de sa mère, un doigt entre ses nymphes pour tournicoter son petit barbideau pendant que des images salaces trottaient dans sa tête au tempo du fornicateur. L'oreille d'Eulalie avait appris bien des choses sur les hommes et leur commerce avec maman. Certains pratiquaient tout habillés, d'autres entièrement nus dont elle entendait les habits tomber au sol. Quelques-uns faisaient leur affaire comme des lapins, mais d'autres s'attardaient longuement comme les verrats. Tous grondaient comme des bêtes en se délivrant. Alors les chairs claquaient l'une contre l'autre. Quelques-uns prenaient leur temps, faisaient montre d'un peu de tendresse, pensait-elle. Agathe elle, ne se manifestait pas toujours de la même manière.

Eulalie avait vite compris que les respirations précipitées, les râles, annonçaient la fin des ébats. Alors, sachant les acteurs concentrés sur leurs rôles, elle pouvait jeter un coup d'œil, et apercevoir parfois, dans la pénombre, le couple en action. Elle avait donc entendu frère Clémente s'agiter plusieurs fois. Il était un de ses acteurs – en ombres chinoises – préférés. Il prenait son temps, variait les postures, et avec lui, Agathe allait toujours au bonheur. Sa voix rauque qu'elle essayait d'étouffer, roucoulant en sourdine, en témoignait.

La dernière fois qu'elle l'avait vu, c'était un soir de pleine lune. Le fenestron laissait passer assez de lumière pour qu'elle puisse le distinguer nettement. Il avait mis Agathe sur le dos les pattes en l'air, tenait ses chevilles pour l'écarteler et la plantait gaillardement. Il avait entendu Eulalie se retourner sur sa couche. Il lui avait jeté un coup d'œil salace et un petit sourire entendu. Le dominicain nu, dans la demi-pénombre, avait alors sorti du sexe maternel son grand boute-joie luisant d'humidité pour bien le lui montrer avant de replonger au tréfonds. Après quelques plantées, en grondant et en regardant toujours la fillotte, il s'était délivré sur Agathe qui jouissait les yeux fermés, râlante, bouche grande ouverte pour recevoir sa bolée habituelle. Elle s'était étonnée de ne recevoir que le jet ultime. Elle avait refermé ses lèvres et comme de coutume, essoré de sa langue la guiche tendue. Ces épaisses giclées blanches sur le ventre, les seins, le visage et jusque sur les cheveux de la mère, encore plus impétueuses qu'à l'accoutumée, étaient comme destinées à la mince Eulalie et elle le devinait. Elle en avait été toute remuée, comme si ce torrent crémeux se déversait vraiment sur elle. Elle avait été aussi secrètement flattée qu'il se montre à elle dans toute la splendeur de ses jaillissements de plaisir. Quel hommage ! Elle avait été aussi inquiétée par la taille de l'arme du Dominicain, imaginant cette chair durcie forant, avec difficulté, un passage entre ses landilles, puis la faisant, espérait-elle, râler de bonheur comme Agathe.

Cette mère précautionneuse n'avait pas manqué de lui parler de ce qui la menacerait le jour où ses fleurs arriveraient. Elle l'avait plus longuement instruite avant cette rencontre qui n'était pas due au hasard. La buandière connaissait la vie, savait le médiocre statut des femmes, le peu de droits qu'elles possédaient face à la force brute des hommes. Elle savait le mépris déclaré et la haine de l'Église à l'égard des filles d'Ève. Elle-même avait été montée sans ménagement par Jean de Craon qui n'aimait rien tant que défoncer les pucelages, voir couler les larmes et le sang. La raideur de son noble et antique braquemart se nourrissait surtout des cris, des peurs et des pleurs. Privilège de saigneur ! Elle savait que le viol était une pratique courante des puissants ou des soldats en maraude. Elle préférait négocier les prémices de sa fille avec un homme dont elle connaissait les pratiques.

Le dragonneau du Dominicain, fatigué de ses étalonnades de l'écurie des Trois Pins, se dressait lentement pendant qu'il admirait le frais minois toujours rosi, la bouche charnue où un petit bout de langue pointait. Le regard lui, sous ses longs cils noirs, avait déjà perdu l'innocence de l'enfance. Ils savaient tous les deux pourquoi, et cette connivence secrète, de laquelle Agathe était exclue, les encanaillait délicieusement. Un mélange diabolique et excitant. Clémente les poussa toutes deux, à l'abri de l'air et des regards, sous le porche de la belle maison du prêteur « Le Lombard » car si le ciel brillait d'étoiles, le froid était sec. Il tira le fasset du corsage vers lui, défit la boucle, élargit trois rangs de crevet. Elle sortit ses bras de ses manches. Il l'espoitrina à la façon de Venise et fit un nid de toile à deux belles colombes aux aréoles rondies et gonflées, aux mamelons rentrés par le froid. Eulalie se redressa, et, comme sa mère le lui avait fait répéter, fit l'article, les mains jointes derrière la tête, ses bras maigres, ses épaules et ses coudes ouverts pour projeter ses jeunes rondins vers l'avant et le haut. Le contraste entre ces chairs pleines de femellitude et sa stature aux membres grêles, c'était la beauté du diable. Comment ne pas y succomber. Il mit la main, soupesa, caressa, empalma. Ils ressemblaient aux tétins d'Agathe avec, en plus, la belle fermeté de la prime jeunesse. Ils ne bougeaient pas, ne se déformaient qu'à peine sous ses mains. C'était du marbre, une merveille de douceur, de pesante rondeur, de tiédeur solide maintenant que ses grandes mains avaient fait disparaître la chair de poule de l'hiver sous la caresse. Ces deux beaux fruits jaillissaient insolemment sur un buste mince aux côtes apparentes. Elle eut un soupir prometteur d'émeuvement. Il mit les pouces. Deux minuscules framboises se grenèrent.

— Lève !

Plissant des yeux canailles, avec un sourire de fierté, elle leva lentement sa cotte jusqu'à ses hanches, découvrant, son ventre nu un peu bombé, les friselis de son buissonet noir déjà fourni. Pas de lèvres apparentes, une beau fruit violet, fendu, à faire mûrir. Sa motte bombée paraissait disproportionnée au regard de sa sveltesse et de la fine ossature de ses hanches. Elle avait la cuisse mince, bellement musclée et qui avait encore le temps de s'allonger puis de s'arrondir sous le gras que prenaient peu à peu toutes les femmes. Elle bascula son ventre pour offrir la touffe noire de son chaton. Sa mère l'avait bien dressée qui, depuis longtemps, lui avait parlé de son commerce avec les hommes, du prurit perpétuel de leur guiche, et de ce qui les intéressait chez les filles. Elle l'avait aussi mise en garde contre une possible épreuve précoce :

« Un jour, avant la bonne heure d'ouvrir ton jardinet, il se peut que des hommes se saisissent de toi. Un soldat, même s'il est de notre ville, n'est jamais qu'une pine roidie en manque de déduit. Si on veut te prendre, ne crie ma fille – tu éviteras les coups et certains reîtres s'en délectent –, ne résiste – tu n'auras le bras tordu et l'épaule démise – agenouille-toi, suce le soudard, même si c'est bouc à puir, et dis :

— Je sais maman, oh je sais !

— Oui ?

— Je suis pucelle... Veux-tu m'ouvrir de ta langue, avant de m'ouvrir gentiment de ton vit, puis t'enfiler jusqu'aux doulcettes en mon fond puisque mon heure est venue pour ton plaisir et j'espère le mien aussi »

Clémente ne résista pas à l'envie de serrer la taille-tige de cette rose à peine éclose. Ses deux grandes mains blanches de prélat en faisaient très exactement le tour. Il la leva sans effort jusqu'à sa bouche et son vit se dressa d'un coup en imaginant ce jeune con qui pouvait, à l'instant même, être planté sur lui. Elle s'était sentie enlevée comme une plume par ce grand mâle au crâne luisant dont elle connaissait les talents amoureux. Celui dont elle avait admiré avec effroi la longue mentule roidie et crachant son blanc, celle qu'il plongeait avec tant d'ardeur dans sa mère râlante et ressortait quand ils terminaient leur commerce. Son ventre fondait dans la crainte. Elle lui offrit sa langue. Ils se sucèrent mutuellement à pleine bouche sous le regard perplexe de la mère qui ne croyait pas sa fille si délurée. Voilà qui promettait. Lui, le chien de sacristie, savait qu'elle n'était pas une oie blanche, mais il ne pensait pas qu'elle serait gourmande à ce point. Il la reposa, caressa son genou joli, sa cuisse ferme, empauma sa coquille soyeuse, passa la main sur ses petites fesses, hautes et rondes, la fit tourner un peu pour jeter un œil sur son cul. Il la claqua pour voir bouger sa chair. Belle tenue ! Cette tapée la remua au profond du ventre tant elle présageait des ruts sauvages. Clémente faillit gicler dans sa laine devant cette jouvence joliette qu'il viciait. Toutes ces filles étaient bonnes à prendre et sans attendre, quand leurs seins poussaient, tendaient leur peau en gonflant jusqu'à doloir.

Trois rustauds avinés et une femme passèrent en braillant le « complain du gourdin de l'âne ». Clémente resserra les deux femmes pour les dissimuler derrière sa haute stature. On entendait, sur la place de l'auditorius, les talons qui marquaient l'estampie. Partout des cris de joie et des rires en cascade. Un cornet à bouquin avait ajouté sa belle voix chaude aux vielles et flûtes et un débutant lançait, de temps à autre, quelques notes aigrelettes d'un galoubet. La folle fête battait son plein. On cavalcadait, hennissait, tapait du sabot, musait, montait, ronflait, saillait, dans le grand manège de Machecoul.

« Agathe, quel sont tes gages pour l'année au château ?

— Trois livres tournois et les chandelles.

— Pour cette nuit et l'année, mais seulement si elle va des trois, je te créans qu'elle aura deux livres tournois et les hosties gratis pro Deo au château. Je m'en vais participer à la fête des Diacres-Saouls. C'est pour moi, la meilleure part des fous. Prépare-la, oins-la, fais bonne leçon à ma promise de cette nuit. Je reviens dans une heure, peut-être deux. Je vous retrouverai à ton chaume à la rive du Falleron. Accroche le ruban rouge à ta porte comme si la place était déjà occupée. Voici quelques pièces. Allez manger grassement et buvez bien, l'anjou et l'hypocras sont propices à bonnes drueries. Pensez bien à moi… toutes les deux. »

La fille sourit, émoustillée et amusée par les propos de frère Clémente qui la prenait pour une benêtte. Depuis quatre ans déjà, elle avait trouvé sa puce et la faisait sauter sous son index, le doigt qui montre le chemin… du plaisir. Depuis quatre années, déjà, elle participait secrètement aux ébats de sa mère, nourrissant ses fantasmes des bruits de chairs claquées l'une contre l'autre, des refrains d'épinette rouge coulissant dans les humeurs d'Agathe, de bouches moustachues s'en goinfrant dans des agapes interdites.

La mère et la fille se trompaient, toutes deux :

Agathe pensait que sa fille était une oie blanche dont le pucelage tenterait le dominicain, qu'elle la préparait ainsi à supporter le poil rêche du vieux Craon, qu'elle lui fourbissait en douceur des armes de courtisane occasionnelle. Toutes deux faisaient partie des très humbles et il fallait bien survivre.

Eulalie, elle, croyait que le religieux lorgnait sur ses appas, les poires de ses seins gonflés de jeunesse, son petit connin serré, tout neuf, et la rosette noire de son arrière. Il en userait certes, mais c'était surtout ses deux oreilles qui l'aguichaient. Ces oreilles-là se fondraient dans les murs du château et lui rapporteraient les bruits et les nouvelles. La connaissance n'est-elle pas la clé du pouvoir ? Cette petite chevrette noire, gourmande, aux iris clairs, était loin de savoir quels étaient ses plus beaux appâts aux yeux du tortueux frère Clémente.

Eulalie serait, au château, sa vue et son ouïr. Il était vital pour lui de surveiller Swanhilda du Haut Nord pour qu'à la première bonne occasion il puisse, sans danger, assouvir sa vengeance sur cette femme qui l'avait menacé des pires tourments. Cette vengeance personnelle ne devait pas le détourner de sa mission de surveillance des relations de Geoffrey du Palindrome avec Jean V de Bretagne et avec les hauts barons du Duché. Il n'oubliait pas que le père du Duc de Bretagne, Jean IV Montfort, avait navigué d'un bord à l'autre, fuyant un temps vers l'Angleterre, puis revenant à Nantes appelé par les seigneurs bretons opposés à Charles de Blois le champion du Roy de France. Depuis un demi-siècle la guerre de succession de Bretagne était un coin, un levier utilisé par les deux camps pendant cette lutte ouverte entre les Plantagenêt et les Valois pour la couronne de France.

Swanhilda du Haut Nord avait eu sa première alerte la veille au soir à « complies » (une contraction légère) qui disait que son travail de parturiente avait commencé. Elle s'était endormie en repassant dans sa mémoire tous les événements qui l'avaient amenée sur cette large couche, ces riches fourrures, dans cette chambre bellement meublée où elle allait bientôt déposer « l'héritier ». Comment elle avait rencontré le noble père de l'enfant à naître, et comment elle avait été recluse deux années et demie à sa demande.

C'était plus de trois ans auparavant, près de la boire de Champtocé, un bras secondaire de la Loire, en aval d'Angers.

Nous allons vous conter ces péripéties avant de retrouver Swanhilda, pendant cette fête des fols, pour la mise au monde de Pierrick de Lodhérac. Nous verrons grandir l'enfant, le retrouverons adolescent et devenu à son tour un fort Saigneur prêt à continuer sa lignée, prêt à exploiter et protéger ses manants que Dieu avait faits manants, déterminé à défendre son blason et ses terres bretonnes bien accolées à la couronne de France sous l'œil vigilant et toujours intéressé du Clergé.

Étrange, l'homme sans rivage,
près de la femme, riveraine.
Saint-John Perse

Boire de Champtocé
8 Septembre 1399
Trois années avant cette formidable fête des fols de 1402

Chapitre IV : Retour sur une rencontre

Swanhilda était une conquête du Seigneur Geoffrey du Palindrome. Une jeune beauté, resplendissante de santé et d'énergie, qui l'avait foudroyé. Elle semblait faite pour porter de bons rejetons. Elle était un cadeau du destin, une matrice rêvée pour ce seigneur sans descendance et dont l'épouse était définitivement bréhaigne. Semer sa graine en ce corps somptueux restait une partie délicate à jouer qui réclamait prudence et secret. Rome, par Innocent III, avait montré toute sa puissance quand Philippe Auguste II, le capétien, avait répudié dès le lendemain de ses noces, en août 1193, la splendide Ingeburge de Danemark. La prodigieuse beauté de sa jeune épousée lui avait noué l'aiguillette. Il en avait été meurtri et honteux, lui qui, comme bien des nobles sires, allait journellement au déduit. Il avait accusé sa pauvre épouse de lui avoir jeté un sort et l'avait cloîtrée. Elle allait subir des années de privations et d'humiliation. Le dit « Saint Père » avait jeté son interdit sur le royaume de France. Le petit peuple – dans l'esprit duquel le Clergé avait semé, depuis des siècles, la terreur d'un au-delà féroce et enflammé – interdit par le Pape de sonner la cloche pendant la nuit de la Toussaint pour honorer les morts, interdit de patenôtres, interdit de communion, interdit de sacrements, interdit de sépulture chrétienne, remonté par le petit clergé, avait fait pression pour que le roi délaisse sa nouvelle épouse Agnès de Méran et réinstalle la Danoise en son palais. Philippe avait dû plier, de manière rusée, devant la force du Pontife. Geoffrey du Palindrome était loin d'avoir la puissance de la couronne de France, aussi devait-il mener sa barque avec habileté et discrétion.

En 911, le Jarl viking Rollon avait reçu de Charles le Simple le Comtat de Rouen, pris le nom de Comte Robert, fait allégeance à l'Église catholique bien que secrètement il continuât de s'adonner à ses pratiques païennes. Le Roi de France avait fait alliance avec lui après que 700 terrifiants *langskips*, *snekkas*, *knörrs* portant 30 000 hommes aient de nouveau menacé Paris déjà incendié en 886 par ce même Rollon. En 873, ils avaient remonté la Seine, l'Yonne et la Cure pour dévaster l'abbaye de Saint-Pierre à Vézelay pillant de précieux objets de culte et violant les moniales !

Les raids sanguinaires et réguliers des bords de Seine avaient cessé, après les croisades, quand la chevalerie était revenue pour défendre ses terres. Mais les descendants du Comte Robert avaient longtemps encore continué à étendre leurs conquêtes vers le Cotentin et la Bretagne. Ils avaient possédé des camps fortifiés à La Hague, Dol, Plédran. En 843 Guntardus et tous ses clercs furent tués dans la cathédrale Saint Pierre de Nantes alors qu'il célébrait la messe. En 857 les nordistes avaient dévasté la ville. On racontait encore, dans les chaumières, qu'ils avaient tué l'Évêque Gislard alors qu'il baptisait des enfants. Leurs lointains cousins Vikings pillaient toujours au nord la Saxe et Hambourg, les Flandres et les îles des Angles, au sud, les rivages de la Loire et de ses affluents, la Vendée. Les villes de Toulouse et Bordeaux furent visitées en 845. Ils poussèrent jusqu'en Espagne et au Portugal, passèrent les Colonnes d'Hercule pour s'établir près de l'ancienne

Carthage. Ils allèrent jusqu'à tenir tout le sud de l'Italie, de la Sicile jusqu'à Naples. Ils commercèrent jusqu'à la mer Noire. Les villes de Marseille et Lyon, elles aussi, avaient été pillées.

On ne reconnaissait plus aujourd'hui ces féroces navigateurs. Ils étaient devenus des marchands. Les fins, souples et rapides bateaux des conquérants d'avant l'an mil, longs d'une douzaine de toises, avec leurs coques à clins, portant voile carrée et un rang de rames, avaient permis d'explorer et de coloniser l'Islande, parcourir le Groenland, s'installer provisoirement au « Canada » cinq siècles avant que Colombo ne touche les Caraïbes. Ils s'étaient allongés depuis, faits plus ventrus, étaient devenus navires de fret. Ils commerçaient par la Baltique avec les russes ou allaient offrir aux arabes, par la méditerranée, les produits de leurs artisanats et l'ambre, les fourrures, l'ivoire de morse.

Ce fut l'une des dernières expéditions de rapine de ces farouches conquérants de la haute Norvège.

La communauté de Swanhilda venait d'une des 50 000 îles du Septentrion, du plus haut nord, là où la terre ne reçoit l'hiver que quelques heures de lumière. Leur isolement, la difficulté d'accès de leur passe, les avaient mis à l'écart lors de la constitution du Royaume de Norvège, pollué par le catholicisme dès l'an 980. On conte qu'Olaf 1er, à l'instigation du Pape, fit noyer en mer tous les pratiquants du *sejör*, cette antique religion païenne. Un siècle et demi plus tard, Magnus V, se faisait sacrer Roi, ajoutait à son épée le bouclier de l'alliance papale, un Roi devenu inaliénable puisque maintenant de droit divin.

Les ancêtres de Swanhilda avaient entendu parler de ces changements, mais ils sacrifiaient toujours à leurs Dieux tutélaires et aimables. Leur éloignement des côtes, leur goût du secret, les avaient mis à l'abri de ces péripéties. Les percepteurs du Roi avaient péri dans la double passe, hérissée de secs tranchants, qui avaient éventré et envoyé par le fond les *knörrs amphidromes* royaux. Quelques rescapés avaient été décollés.

Les premiers à avoir franchi ces chicanes difficiles l'avaient fait sur des kayaks de peau qu'ils avaient copiés des Inuits quand le fils du « rouge », le banni Leif Ericson, parti de l'Islande, avait accosté en plein été sur une terre verdoyante qu'ils avaient appelée Grünland. En deux années, il avait exploré en traîneaux à chiens cette immense étendue jusqu'au village de Thulé, guidé par d'étranges petits hommes aux yeux en amandes.

Leurs pères, depuis peu, venaient de se réinstaller dans cette solitude glacée huit mois par an. Ils étaient un peuple d'hommes si hospitaliers qu'ils offraient au voyageur leur couche faite d'immenses fourrures blanches et aussi leur femme à la peau douce et cuivrée.

L'environnement hostile des anses de leur île décrypté, ils étaient revenus sur de plus grands bateaux, les *oumniaks*, copiés de la civilisation de Thulé. La géographie sous-marine n'était connue que de quelques pilotes qui se transmettaient de père en fils les amers indispensables à l'entrée et à la sortie de l'île, par ailleurs bordée de hautes falaises.

En toute quiétude les mille cinq cents habitants de l'île continuaient leur vie de pasteurs, de forgerons, d'agriculteurs, menant toujours leurs raids vers le sud au mépris des conventions entre états. Pas de problème de consanguinité en dépit d'une population réduite. Ils aimaient les richesses que procuraient les rapines mais aussi les belles femmes d'autres races qu'ils ramenaient comme esclaves et concubines de toutes les régions du Sud. Elles aussi faisaient des marmots. C'étaient des géants pleins de vigueur et cette vigueur s'exerçait tout autant au combat que sur leur couche. Le chanoine de Saint-Quentin disait que « *tous souillaient plusieurs compagnes dans d'odieuses copulations. De ce chaos sexuel naissaient d'innombrables descendants* ». Des bandes de jeunes étalons affamés de coït et trop entreprenants auprès des épouses étaient envoyées aux marches du pays pour se satisfaire d'étrangères. Ce tohu-bohu juvénile allait régulièrement se débonder vers le midi. C'est la faim de sexe, plus que la soif de l'or, qui fit les premières expéditions vikings, bien avant le pillage des monastères en représailles de l'impérialisme catholique, l'imposition annuelle de tribut (Danegeld), puis l'installation définitive sur les régions conquises.

Leur île était l'une des plus à l'ouest dans la mer du septentrion. Elle faisait partie de cette haute muraille rocheuse qui reçoit, venant du sud-ouest, un gigantesque courant chaud. Son climat était très tempéré pour ces latitudes extrêmes. Ils étaient une des dernières souches de purs Goths, les frères de ceux qui avaient quitté la grande presqu'île de Scania sur trois navires au début du troisième siècle, migré vers la Poméranie sous la conduite du Roi Berig, peuplé les bords de la Baltique et chassé peu à peu les Lombards et les Ulméruges vers le sud.

Une terre proche de la Sicile était le but de ce voyage. Quelques-uns de leurs proches parents – soldats de Roger le « Bosso » – s'y étaient établis après qu'ils eurent conquis et peuplé Carthage, puis une bonne partie de l'Italie aux XIe et XIIe siècles. À chaque génération un *knörr* faisait ce grand voyage, et on ajoutait un épisode à la saga de l'île. Pendant cette odyssée, ils n'avaient pu résister au plaisir de remonter la Loire jusqu'à la Boire de Champtocé pour violer, piller et guerroyer à l'occasion.

Habituellement après leur raid, ils s'ancraient au milieu des fleuves pour y panser leurs blessés. Ils étaient ainsi à l'abri d'attaques massives. Mais cette fois, sûrs de leur force, ils avaient accosté et calé leurs deux *knörrs* à la proue ornée d'un terrible drakkar (pour effrayer les monstres marins) contre un moulin implanté sur la rive droite de la Boire, pour faire repaissance et jouir de leurs conquêtes. Il y avait là dix captifs : la famille du meunier et ses deux nièces Mahaut et Sophia qui étaient venues du château pour aider en cette saison de cueillette et de lourds travaux. Cinq autres jeunes femmes travaillaient au grenier à sel sis à côté du moulin. Les Normands venaient d'écumer les bords du fleuve, pillant fermes et villages, semant la terreur, tactique habituelle qui leur ouvrait, parfois même sans combat, greniers et coffres. Ils avaient découvert, émerveillés, car inconnus chez eux (et le liquide et le contenant), un tonneau de vin de Loire. Le vin, cette belle invention partagée des Rèthes alpins, des Arméniens, des Étrusques et perfectionnée par les gaulois. Ils buvaient comme des pertes de rivière. Ils avaient moultes fois escorché le renard en guise de résurgence avec des renvois graveleux et des rires sonores, choquant leurs gobelets comme pour saluer un exploit à chaque jaillissante vomissure. Être passé près de la mort, donnait encore plus de poids au plaisir des agapes et les faisait, comme après chaque combat victorieux, se vautrer dans les excès. Après francherepue et débrisure sauvage des captives, ils s'étaient endormis saouls comme des bourriques dans un verger aux fruits tombés.

Laissons-les cuver leurs excès et parlons de Geoffrey.

L'amour comme un vertige, comme un sacrifice,
et comme le dernier mot de tout.
Alain-Fournier, Le grand Meaulnes.

Boire de Champtocé
9 Septembre 1399
À laudes (aux doigts de rose), d'après Homère.

Chapitre V : Foudroyé

Geoffrey du Palindrome avait quitté son fief du Maine et son château de La Gravelle pour s'installer quelques temps à Champtocé, en bord de Loire, à vingt-deux lieues, plein sud.

La place forte de La Gravelle avait été bâtie par le premier Guy de Laval au Xe siècle quand le pouvoir royal était en déliquescence et que les grandes familles nobles cherchaient à se donner un pouvoir régalien, à rendre eux-mêmes haute justice sur leurs terres et ne plus hommager à quiconque.

Guy 1er va s'approprier en Bretagne, à l'ouest de Laval, de vastes forêts du domaine public. Le voici nanti d'un vrai patrimoine… à défendre contre le voisin : la baronnie de Vitré. Il déplace quelques familles pour fonder Bréal et Mondevert. Et derrière ces deux villages avancés une place forte : La Gravelle et son donjon carré, ses douves, ses murailles. Trois siècles plus tard ce n'est plus qu'un lieu de chasse car les Laval ont gagné Vitré par mariage. Mais la guerre avec les anglais a repris, il faut prévoir. Guy XII y installe Geoffrey qui ne fait pas partie des branches fortes des Laval. Il n'a pour lui que son titre de chevalier et sa vaillance au combat. Guy XII fait un bon calcul, d'une pierre deux coups. Il loge dans ce lieu fortifié un parent –

féal reconnaissant – et, du même coup, une petite garnison fidèle commandée par un pugnace. Après chaque combat où il s'est illustré, Geoffrey a reçu nobles tenures, là un village (Port-Brillet), ici un étang (le moulin), là-bas plusieurs bois (le Frageu). Il est donc plusieurs fois « lieu tenant » de Guy XII. Sans avoir la grande richesse de ses cousins, il est assez aisé. Robert d'Ernée son beau-père possède deux fois plus de terres que lui…

Geoffrey du Palindrome séjournait donc à Champtocé pour veiller sur les possessions de son cousin et ami Guy II, (encore une autre branche des Laval vingt lieues au sud, celle-ci alliée aux Rais et aux Craon) parti guerroyer aux marches de Guyenne.

Guy II avait délaissé sa belle forteresse à onze tours pour apporter son soutien militaire à son vassal de La Benate. Si la Bretagne pour un temps, était paisible, au sud, en Saintonge, les godons de Guyenne lorgnaient sur des terres qu'ils avaient déjà possédées du temps d'Aliénor, à la fin du XIIIe siècle. Une centaine de cavaliers accompagnaient Guy II dans sa campagne contre l'Anglois vers La Bénate, à neuf lieues de Rochefort.

Geoffrey se réjouissait de passer quelques semaines dans la douceur angevine de Champtocé. Il chassait sur de nouvelles terres. Gibiers à plumes, à poils, et à coiffe… Las, son capitaine Ovilon l'avait réveillé dans l'urgence, au beau milieu de la nuit, alors qu'il venait tout juste de fermer les yeux après une belle partie de courtines en compagnie d'une brune pucelle au fort tempérament qui avait jeté son bonnet par-dessus les moulins et ses pucelages avec. De hauts normands, en maraude sur la Loire, avaient massacré les habitants d'un moulin. Demain ils pilleraient sans doute, juste à côté, le grenier à sel. Il fallait réagir et vite. Le capitaine, soldat d'expérience, avait proposé un plan d'action…

Geoffrey et les hommes qu'il commandait avaient laissé chevaux et éperons à un quart de lieu du fleuve. À cent toises, ils avaient posé les bottes. Au petit jour, cette troupe avait surpris les barbares. Ivres de sang, de beuveries et de viols, les veilleurs ensommeillés avaient été silencieusement égorgés. Pliant sous le nombre, six vikings avaient été désarmés, mis au sol et immobilisés. Les vingt-trois autres avaient été liquidés dans leur sommeil ou étaient morts les armes à la main, à trois contre un.

Geoffrey du Palindrome avait ordonné l'exécution des Normands capturés. Tous avaient dû se dévêtir sous la menace des estocs. Avant d'être suspendus par le cou aux grands arbres du bord de Loire pour servir d'avertissement à d'autres *knörrs* en maraude, les bras liés, ils allaient être émasculés, punis par où ils avaient péché, cautérisés au fer rouge pour endurer conscients leur supplice à venir.

En ces temps farouches, la pitié entre combattants n'était pas de mise. C'était la victoire, la retraite ou la mort. Pas de merci, tous les coups étaient permis, surtout les plus tordus, puisqu'ils assuraient la suprématie des plus pervers, l'admiration et l'obéissance des compagnons d'armes. Mais s'attaquer à des civils désarmés, occire des paysans, supplicier les femmes et les enfants, était, aux yeux du seigneur, une barbarie impardonnable. Il savait bien que les disputes des nobles guerriers se lisent sur le dos des paysans. Mais c'était là vengeance de sauvages. Les seigneurs risquaient bien peu hors le combat lui-même. Quand ils se voyaient prêts à succomber, ils jetaient leur épée, étaient capturés et retenus jusqu'à versement d'une solide rançon. Les vikings, eux, ne s'embarrassaient jamais de prisonniers. Ils gardaient parfois une femme sublime.

Le seigneur, les yeux pleins de fureur et de mépris pour ces envahisseurs venus du Grand Nord qu'il considérait comme des bêtes malfaisantes, regardait sa troupe exécuter ses ordres.

Au milieu des cris, des bourrades, un jeune normand le toisait, insolent. Croyant qu'il refusait de se dévêtir, deux soldats l'avaient empoigné. L'un, de son couteau, avait ouvert la tunique de haut en bas. Mais au lieu d'un puissant poitrail de guerrier, était apparu un buste de femme, comme jamais on n'en avait vu en pays de Loire. Deux cônes de chair blanche jaillissante à la peau luisante de tension dont l'un venait de recevoir une estafilade. Leur large aréole d'un rose saumon était si gonflée de jeunesse triomphante qu'elles en avaient fait disparaître leur téton. Interdits, les deux rustres avaient lâché la femme ou plutôt la jeune fille, car en vérité, elle venait d'avoir quatorze ans.

Son visage est d'une étrange beauté. Ses cheveux qui semblent luxuriants, d'un blond pâle, sont coupés à hauteur d'épaule comme ceux de ses compagnons. Sa mâchoire est carrée, presque masculine, mais le menton et le nez sont petits. Les yeux, grands et clairs, écartés, s'étirent vers les tempes. L'iris bleu, large, qui remplit presque l'œil apparent, est une améthyste. Quand les paupières battent, les cils épais semblent éteindre la lumière du regard qui vous capture irrésistiblement quand ils se relèvent. Un grand paon de nuit qui bat des ailes. Tout ceci certifie d'une belle féminité. Tout comme sa bouche aux lèvres pleines, délicieusement ourlées sur des dents blanches de carnassière. Le rouge sombre du sang qui les peint chante secrètement la couleur, la douceur, le luisant du dedans de son fruit fendu. Une fine cicatrice blanche, sur l'arête de son arcade gauche, une autre sous son menton témoignaient de rencontres mouvementées.

Toujours fixant Geoffrey du Palindrome de son sourire énigmatique et insolent, elle avait laissé choir les lambeaux du vêtement. Elle gardait cette attitude droite et sereine, épaules dégagées, alignée à merveille qui n'appartient qu'à ceux qui sont à la fois fiers de leur corps et habitués à se montrer nus. Sa grande taille la faisait paraître encore plus mince et musclée. Elle était d'une beauté foudroyante et les soldats, comme se pétrifiant peu à peu, interrompaient leur tâche, admiraient, qui son buste barré de rouge, qui son visage, qui le feu de sa toison pubienne, masquant à peine la fente rondie de son sexe adolescent. Elle fit demi-tour pour rejoindre d'une démarche légère le groupe des siens et Olaf, son père, qui allaient ornementer les chênes voisins et y pourrir.

Geoffrey du Palindrome était comme médusé en contemplant l'arrière somptueux de ce corps nu dont l'avers l'avait ébloui. Comme s'il avait été, par surprise, jeté à bas de son cheval en pleine course dans sa forêt du Frageu par la branche basse inattendue de l'amour prise en pleine gueule. Comme si, hébété, il s'était retrouvé le cul dans l'herbe, se répétant stupidement : « Qu'est-ce qui m'arrive ? Mais qu'est-ce qui m'arrive ? » Il venait de découvrir que tomber amoureux était une aventure d'une extrême violence. Que la foudre, dont parlaient les poètes, était bien une réalité.

La jeune fille avait de belles épaules, un buste léger à la taille bien marquée au-dessus des fesses pommées, presque androgynes, accrochées si haut qu'elles laissaient entrevoir l'ombre du sexe quand les longues cuisses musclées se mettaient en mouvement. En ces circonstances, elle était une incarnation surnaturelle de Pallas Athéna l'hellène ou de Freyja la nordique, les déesses du combat. Le fantasme de la guerrière – qui ajoutait la prouesse armée aux beautés du corps – hantait les songes de la Chevalerie. Tous savaient les légendes d'Antiope l'amazone, des combattantes scythes, égyptiennes. Celles dont parlait Polo à Cipangu, et les féroces ethnies matriarcales d'Afrique. Et Zénobie la sublime reine de Palmyre que l'étrange Trébellius Pollion disait cavalière et archère émérite et qui, bien que vaincue, avait mis César Auguste à genoux.

Swanhilda était de cette belle eau fière et sauvage, de la même eau que Sémiramis, Didon ou Cléopâtre. Quelle apparition ! Combien Julia d'Ernée (sa pieuse épouse, modèle de sagesse, de discrétion et de mollesse féminine) qu'il n'avait jamais aimée et honorait sans grand plaisir et sans résultat, pouvait être fade en comparaison de cette Aphrodite de l'Hälogaland. La flèche maligne d'Éros venait de le percer en plein cœur et son vit violemment redressé en désignait la blessure. Il sentait que ses soldats avaient pareillement le nœud roidi, que tous auraient voulu la tenir nue et en faire leur plaisir. Comme lui, ils étaient pétrifiés par l'exagération stupéfiante de la beauté de cette adolescente. Une grande promesse de fécondité et de bonheur. Ils béaient d'admiration devant cette prodigieuse féminité. Ils étaient médusés par la sensualité exubérante de ces jeunes appas, ces fruits succulents que la vie invente et dont elle pare les femelles pour rendre fous de désir les mâles et mieux perpétuer la vie.

Mais, cette femelle blonde si appétissante semblait citadelle inexpugnable. Tous ces vieux routiers de la guerre, pourtant habitués à courber les femmes des cités conquises, étaient incapables d'expliquer ce mystère. Comment cette adolescente, certes de haute taille et athlétique, pouvait-elle forcer ainsi leur respect ? Les femmes de France étaient considérées par le Vatican et les hommes comme des êtres que Dieu avait créées inférieures et cela depuis plus d'un millénaire. Elles marchaient légèrement courbées, les yeux baissés dans une attitude modeste et craintive, en retrait, d'un pas furtif qui prenait le bas du pavé quand elles croisaient un homme. Swanhilda, elle, était une allégorie de la confiance en soi. Aiguillonnée par des parents conquérants qui méprisaient la mort, elle n'avait jamais accepté d'être dominée par la peur. La tête haute, elle ne cillait pas face à un homme. Son regard glacé passait sur lui comme sur une ombre insignifiante, et cette affirmation de son fort ego était une armure dressée entre elle et lui. Aucun ne pensait son corps comme une proie à saisir, mais comme une lame acérée à éviter. Seuls Ovilon et Geoffrey avaient soutenu son regard. Ils la percevaient – et c'était énervant – comme leur égale, une combattante coriace, imprévisible, au caractère affirmé. Elle avançait, hautaine et hiératique, comme si le monde lui appartenait.

La gorge nouée par l'émotion, foudroyé donc, le seigneur – lui dont la langue était si riche et le propos si aiguisé – ne put articuler qu'un pauvre :

— Couvrez cette femme, attachez-la, nous… nous… la convertirons ou nous la brûlerons.

C'est plutôt lui, Geoffrey du Palindrome qui allait s'enflammer et brûler pour cette déesse venue du Nord.

Elle montait à cru la mule du meunier. Un soldat malin avait amené l'animal vers elle. Elle avait, l'air de rien, fait une caresse légère au chanfrein, à l'encolure, au flanc. Le malin lui avait proposé ses mains jointes pour la hisser sur l'animal et admirer, de plus près, sa fente roussie. Elle l'avait ignoré avec un sourire dédaigneux qui disait qu'elle avait saisi son projet. Après un pas d'élan, ses mains agriffées à l'encolure, elle avait lancé sa longue jambe pour ouvrir son compas, offrir sa coquille aux étoiles et, d'une détente athlétique et précise, s'était coulée sur la brêle. Elle avait trouvé, dans la seconde, un aplomb parfait sur la bête, le dos droit, la tête levée, le regard au loin. La mule avait dressé les oreilles, tournées vers elle et son appui sur les épaules avait migré vers ses hanches. Ovilon, en expert, comprit que cette combattante avait beaucoup monté à cru auparavant. Il ignorait si les hommes du Nord étaient des cavaliers accomplis. Pour lui, ils étaient d'abord des navigateurs. Hiératique et superbe, toisant de haut tous ces piétons, elle faisait de cette bête de somme un destrier. Le prodigieux caractère de cette centauresse serait à conquérir pensait Geoffrey en marchant vers Champtocé. Il ne savait pas qu'en offrant à la viking de monter, même cette bête médiocre, il lui avait fait retrouver toute son assise, son assiette de cavalière combattante.

Ils retrouvèrent leurs discrets palefrois. Tout en chevauchant, il regardait cette amazone hautaine et droite. En humant un bliau que l'on avait jeté sur elle pour couvrir une pudeur qu'elle dédaignait, son petit nez s'était plissé de dégoût. Elle avait rejeté la guenille avec mépris.

Ses seins d'argile blanche avaient une tenue prodigieusement érotique. Ils frémissaient à peine de toute leur lourdeur tendue au trot saccadé de la mule. Une dentelle de très fines veinules bleutées en ornait la chair et proclamait sa femellitude. Elle portait sa poitrine – où le sang de son estafilade avait séché – comme une proue de navire. Geoffrey voyait sa toison de feu mêlée à celle de la bête. Il admirait son beau cul – rond et dru –, ses hanches accompagner souplement les mouvements de sa monture. Il avait l'impression de sentir se mélanger – en un fumet aphrodisiaque – le suint des deux femelles ou dominait étonnamment le bouquet de la fille. Il poussa son genet d'Espagne près d'elle et lui tendit sa cape pour qu'elle cache cette nudité qui lui appartenait déjà. Elle l'accepta. Il se retira, comme à regret, du large espace libre qui se faisait étrangement autour d'elle. L'espace inviolable, celui des Princes sur l'ombre desquels on ne marche pas.

Swan en enfourchant la mule avait retrouvé son équilibre de cavalière émérite et aussi une part de son aplomb. Elle ne savait trop ce qui l'attendait, elle jeune fille, au milieu de tous ces mâles fers-vêtus commandés par ce seigneur à la mine sombre. Alors fataliste, elle avait chassé l'inquiétude et fait route en esprit vers cette île lointaine qui lui manquait déjà après un mois de mer. Elle retrouvait son cheval Sleipnir, un étalon *fjordheast*, avec lequel elle avait fait tant de balades. Sleipnir, c'était l'image du bonheur perdu, la lumière rase et le froid sec, les rennes, les ours, les longs fjords aux eaux glacées et noires, la grande salle commune – *skali* – des contes du soir, la chaleur des corps serrés à l'écoute, ces contes qui chantaient l'âme des vikings conquérants. Au pas de son cheval, elle allait, là-bas, entre les bouleaux. Elle se sentait dépositaire de la beauté des choses, de l'or des forêts à l'automne, des rennes transhumant, du lynx coulant furtivement de sa branche de guet. Elle n'était pas encore vaincue.

L'esprit déjà captif de Geoffrey mûrissait un plan pour faire de cette déesse la compagne rêvée de ses nuits, de sa vie. Un challenge fort à relever. On ne manquerait pas de le chicaner s'il voulait en faire autre chose qu'une servante docile attachée à son vit. Il savait déjà qu'il pourfendrait tous ceux qui se mettraient entre elle et lui. Cette jeune fille sublime portait en elle une passion furieuse ! C'était aussi un ventre à ensemencer car son épouse ne pouvait enfanter (en ces temps-là, la stérilité d'un couple ne pouvait venir que de l'épouse) et mettait en péril la succession des Palindrome, une branche secondaire de la grande famille des Laval.

Geoffrey avait semé plus d'un bâtard sur ses terres, ses champs, ses prés, et ses bois, dans les affouages, les étables et les écuries, partout où son braquemart avait honoré les femelles de ses fiefs. Ses ancêtres avaient, à une époque, tenu la Bretagne sous leur coupe. Ils étaient apparentés aux Montmorency, à Du Guesclin, avaient eu, au XIe siècle, des rapports privilégiés avec le « Conquérant ».

Guy III de Laval, cousin germain d'un de ses ancêtres ne s'était-il pas marié avec Emma d'Angleterre la belle bâtarde, fille naturelle certes, mais fille reconnue d'Henri I le Normand ? Guy le quatrième Laval ne défia-t-il pas un Plantagenêt, comte du Maine, qui lui avait pardonné sa rébellion ? Guy V par la grâce d'Henri II n'avait-il pas été nommé gouverneur du Poitou, de Touraine et d'Anjou en 1162 quand tout l'ouest du pays était anglais ?

Geoffrey était donc un rejeton d'une belle et noble famille. Sa lignée devait perdurer même si elle n'était branche majeure. Une partie délicate était à jouer pour donner un peu plus vigueur à sa sève. Geoffrey avait besoin d'un fils pour l'épauler en ces temps difficiles, lui succéder s'il venait à périr au combat. Une mort sans héritier, c'était une terre que se déchiraient à belles dents les voisins titrés. Mais il devait le concevoir dans le plus grand secret. Son épouse, la noble Julia d'Ernée, était vraiment bréhaigne. En octobre, à la demande du mire, elle avait compissé trois jours durant des plants de mauves qui n'en moururent pas. Le savant était formel : elle ne pouvait avoir d'enfant.

Une question le taraudait : comment faire de cette belle sauvageonne, une noble personne de qualité et la mettre ainsi à l'abri des jalousies, des bassesses et vilenies que font toujours naître beauté et caractère. Il pensa alors à Morte-souche. La solution, c'était Morte-souche.

À une lieue du château de la Gravelle, Morte-souche, un petit prieuré, avait été construit en 1387 à l'instigation du beau-père de Geoffrey, Robert d'Ernée. La solution. Oui, tout bien réfléchi, c'était la solution.

L'histoire est le calendrier du malheur des peuples
Jehan de la Mettrie, *Aphorismes*.

8 septembre 1399
Réflexion en chevauchant
vers Champtocé.

Chapitre VI : Un peu d'histoire.

Bâtir pour l'Église, même modestement, c'était un peu hommager, c'était gagner l'appui et la reconnaissance de la Curie dans son ensemble et de l'évêque de Coutances, personnage influent auprès du Roi Charles VI, mais proche aussi des ducs de Bretagne. Les territoires d'Ernée et de Geoffrey étaient menacés directement, comme ceux des Laval, à l'ouest et au nord par les godons, plus sournoisement par ses proches voisins tenants de seigneuries. Une autre partie de leurs domaines était dans la mouvance directe de la couronne de France. Il fallait encore et toujours veiller, conforter ses alliances, donner des gages aux deux puissants Roi et Duc, surveiller les frontières. Le seigneur du Palindrome, comme d'Ernée son beau-père, était, comme tous les Laval, et autres riches seigneurs plus ou moins importants de l'Est du pays, des lingots d'or pris entre l'enclume d'Henry IV Lancastre et le marteau du Roi Charles VI.

Rome était l'autre puissance qu'il valait mieux flatter. Pas pour la foi, mais pour l'importance qu'elle avait dans les conflits entre les grands.

Le clergé de France, avait pris au début du quatorzième siècle, grâce au bordelais Bertrand de Got (Clément V) et au nonagénaire caoursien Jacques d'Euze (Jean XXII), une importance grandissante. C'est par la voix de ces chefs religieux venus du Sud-Ouest et qui avaient affirmé la papauté en Avignon, qu'elle s'exprimait. Les Cathares, les relapses avaient été exterminés au siècle d'avant par l'Inquisition et ses croisades internes, passés par les armes ou « purifiés » par le feu, d'Albi à Carcassonne et Béziers (dix mille morts ou brûlés, pour punir 222 cathares !). Les derniers à subir les foudres du Vatican, les deux cents rôtis en l'église de Monségur étaient bien peu intéressants… des pauvres !

Les Inquisiteurs s'étaient enrichis – et l'Église et les Seigneurs aussi – en privant de leurs biens les esprits trop libres, ceux de leurs opposants. Ils s'étaient régalés de ce pouvoir infini qu'ils possédaient de faire avouer l'inavouable. Régalés de faire dénoncer sous la menace ou l'effet d'affreux tourments, le frère par la sœur, les parents par l'enfant. Régalés de pouvoir torturer hommes et femmes, défoncer et malmenter les pucelles et les puceaux. Quel bonheur que leurs cris et leurs suppliques qu'on avait dû entendre de Toulouse à Albi et Montauban où Bernardo Gui – tourmenteur-jouisseur de douleurs – avait sévi. Quel plaisir de profiter de beaux culs d'enfants, de jeunes hommes et filles à saillir dans les cris – de Lyon à Amiens – par le sodomite connu et patenté de Rome, Robert le Bougre.

Il était de notoriété publique que ce dominicain, ancien « parfait », prenait ses victimes par le fondement avant de les conduire au bûcher pour purifier son foutre. On lui prête quelques trois cents autodafés de bons catholiques. Lui le « marteau des hérétiques » dépassa tellement les bornes, pourtant larges, de la torture inquisitoriale, que Grégoire IX codifiera l'intervention de ses inquisiteurs. Les brutes deviendront des artistes de l'entôlage grâce au « manuel des confesseurs ». La question continuera à faire souffrir les malheureux tombés aux mains des cruels ou sous leur ardillon habituellement clavé par la règle.

D'abord les mettre nus, les ligoter en position douloureusement diabolique, une journée entière… pour mollir les volontés. Leur mettre, en bouche, une poire de fer pour atténuer leurs cris mais en profiter quand même ! Se réjouir de les étirer, les défoncer à con, les estraper, casser leurs doigts, les noyer d'eau puirante. Les défoncer à cul, les écraser dans des cercueils munis de pointes, compresser leur tête jusqu'au sang qui sort des oreilles, aplatir, aux larges pinces, les pis, les coilles, arracher leurs ongles, les marquer à gril rouge, les désosser tout en posant les questions du manuel, broyer leurs pieds à quatre ou huit planches, concasser leurs poignets, ouvrir les vagins et les culs à la fleur de fer aux vingt pointes aiguës pour obtenir des aveux circonstanciés et la liste des dix-huit mille six cent vingt-cinq voisins de leur quartier dont la foi serait douteuse. Toutes ces tortures seront menées avec compassion en pleurant sur l'âme perdue de ces hérétiques. On les tourmentera pour leur bien, en les embrassant et en les graillant pour leur faire retrouver un statut de bon chrétien. Ils pourront ainsi monter directement au ciel dans de divines volutes de fumée et de bonnes odeurs de grillé. Quelles merveilleuses flammes purificatrices, pour ces femmes et ces hommes qui se repentent parfois d'avoir prêché le dénuement et la pauvreté. Oh généreuse Église ! Oh merveilles des religions.

Malheur donc à qui son travail a apporté l'aisance et ne passe pas neuf fois quotidiennement en chapelle pour prier et faire allégeance. Malheur à qui a femme trop belle ou fille trop gironde. L'histoire « officielle », à la botte du Clergé, a longtemps caché les turpitudes de ces *Missi Dominici* détestés mais tait aussi un holocauste morbide de charognards. À Albi, pour exemple, les autodafés des tortionnaires papaux concernèrent, pour un tiers au moins, des cadavres anciens de plusieurs années déterrés pour être portés au bûcher afin de spolier de leurs biens les héritiers, pourtant parfaitement dans le dogme.

Le prieuré de Morte-souche était donc le bienvenu. La lutte contre les Anglois qui tenaient encore une partie de l'Aquitaine – la dot apportée par Aliénor quand elle épousa en secondes noces le Plantagenet – recommençait. Charles V et Du Guesclin les avaient chassés de Saintonge et d'Angoumois en 1372. Mais le commerce fleurissant qu'offrait la région bordelaise où ils étaient installés pendant trois siècles, les appâtait. Ils tenaient aussi, par alliance le Nord du pays, la Flandre, la Bourgogne et Paris. Le roi était à Bourges.

Il faut se rappeler qu'à l'avènement de Philippe II Auguste en 1180, la France des Capets était un territoire ridicule pour un royaume. Une bande de terre de 15 lieues de large allant de Senlis à Bourges. Une France deux fois moins étendue que le duché de Bourgogne ou le comté de Toulouse. Équivalente aux comtés de Champagne ou de Flandres. Il existait aussi un comté de Bourgogne fait du Jura et de la Suisse, et un royaume de Bourgogne borné par Nice, Arles, Lyon territoires cinq fois plus grands que celui de Philippe II, sans parler du grand-duché de Lorraine. Voilà pour les « alliés », parfois provisoires. Les Anglais possédaient une part énorme de l'ancienne Francie occidentale de Carolus. Leurs possessions allaient de Brest à Clermont et de Rouen à Tarbes, de Bordeaux à Thiers. Les Plantagenêts avaient bien failli prendre la totalité du royaume de France. Les deux Philippe, et Louis IX avaient renversé la tendance. Mais tout restait à faire et consolider.

Il était tentant pour les godons de vouloir à nouveau tenir et faire se rejoindre toutes les possessions de jadis. Il était donc pertinent pour Robert d'Ernée et Geoffrey son gendre d'être au mieux avec le très chrétien Roi au cas où la seigneurie serait attaquée, tout comme il cultivait ses rapports avec le Duc de Bretagne et avec la Curie qu'elle soit bretonne ou franque.

Ce petit prieuré comptait 27 moniales, filles cadettes ou veuves de vassaux du seigneur d'Ernée. La règle y était assez particulière et assouplie. On y était plus proche d'un établissement du tiers-ordre, un béguinage que d'un établissement cistercien. En ces temps, les filles aînées de la noblesse petite ou grande, se mariaient – parfois une ou deux cadettes – non par amour mais pour tisser des liens entre clans, pour renforcer des alliances. Celles que l'on ne mariait pas « politiquement » allaient au couvent. La moitié des béguines étaient des veuves. Les maris mouraient souvent avant leur femme, soit à la guerre, soit de vieillesse car les écarts d'âge étaient assez grands entre époux. Il était hors de question que Rome laissât de joyeuses veuves libres de prendre des amants de passage. Certaines mieux loties restaient dans le « siècle ». Elles avaient alors la charge de gérer le domaine et transmettre aux enfants le culte du père et des ancêtres. Ayant perdu l'époux protecteur, elles étaient vulnérables, même si souvent l'Église ou le Prince les protégeaient et y trouvaient leur compte. C'était parfois donc un privilège que d'être veuve, puisque les veuves avaient puissance sur les territoires de la famille, éduquaient les enfants, aller en justice. Elles assumaient le pouvoir près de l'héritier mâle, puis à ses côtés. Quand elles étaient très jeunes et n'avaient pas eu d'enfant, elles se remariaient parfois. Robert d'Ernée les connaissait toutes, et leurs familles aussi qui versaient pension pour elles chaque année. Son intendant tenait les comptes, la moitié en était versée par ses soins au Vicaire général de l'évêché qui en faisait une partie de son petit beurre et veillait de loin à la quiétude de cette très petite communauté. D'Ernée était un malin tortueux qui aimait bien les arrangements particuliers. À Morte-souche certaines moniales apprenaient à écrire, copiaient de 20 à 30 bibles ou évangiles chaque année dont Robert d'Ernée assurait la diffusion et partageait le bénéfice avec la communauté. Il faisait chaque année un voyage vers Troyes qui avait installé le premier moulin à papier vers le milieu du Siècle. Beaucoup moins onéreux que le parchemin il assurait de confortables revenus au rusé patriarche.

Le vieux curé Caussade était le prêtre référent. Il était à la main de Robert. La mère supérieure était sa propre sœur aînée. Elle était ambitieuse et intrigante. Il avait trouvé ce stratagème pour se débarrasser d'elle. D'une pierre deux coups. Sa fonction la cloîtrait définitivement et elle priait pour le salut des âmes de la famille. Mais plus que tout, elle ne risquait pas de se marier et de dispenser, en dot, quelques possessions. Elle n'était plus rien pour lui. Elle avait troqué son nom noble pour celui de Mère Marie.

Robert d'Ernée était comme bien d'autres seigneurs, parmi ses contemporains, un chrétien extérieurement fervent, mais le doute l'habitait grandement. Il percevait les schismes du Saint-Siège. Le siècle passé avait vu les luttes de pouvoir des Curies avignonnaise et romaine. Cela le confortait dans cette idée que, comme les nobles, les ministres du culte, dès qu'ils sortaient du rang de la prêtrise ordinaire, ne pensaient qu'au pouvoir, à l'argent, aux honneurs, aux femmes. Ils étaient, sur cette terre, quelques élus destinés à régner sans vergogne sur le reste de l'humanité. Les puissants du Clergé faisaient régner une terreur que le commun des mortels pensait d'ordre divin. Ils complotaient empoisonnaient, faisaient tomber les têtes. Certains qui venaient de vilipender le péché de chair, partaient forniquer avec plus d'ardeur encore, jusqu'à être Pape de père en fils ! Il lui suffisait de se souvenir des Templiers, ces fidèles soldats du Christ, ces individus pauvres dont l'immense richesse collective servait aux croisés et à la piétaille qu'ils accompagnaient vers Jérusalem et protégeaient. Ces grands serviteurs de l'Église avaient commis l'erreur d'afficher leur fortune sous le nez d'un Roi sans trésor. Ils avaient inventé une gestion nouvelle de l'argent (le chèque au porteur, l'échange bancaire, le coffre à deux clefs) qui était un camouflet pour De Marigny le responsable des finances royales ! Ils avaient reçu des papes successifs quelques privilèges (ils avaient leurs propres cimetières, l'accès assuré à la vie éternelle, leur propre quartier réservé dans Paris) et fait s'enflammer bien des jalousies car ils montraient un peu trop leur fierté d'appartenir à une élite de moines-soldats du Christ. Ils avaient été torturés, spoliés par Philippe IV le Bel, le voleur de l'Ordre du Temple (pour 200 000 livres et une énorme dette apurée), le rôtisseur de Jacques de Molay. Cette infamie se fit en dépit de la maigre opposition du pape Clément V qui ne fera qu'entériner les exactions de ce roi pillard. Robert d'Ernée était convaincu que Saint Pierre de Rome et ses cardinaux, était un nid de serpents guidés par l'intérêt et dont le mysticisme, pour la plupart, était de façade. Exactement le contraire du bas clergé et du petit peuple, des naïfs pleins de foi et d'amour pour Jésus, la vierge et les Saints.

La Curie, suivant aveuglément les écrits de Paul de Tarse, parlait au peuple, exaltait la jouissance d'être soumis, d'obéir aux puissants, de les servir, de travailler pour eux. Ce « treizième apôtre », mort depuis 1300 ans, soutenait que toute situation de dominance des seigneurs, de pauvreté des pauvres, était désir divin. Les hommes de pouvoir le tenaient de Dieu. Se rebeller contre ce pouvoir, c'est se rebeller contre Dieu. C'était aussi ce que le renommé saint Augustin prêchait au début du V siècle. Soumission à l'ordre et à l'autorité sinon, gare ! Au contraire du fabulé Jésus – le frère des pauvres, des déshérités – celui qui, dit-on, avait jeté les marchands hors du temple, la scélérate Église sera du côté des tyrans, des très riches, des exploiteurs, des violeurs d'enfants. Et cela pour toujours. Royauté et papauté, ces esclavagistes du peuple, se disputèrent, pendant des siècles la préséance pour diriger le monde. L'autre livre dit sacré, le Coran, soutenait les mêmes thèses dont celle des femmes réduites aux statuts de reproductrices et de perpétuelles mineures. Sans compter une haine farouche des infidèles. Quinze sourates au moins ne réclament-elles pas d'égorger ceux qui ne veulent pas se convertir ?

Voilà un discours qui allait parfaitement au vieux sire d'Ernée qui, lui aussi, ne pensait qu'à être plus puissant et plus riche. Ne disait-il pas :

— Où je trouve profit, se trouve mon honneur !

Face au peuple, le haut Clergé dans ses ors, ses habits de soie et ses bijoux fait mine de prier. Elle prêche l'humilité, la pauvreté, le respect des représentants de Dieu. Dans les monastères, les abbayes on respecte une règle, on prie beaucoup, on se consacre à ce que l'on croit être le service de Jésus que l'on inventa miséricordieux, on travaille et produit pour être autonome et parfois aider les pauvres ou les affamés. La Curie, elle, est dans le semblant et le paraître, la recherche de prébendes et bénéfices. C'est une bande de malfrats sans scrupule prêts à s'entre-dévorer pour le pouvoir. Le pouvoir de la mainmise sur les biens, les cœurs, les esprits, les corps. L'Église de Rome, c'est la grande peste à patenôtres et billevesées, l'affameuse des mauvaises années, la menteuse des évangiles et des reliques, la pilleuse de richesses, la grande feignasse qui, sous prétexte de louer le seigneur, le loue très cher à ceux qui ont paine sur la glèbe. La marchande de fables, qui profite de la peur d'après mort de la populace pour l'enfumer… et la mettre à genoux.

Morte-souche était un placement. C'est là que Swanhilda fit, en trente mois, ses humanités et vit naître une très chaude et indéfectible amitié.

Toute vraie passion ne songe qu'à elle.
Stendhal

Cloître de Morte-souche.
11 Septembre 1399.

Chapitre VII : Morte-souche collège...

Geoffrey du Palindrome, foudroyé d'amour, fou de désir pour cette beauté au mental de fer, au corps de déesse, la voulait à toute force.

Il aurait pu se contenter d'en faire une servante et d'en user à sa guise. On contait – en baissant la voix – que tel Prince ou Seigneur de France se réservait le *jus primae noctis* des jeunes épousées de sa terre tel que le signalait déjà Hérodote, il y a deux millénaires dans ses « histoires », à propos des nobles de Libye. Tout comme cela se ferait en Angleterre avec la « *marquette* », en Italie avec le *cazzaggio*, ou chez les arabes avec les enfants. Le prophète n'avait-il pas mis Aïcha dans son lit quand elle avait 9 ans ? Les pucelles de 12 ans autorisées à se marier par la coutume et l'Église pouvaient être prises dès ce jeune âge. Le roi Charles V et Jeanne de Bourbon ne sont-ils pas unis l'année de leur douzième anniversaire. Philippe Auguste II n'épousa-t-il pas Isabelle de Flandres qui avait dix ans ? Avant de tenter de la répudier quatre ans plus tard. Ces tendres fillottes n'étaient-elles pas encore plus neuves, plus fraîches, plus blanches ? Leur petite lanterne encore plus serrée et délicieuse à ouvrir, leurs pis à peine éclos encore plus fermes et dressés. Ce cheptel de tendrons ne lui appartenait-il pas au même titre que les femelles à quatre pattes, biquettes, taures, pouliches, agnelles, nées cette année sur ses terres.

Il ne s'était jamais gêné pour assouvir ses pulsions auprès des jeunes femmes du château ou du bourg. Une bourse discrète de quelques agnels lui offrait des nuits chaudes avec les plus belles filles. Il lui suffisait de soudoyer, demander, ou ordonner. Les seigneurs du royaume n'étaient-ils pas, de fait, propriétaires des terres, des bâtis, des bans, des esclaves, des serfs, des paysans, des villageois, des bourgeois ? Les vassaux ne venaient-ils pas mettre, à genoux et le chef fléchi, leurs deux mains jointes comme en prière entre les mains de leur seigneur pour faire allégeance, l'embrasser sur la bouche et jurer solennellement d'accourir à la moindre alarme. Quand on est à la fois juge, exécuteur, que se dressent les fourches patibulaires en l'entrée du château, que trône l'eschel (le pilori brossé de jaune) sur la place de l'église–on peut tout. Les puissants, de la Curie ou de la noblesse, les maîtres de l'argent ont toujours ouvert les pucelles impunément, depuis des époques reculées quand la hache de pierre et le muscle faisaient déjà la loi du fort et du riche. Et ce droit du plus fort et du plus riche n'est pas prêt de s'arrêter puisque les benêts de manants et les gras bourgeois sont incapables de s'allier pour découper les exploiteurs.

Mais c'était là pour Geoffrey rencontre prodigieuse, bien au-delà d'un pucelage à forcer. Il voulait conquérir le cœur fier et l'esprit farouche de cette femme pour qu'elle lui offre son corps. Il voulait que, conquise, elle abandonne la viking sauvage, se fasse Dame, et se donne librement à lui.

Pendant tout le temps où il patienta, il fut obsédé par son image. Elle hanta ses nuits de mauvais sommeil. Le désir ne le lâchait pas. Il avait bien tenté de s'assouvir auprès d'accortes servantes, mais les lacs de l'amour ont d'étranges philtres qui le faisaient mollir.

Bras séculier de l'Église, il avait pouvoir commun avec l'Évêque sur toutes les maisons de prières installées sur son domaine.

En deux jours, Geoffrey, la prisonnière et dix cavaliers avaient rejoint le château de La Gravelle, son fief, près de Laval.

Geoffrey du Palindrome avait convoqué la Mère Supérieure, sa tante, et la sœur la plus savante, la bibliothécaire, qu'Ovilon était allé quérir en char branlant.

Sœur Madeleine lisait couramment les évangiles, savait écrire. Les belles qui lisaient, tenaient cour d'amour et de poésie, étaient devenues rares après l'an mille deux cents sous la pression des tonsurés qui tenaient les lettrées pour plus diaboliques encore que les femmes incultes.

« À *fame* ne doit-on *aprandre letres ne escrire* », écrit Philippe de Novarre en 1265.

Madeleine connaissait fort bien les us et coutumes du temps et personnellement, la plupart des nobles de la région. Sa famille l'avait cloîtrée contre son gré, trois années auparavant, à la mort de son époux. Elle était sans enfant. Son chagrin était passé et elle commençait, si l'on peut dire, à regarder par-dessus la clôture. Elle vivait de plus en plus mal son enfermement.

On les fit entrer dans une petite pièce du château. Un feu crépitait dans l'âtre. Trois fauteuils autour d'une belle table de chêne. Trois verres, une carafe de Savarines, un Caours des « trois puits ». Geoffrey du Palindrome, en chausses et pourpoint de velours grenat, bagues et lourd collier d'or, les fit asseoir. L'intendant ferma ses livres de comptes et sortit.

Malgré les protestations de la Mère Supérieure, Geoffrey servit le vin. Robe sombre et nez superbe. Un peu plus alcoolisé que les vins ordinaires. Ils dégustèrent en silence.

— Mes sœurs, je vous prie de m'écouter attentivement, avait dit le seigneur Geoffrey.

— Je vais vous confier, pendant deux années et demie (j'espère deux années seulement mais le docte Jehan penche pour trente mois d'études) qui vont me paraître sans fin, une sauvageonne venue du Nord. Elle est ma captive.

Je pourrais la mettre dans ma couche, la vendre son poids d'or à l'Émir de Granada en Vandalousia avec lequel nous faisons commerce et qui est si friand de jeunesses blondes aux yeux clairs. C'est une beauté que je pressens comme un être exceptionnel. Je veux la garder près de moi.

Voici donc votre mission :

— Dans trente mois, jour pour jour, elle doit comprendre et parler la langue vulgaire, le latin. Savoir lire. Connaître quelques écrits et philosophes anciens. Elle doit maîtriser nos usages, notre religion et pouvoir aller dans notre monde, même si apparaissent encore, dans son parler, ses origines haut-normandes. Elle doit connaître les familles de notre région, leurs armoiries, l'histoire du pays. Elle ne doit jamais être marquée. Quels que soient les moyens que vous emploierez ou leur coût, réussissez cette gageure, vous obtiendrez beaucoup de moi. Un échec me déplairait.

— Avec quels moyens, Seigneur ? Osa Madeleine en baissant la tête.

— Mon ami, le très savant Jehan de La Mettrie que j'ai fait venir du collège de Sorbon, établira le travail de chaque semaine et me fera rapport. La viking et lui se rencontreront, en votre présence Madeleine, dans la petite chapelle du jardin tous les mardis pour orienter ses études, conseiller ses lectures, répondre aux questions. Vous passez pour une lettrée. Vous serez doublement sa sœur. Vous ferez table, étude, vie et chambre commune avec elle comme si vous étiez bessonnes. Pas un instant ne doit être perdu – en dehors de son sommeil – pour faire une noble Dame de cette belle sauvageonne.

— Nous n'avons que des psautiers au prieuré, Monseigneur.

— Dès demain vous partirez d'ici avec ma librairie. Vous avez crédits illimités pour d'autres achats.

Conscientes de la tâche monumentale qui les attendait, les deux femmes baissèrent la tête. Mère Marie craignait pour son cloître et, plus encore, pour le petit paradis de pouvoir absolu sur lequel elle régnait. Elle se voyait bien réussir, agrandir son domaine, sa librairie, prendre sous sa coupe les autres lieux de prière de la seigneurie, d'autres religieuses, car cette mante était gourmande de religieuses.

Sœur Madeleine voyait poindre là l'espoir d'échapper à un demi-siècle de prison, de douce prison certes, calme et sereine, mais profondément ennuyeuse car elle n'avait pas la foi. Elle avait goûté, mariée, aux délices de la chair et ce n'étaient pas les plaisirs solitaires auxquels elle s'adonnait de temps à autre qui pouvaient la satisfaire.

Swanhilda entra, regarda les deux femmes aux visages serrés sous le bandeau blanc. Elle avait fixé ses yeux clairs sur le visage de sœur Madeleine. Elles surent dans l'instant, qu'elles seraient liées et amies jusqu'à la mort.

Geoffrey, Ovilon le capitaine des gardes, et trente-deux hommes en armes escortèrent les trois femmes jusqu'à Morte-souche.

Swanhilda est enfermée dans une cellule monacale. Elle est inquiète. Pour elle fille de « païen », être enfermée dans un couvent ne présage rien de bon. Rien d'écrit dans son île hormis quelques runes sacrées gravées sur bois, mais la mémoire collective est tenace. La formidable expédition contre les chrétiens qui vit deux cents drakkars s'emparer de la Frise en 810 se racontait encore à la veillée. La plupart des sagas chantaient la vengeance contre ceux qui avaient massacré leurs cousins du sud. Un lointain parent de Swanhilda, Ordvig voin Schniegröndt commanda un raid plus téméraire encore. Ses vétérans, en un *strandhögg* dont ils avaient le secret, s'étaient enfoncés dans le pays, avaient pillé et profané avec rage le tombeau de Carolus à Aix la Chapelle, piétinant et détruisant les reliques et les objets de culte, pillant le précieux. C'était en l'an 881. Un tel passé et un tel passif, ne présageait rien de bon.

La mère supérieure expliqua à la congrégation que cette haute fille blonde était de passage au couvent pour apprendre latin et langue vulgaire, les principes de la religion, les usages et coutumes. Elle fit passer les exigences du seigneur pour épreuve divine envoyée pour éprouver la foi et le dévouement de ses religieuses. Les pieux mensonges étaient une pratique répandue. Utiliser les Saints, la Trinité ou la vierge Marie pour berner ou motiver les âmes simples, était une habitude répandue et efficace. Mère Marie sentit qu'une grande motivation se faisait jour.

La terrible routine, la routine qui bat, allait se dérouter quelque temps pour le plus grand plaisir des nonnains.

Honte répondit jalousie, j'ai grand peur d'être trahie,
car débauche est devenue très puissante.
Elle règne partout. Même en abbaye et en cloître.
Chasteté n'est plus sûreté.
Guillaume de Loris, *Le Roman de la Rose.*

Cloître de Morte-souche.
12 septembre 1399.

Chapitre VIII : Le rêve de Swanhilda

Ce cloître de Morte-souche, voulu par Robert d'Ernée, fut donc choisi par Geoffrey du Palindrome pour être le docte collège de Swanhilda pendant deux années et demie.

Elle se rappelait son arrivée à La Gravelle, sa première nuit, et tout ce qui avait précédé.

Elle était éreintée par les combats, la mangeaille, la fête lubrique et sanguinaire qui avait suivi, puis la mort de son père Olaf, émasculé et pendu comme ses compagnons, et enfin sa propre capture. La troupe avait regagné Champtocé, s'était restaurée. La jeune fille était vêtue en page. Geoffrey et dix cavaliers l'entouraient. Ils étaient partis au petit jour, avaient chevauché sur vingt-deux lieues, ne s'arrêtant que pour se restaurer au Castel de Craon, prendre repos et changer les chevaux. Après six mois de mer, elle avait perdu l'habitude de monter. Si ses genoux et son assiette avaient gardé leur intelligence de menée, sa peau avait perdu la mémoire. Avec une selle, un mors, la conduite d'un cheval est différente des aides qu'on utilise à cru et avec un licol. D'où beaucoup de fatigue. Elle avait dû serrer les dents et retenir ses larmes, les fesses tannées par cette selle inconfortable et les cuisses devenues bois de chêne. Elle avait été emmenée dans un château au donjon carré et close en chambre. Une seule fenêtre dont le vitrail aveugle ne s'ouvrait pas. La couche était excellente, fraîche la jonchée sur le carreau, le meuble de qualité. Elle pensait être jetée dans un cachot en attendant d'être violée par les seigneurs du lieu, ou vendue bon prix à quelque amateur de jeunesse à la peau claire. La qualité de sa prison, la beauté des vêtements qui lui avaient été apportés, disaient bien qu'elle n'était pas une détenue banale à oublier et lui donnaient l'espoir de survivre. Une femme silencieuse, assez jeune et plantureuse, était venue lui passer un baume odorant sur les fesses. Quand elle avait été seule, assise très droite sur sa couche, tête levée, elle avait pleuré silencieusement sur la mort d'Olaf, celle de ses compagnons d'expédition. Elle savait que c'étaient les lois de la guerre, les aléas de l'aventure. Olaf avait gagné tant de fois, tant de fois mis les autres sous sa coupe, tant de fois pris des vies, pillé des bourgs, ensanglanté des pucelles. Les vieux guerriers vikings étaient pièces rares. Ceux qui avaient eu la sagesse de ne pas faire l'expédition de trop quand la vieillesse rend le pas moins agile et le bras plus lent, la pensée moins aiguisée. Elle songea à sa mère qu'elle ne reverrait plus et qui allait attendre et vieillir sans son époux et son enfant. Elle avait fait front en se disant, comme le répétait souvent son grand-père Thorsson dans l'adversité :

— Swanhilda le soleil sera là demain encore ! Courage ! Pleure. Pleure et redresse-toi.

Elle vient de remarquer le miroir. Elle n'a jamais vraiment vu son visage. Cet objet, orné de pierres, est inconnu dans son île isolée. Elle a parfois aperçu son reflet voilé dans la belle eau dormante d'un fjord sombre ou une plaque de métal poli. Pendant un bref instant ce visage qui lui saute aux yeux est un portrait distordu, éclatant, lumineux, un choc d'images qui mélangent l'étranger et le connu. Elle, pas elle. Une réalité dont elle vient de découvrir l'image stupéfiante de beauté, un mystère dévoilé. Elle s'attarde et trouve dans cette représentation un formidable secours, une immense confiance en elle. Elle comprend mieux maintenant la fascination qu'exerce son visage sur les autres, hommes ou femmes.

Les filles sont toujours inquiètes de leur jeune beauté. Plus encore de leurs défauts. Elles ont besoin d'être rassurées, comme si une grande joliesse était présage d'amour éternel du prince... Swanhilda sait depuis longtemps déjà sa beauté dans le miroir de l'œil des mâles. Celui qui ne quitte pas son regard, hypnotisé qu'il est par sa transparence d'une clarté étrange et dont les deux flaques bleues s'étirent vers ses tempes. Celui aussi qui s'attarde sur son sein plantureux et gonflé de jeune fille au corps lisse en révolution. L'œil dont la pupille se dilate – comme se dilatent les vits – devant son cul si bellement rebondi et mouvant de marcheuse infatigable et sur la luxuriance de sa chevelure. Plus que belle ! Elle est une déesse à adorer, une somptueuse et ensorcelante femelle humaine à chérir, à baiser, à caresser, à investir et féconder jour et nuit, inlassablement. Elle peut s'inventer un esclave amoureux, enchaîné à son sexe, à sa bouche, jusqu'à la fin des temps. Elle sait que la beauté de sa mère a mis son père, le fier Olaf, à genoux.

Une frénésie de coïts est en sommeil dans la splendeur de sa chair, la déité de sa haute silhouette, la délicatesse de ses traits, la luminosité de son regard pourtant rougi par les pleurs. Ce sont là promesses de plaisirs toujours renouvelés et de bonheurs solaires. C'est un privilège qu'elle se reconnaît aujourd'hui dans cette image du miroir.

Depuis sa petite enfance, elle se sait double. Est-ce à cause du regard du père évaluant sans cesse la largeur de ses épaules, la force de ses cuisses et non sa joliesse, sa grâce florale comme pour ses cousines et voisines ? Elle se reconnaît très vite un garçon comme « une » autre, succédané pour Olaf du mâle qu'il n'a pas eu le temps de concevoir afin qu'il prenne sa suite à la tête du clan. Mais elle se sent tout autant petite fille comme toutes ses sœurs du monde qui ont compris intuitivement qu'elles portent en elle les secrets et les forces de l'humanité en marche. Les petits garçons sont un futur sans surprise, mais les petites filles se parent d'étrange.

Les hommes perçoivent, étonnés et inquiets, la mise en abîme de terreau fertile qui est en elles, fillettes portant déjà chacune dans leur chair une petite fille en devenir.

Elles aussi, porteront une promesse d'enfant en attente puis celle-là aussi, encore en latence, une descendance à faire germer, sans fin, sans fin, sans fin. Sa détermination, sa force mentale viennent de cette grâce unique et mystérieuse donnée aux femmes, à perpétuité, de continuer la vie et qui exaspère les Églises. Elle y trouve solide assise, détachement et capacité de recul face aux événements. Son œil est plein d'une sereine ironie sur le monde. Inconsciemment, sur elle-même aussi. Héritier, (héritière) au grand jour et aux yeux de tous. Si le sourire d'Olaf est d'admiration, d'amour, c'est aussi une mimique satisfaite de chef de meute. Survie des gènes. Elle est une fille-femme affirmée, mais elle doit jouer le rôle décidé par le Père. La voici prisonnière des grilles de la parentèle, de la lignée. Les désirs, les espoirs les plus secrets des parents nous fondent inconsciemment. Depuis le début de l'humain.

Au troisième jour, elle avait été emmenée dans un cloître qui ressemblait à celui que sa troupe de normands avait pillé près de Landevennec. Elle était encadrée d'une troupe nombreuse. C'était un signe évident de la valeur qu'elle avait pour celui à qui chacun, parmi ces cavaliers portant tous l'écu d'azur au lévrier rampant de gueules, s'adressait très respectueusement. Il ne l'avait pas quittée des yeux pendant tout le temps de la chevauchée. Avant de donner, à sa troupe, ordre d'avancer, il était venu à côté d'elle. Il avait fait rassembler, puis piaffer son genet d'Espagne, un étalon noir qui par moment bandait – comme s'il percevait l'érection permanente de son cavalier – près de la jument grise qu'elle avait enfourchée. Il avait cassé la barrière invisible qui la séparait de tous les hommes présents au bord de Loire deux jours avant quand, altière et nue, elle montait sa mule comme une reine passant ses sujets en revue. Elle ressentait cette invasion secrète de son espace. Comme s'il était déjà entre ses cuisses. Alors elle avait fait pivoter sa bête, tête bêche, vers le genet pour la mettre au rassembler. Elle toisait l'homme de toute sa hauteur. L'étalon joua le jeu pour son cavalier, encensant ardemment. Geoffrey savait les normands formidables marins mais il n'avait jamais entendu dire qu'ils étaient d'excellents cavaliers. La grande fille blonde était gênée par la prunelle sombre et fiévreuse de ce grand gaillard à la barbe noire, aux larges épaules, aux riches parures sur son habit de velours noir. Tout en manipulant nerveusement son pentacol d'or, il la regardait comme une œuvre d'art délicate en péril, comme s'il voulait graver une icône à tout jamais dans le reliquaire de sa mémoire. Cette silhouette d'amazone lui entrait dans le cœur comme une pique, jusqu'au doloir. Il allait se priver de ce corps sublime pendant deux longues années de couvent. Manière de la mériter ? De l'imposer au monde ?

Le seigneur lui avait offert une main – dont elle n'avait aucun besoin mais qu'elle avait acceptée – pour l'aider à descendre de sa monture. Il l'avait regardée longuement d'un œil halluciné de détresse avant de la confier à deux femmes qui l'avaient accueillie à son arrivée.

Au cloître, elle se retrouva seule dans une cellule propre au mobilier succinct. Elle s'allongea sur la couche. Elle sombra dans un mauvais demi-sommeil.

Elle revivait en songe l'accostage du *knörr* dans la boire de Champtocé, l'attaque surprise du moulin, la mise à mort du meunier, de ses aides, la joyeuse beuverie nocturne et les supplices que les soldats avaient fait subir aux prisonniers et aux prisonnières, puis l'assaut des troupes de Geoffrey du Palindrome.

Swanhilda savait quelles étaient les lois de la guerre contre les chrétiens. C'était la troisième fois qu'elle assistait à ces orgies d'après combat pendant ce voyage. Olaf voulait qu'elle connaisse la vie des hommes rudes, la préparation des opérations, les libations et les orgies, les supplices infligés à ces catholiques qui avaient massacré jadis sans vergogne ses cousins Lades, Rus et Varègues pour tenter de les convertir. Il espérait faire d'elle son héritière et même une chef de guerre. Alfhild de Gotland n'avait-elle pas commandé une troupe de pirates des deux sexes et tenu tête à son fiancé ? Rusla et Sela n'avaient-elles pas affronté des guerriers avec succès ? Une bonne dizaine de femmes, capitaines de *knörrs*, étaient les héroïnes dont il racontait volontiers les histoires. Sa fille semblait en avoir la carrure et la volonté. Ces sagas et son père l'avaient convaincue qu'elle était de la race de ces femmes dominantes. À sa mort, elle espérait avoir l'honneur d'être ensevelie dans son *snekka* coulé au fond d'un fjord. Comme la Princesse d'Oseberg. Elle devait s'endurcir et ne commanderait que si elle était aussi féroce, sinon plus, que les grands mâles de son clan. Quand faute de vent ses compagnons d'aventure ramaient, elle était la dernière à lâcher son aviron. Elle se savait un peu moins puissante que tous ces gaillards. Alors elle avait observé comment Bendik le fluet s'y prenait pour tenir la cadence, sa nage coulée, la façon dont il allait chercher l'eau avec sa pelle et le travail des muscles de son dos avant de mettre les bras en action. De manière très progressive, sans violence. Elle régulait son souffle, et expirait profondément quand sa rame repartait au ras de l'eau vers l'arrière. Quand elle se sentait très fatiguée, elle diminuait la surface d'action de sa pelle en tournant son poignet pour prendre moins d'eau mais rester ainsi dans le tempo donné par Olaf. Les grands mâles à la rame semblaient, eux, arracher des chênes à chaque ramée. Pendant leur long périple marin, à chaque conseil, Olaf l'avait imposée et interrogée comme tous les autres sur les actions à projeter. Sa pensée était si claire et argumentée que tous l'écoutaient. Elle était aussi la seule dont la parole parlait d'eux, incluait l'humain, l'émotionnel, ne s'arrêtant pas seulement aux armes, aux attaques, aux ruses. Une parole de femme que la maternité future prépare secrètement à penser toujours avec « l'autre ». Mais aussi une parole de fille éblouissante capable de convaincre un garçon de se jeter, pour elle, de trente pieds dans l'eau du fjord et tenter de surnager.

Des combattants du clan elle était la meilleure au lancer du coutelas. Elle s'y était entraînée si longuement et avec tant d'ardeur ! Privilège des petites filles bondissant sans relâche, ces infatigables sauterelles des marelles, des cerceaux et des cordes, répétant, répétant sans cesse, acharnées chaque jour à la tâche choisie, pour faire mieux en toute chose. À dix pas, main droite ou main gauche, elle plantait, plein fer, au cœur ou à la gorge. Elle avait envoyé deux adversaires ad patres au combat. Elle portait deux dagues à sa ceinture en plus de sa hachette et d'une épée à deux tranchants. La hache de poing (*handhöx*), qui était l'arme préférée des vikings, demandait à être saisie, levée puis jetée avec force. Du temps perdu dans le combat. Ses couteaux partaient si vite d'un geste coulé. Son clan méprisait les cottes de mailles, même si certains portaient des casques protégeant le nez et le tour des yeux, de fait, des masques de terreur. Une rondache suffisait pour parer. Ils étaient, accoutrés ainsi, puissants, légers et rapides, car de fer non-vêtus.

Elle avait la confiance et le respect des combattants du clan. Nombre d'entre eux étaient secrètement amoureux d'elle. Aucun n'avait jamais osé se déclarer. Elle avait pris bien soin, sur les conseils de sa mère, de n'encourager personne. Son caractère était fort, son tempérament posé et calme, comme celui des femmes du grand nord d'Hälogaland qui assumaient la conduite des affaires sur l'île quand les hommes partaient en expédition. Quand il le fallait, elles combattaient avec courage. Swanhilda devait s'endurcir et tout savoir. En dépit de sa virginité, elle était loin d'être une oie blanche. Bien avant d'avoir eu ses premiers sangs qui lui rappelaient chaque mois que son ventre était fait pour s'accoupler elle avait su, par sa mère, tout ce qui concerne la vie, le sexe. La nudité, les pratiques amoureuses des grands, les petits jeux sensuels en solitaire ou en compagnie lui étaient familiers. Peu d'interdits dans l'île, hors inceste et homosexualité masculine. Elle s'était assise auprès d'Olaf, le chef de ce clan, pour assister aux spectacles des hommes en rut. Elle avait bu plusieurs coupes. Le vin de Loire était fameux. Elle était un peu grise.

La femme du meunier avait été esnuée…

Comme l'avaient été les cinq autres jeunes femmes que se partageaient les guerriers en riant. Elle avait subi six terribles gaillards qui s'étaient relayés au déduit. Ils l'avaient ligotée, les bras en croix, sur un timon de charrette. Elle avait d'abord refusé de leur livrer sa bouche. Le visage rougi d'avoir été giflé de leurs mains et de leurs sexes bandés, elle avait dû les accepter. Elle avait été gorgée de semence. Ils riaient de ses larmes, quand elle les implorait d'épargner les enfants. Elle avait vu Mahaut, dix-sept ans, l'aînée de ses deux nièces, violentée par une douzaine d'entre eux. Ils l'avaient jetée sur l'immense fourrure blanche d'un animal inconnu d'elle. Elle n'avait plus la force de crier. Pendant les premiers assauts, ils n'avaient même pas enlevé leurs casques effrayants. Son visage portait les traces rougeoyantes laissées par le frottement du métal. Puis un colosse aux yeux fous, poilu tel un ours, grondant, avait fait le vide autour de lui. Et chacun de s'arrêter pour « profiter ». Il l'avait retournée sur le dos, avait ramené ses pieds écartés près de sa tête. Ses énormes battoirs lui enfonçaient les chevilles dans le sol de tout son poids. Il l'avait sodomisée après s'être trempé dans son sexe gluant de sécrétions, de foutre et de sang. Bouche ouverte, les yeux exorbités, elle subissait son supplice sans un cri, anesthésiée par trop de douleurs, de honte et de terreur.

Sentant venir le flot, le monstre se retira presque entièrement d'elle. Il l'empala d'un coup violent en hurlant, plantant ses dents dans ses cheveux et son front, les reins arqués, les pieds repliés sur son potron velu, tremblant de tout son corps. Il s'épancha longuement en elle, ne tenant plus que par ses mains, ses mâchoires et sa cheville. Des cris saluèrent l'exploit de cette furieuse saillie. Elle s'évanouit. On l'abandonna, ce qui la sauva.

La meunière n'avait dû sa survie provisoire qu'au fait de pouvoir les mener à une abbaye. Elle devait servir de guide et d'appât, demander asile pour que la sœur portière ouvre sa maison sans méfiance. Dans toutes les mises à sac des contrées qu'ils traversaient les premières cibles étaient les monastères, les couvents et les églises. Bons et bonnes à piller car riches de l'or des ciboires, de l'argent des fidèles. Bons pour la vengeance que réclamaient les ancêtres décapités par les rois chrétiens à la suite de Charlemagne le « fou de Dieu » qui avait tant massacré pour imposer le christianisme aux « barbares du Nord ». Les soutanes, les robes de bure, les voiles, les guimpes voleraient. Quel plaisir que de tourmenter de leurs sexes bandés les pucelles des couvents. Quel plaisir que ces viols, dans les cris de terreur puis de douleur des nonnains et des moinillons défoncés de braquemarts en folie. Celles et ceux que l'on avait donnés corps et âme à leur Dieu rougissaient de vergogne et cachaient leur visage quand il arrivait qu'elles (ou ils) ne puissent résister à l'appel de leur chair en gueulant leur plaisir d'une chaleur trop longtemps et mal contenue dans les fers pervers d'une Curie malade et honteuse de sexe… Et chacun de rire, de commenter, au milieu des plaintes et des râles du rut.

Le peuple viking est certes patriarcal, mais leurs femmes sont bien mieux considérées que celles des Francs. De fait, c'est l'épouse qui gouverne la ferme, le mari étant souvent absent. Elle est souveraine en sa maison, son chignon relevé en fait foi. Elle en garde les clefs reçues le jour du mariage – toujours à la fin de l'automne – avec le douaire offert par son époux. Elle peut divorcer et conserver ce qu'elle possède, dot et douaire. Elle est gardienne des traditions, elle est l'honneur et la référence de son clan. Elle seule peut être magicienne ou chamane, (la *volvas*), souvent mire. Il lui arrive aussi, comme Swanhilda, de combattre, de participer aux expéditions. Les hommes sont polygames, mais les concubines n'ont pas de pouvoir. Le viol est sévèrement puni. Il est recommandé, contre les chrétiennes pour laver les humiliations et les assassinats des sbires de Rome. Réelle vengeance ou manière de détourner l'interdit ?

Il se fait tard. La plus jeune des nièces, Sophia, a seize ans passés. Elle va payer maintenant, comme tout ceux que capturent les Vikings, pour la cruauté des fanatiques carolingiens qui, suivant aveuglement les ordres du capitulaire « De partibus Saxoniae » promulgué en 787, ont, par exemple, décapité plus de quatre mille hommes à Verden en Saxe. Charlemagne y gagnera son titre de « Charles le boucher » qui se répand dans tout le nord de l'Europe. Quatre mille cinq cents têtes d'hommes mises en pyramide ! Et tous ont assisté au massacre de leurs parents, de leurs voisins, de leurs amis. Quatre mille cinq cents têtes aux rictus douloureux et ensanglantés figés pour l'éternité. Des mares de sang trempant et empuantissant la terre noircie, et toujours cette sempiternelle question des tourmenteurs :

— Veux-tu te convertir ? avant d'abattre la hache ou l'épée.

Il faut imaginer cette scène d'apocalypse. Ces vingt soldats – prêtres-bouchers – exécuteurs barbares, aux jambes couvertes de sang, abattant ensemble leur hache ou leur glaive après que l'Empereur le grand, le magnifique, le bourreau de Rome eut posé la question de pure forme. Il sait bien qu'un Varègues ou un Lades ne fléchit pas devant la menace. On jette vingt têtes vers l'architecte diabolique qui entasse les crânes ; on tire les cadavres dont le sang gicle encore pour les jeter aux loups, aux chiens, aux corbeaux, et à la vermine par-dessus la muraille. Vingt autres s'avancent les mains liées. Magnus le charognard questionne et donne ses ordres dans une fureur religieuse démoniaque. Deux cent vingt fois les bouchers tranchent. Certains rendent leurs tripes ; ils sont remplacés. Trois déserteront dans la nuit.

Pendant leur longue pérégrination vers le millénaire marché de Verdun, au bord de la Mosa, ils ont sodomisé les plus girondes et les plus beaux parmi les 12 000 femmes et enfants épargnés. Car ils y seront vendus comme esclaves. On garde donc précieusement les pucelages. Certains beaux garçons seront émasculés pour faire ces tendres eunuques dont le monde juif ou russe est si friand. Plus encore le monde arabe.

L'Église catholique romaine est une secte vénale de barbares féroces et sans pitié. Elle ne porte pas d'arme. Elle délègue, à ses nobles tueurs ondoyés.

Les personnes les plus fortes dans ce monde
sont souvent celles qui ont combattu seules.
Cheryl Blossom

Cloître de Morte-souche.
12 septembre 1399.

Chapitre IX : Sophia : survivre.

Swanhilda dans son demi-sommeil revoit cette jeune fille brune, au corps léger, dont se sont repus ses compagnons de voyage. C'est à elle, à son courage, qu'elle doit d'être prisonnière ici. Celle à qui les Vikings faisaient payer, la nuit dernière, la vieille dette d'honneur, payer pour la cruauté des fanatiques carolingiens. Swan se souvient.

Sophia a seize ans passés. Elle est promise et doit convoler au printemps prochain. Elle va échapper de peu à la mort après le rut des bêtes chevelues venues du Septentrion. Elle tremble pour sa vie, pour la torture qui l'attend. Les hommes du moulin et du grenier à sel ont été massacrés à la hache. Elle a vu un crâne ouvert montrant sa cervelle blanche au lacis de veinules pourpres. Un corps qui s'effondre dans un bruit sourd. Trois têtes décollées et ces jets rouges lancés loin du cou tranché par un cœur qui s'affole. Tant que ce cœur ne faiblit pas et que sa source ne tarit. La vie qui fuit en quelques instants affreux. Elle tremble sans pouvoir s'arrêter…

… Les femmes ont été battues, violées sauvagement. Les nuits à venir de Sophia, si elle est épargnée, seront d'affreux cauchemars de sangs jaillissants, de doloirs, de cris et de rires sataniques. Ces terribles rires des barbares que réjouissent les paines, les chairs torturées, la mort présente qui leur fait joie, les cadavres jetés dans le fleuve dont l'eau se rougit. Elle est la dernière proie, celle qu'on garde pour la bonne bouche, le clou du spectacle de la druerie collective. Une fine sueur perle sur son buste. Elle la sent couler entre ses omoplates.

C'est un jeune normand, le beau Knute, sans doute chef, ou fils de chef puisque personne ne lui a disputé la primeur de cette prise, qui l'a gardée contre lui. Il la serrait entre ses genoux qui lui battaient les flancs pour rythmer le rut des monstres au déduit. Elle n'avait cessé de pleurer silencieusement. L'attente est l'un des plus affreux tourments qui soit. Pour lui, bien au contraire, cette patience à laquelle il s'oblige avant le viol est un aiguillon formidable. L'attente qui décuple son envie pour elle,, l'attente qui torture. Il lui avait tiré doucement les cheveux en arrière pour l'aviner et lui faire vider un calice d'or pillé dans une abbaye près de Landevennec. Deux fois, jusqu'à la lie, en lui susurrant à l'oreille : « Trrenk, min vakrrêe ». Cette voix profonde qui roulait si tendrement en cascade, la terrifiait plus que s'il avait gueulé son ordre. Elle avait bu ce vin rouge épais qui l'avait embrumée immédiatement. Puis il avait relevé ses cheveux et l'avait mordillée à la nuque – là où dansaient quelques petits cheveux fous –, lui faisant penser à la bouche de l'étalon mordant sa femelle dans la saillie, au bec du coq cochant la poule. Oui c'était bien cela, un grand animal qui serrait ses petites mamelles de ses grandes pognes pendant tout le temps où sa tante, ses cousines et sa sœur avaient été prises par les sauvages. Ses doigts se marquaient dans sa chair. Pour toujours pense-t-elle en sentant ses tétons félons se durcir et pointer dans les paumes. La formidable érection du viking se pressait contre son dos. Ce dur mandrin de chair dressée comme un serpent prêt à piquer la terrifiait. C'était promesse de débrisure et doloir.

Jamais encore elle ne s'était sentie autant femme, femelle fragile, à ce point. Puis il lui avait saisi la main droite et l'avait enfilée dans ses braies pour lui faire prendre son vit et l'effrayer. Ses doigts fins enserraient la base du sexe dressé dont l'extrémité haute et rondie se frottait au milieu de son avant-bras. C'était étonnement doux et chaud. L'extrémité de cette tige de chair à la peau satinée était gonflée comme une grosse prune. Elle la sentit s'arrondir dans sa paume quand il lui fit saisir son membre et le caresser sur toute sa longueur qui était imposante. C'était effrayant de penser que cette énormité allait s'engouffrer et naviguer en elle comme ces foutoires qu'elle voyait coulisser entre les fesses rebondies des femmes dévastées par les barbares à quelques toises de là. Elle sentait une veine serpenter sous la peau. Cette bête sauvage allait l'investir comme un bélier fracasse une porte de chêne. Son sang coulerait dans un vacarme rouge de rires gras, d'exclamations paillardes. Il l'obligea à descendre sa main, qu'il doublait de la sienne, pour aller jouer avec ses lourdes coilles étonnamment mobiles dans leur sac de peau. Alors, courageusement, en dépit de sa honte, elle ne retire pas sa main. Elle ne veut pas gâcher la moindre chance de survie.

Knute se lève, la saisit par ses longs cheveux noirs.

Ils sont en scène.

Il la griffe à une épaule en arrachant sa robe de toile. Elle est affreusement dévoilée, comme si chacun des multiples regards qui se repaissent de sa peau blanche, de ses reins creusés au-dessus de ses naches rondes, de ses seins tendus, de sa toison et de la fente rondie de son sexe la déshabillaient encore plus. Elle sent confusément que chaque œil voyeur a sa manière pour la découvrir, que chacun a sa façon pour satisfaire sa curiosité sur son jeune corps, la faisant trente fois plus nue. Car chaque regard est tributaire de l'histoire de l'œil qui s'est exercé à capter des scènes, tributaire de l'esprit qui le commande, de la mémoire qui frémit à du déjà connu, s'aiguise des manques qui pourraient être comblés. Chaque livre est réécrit en partie par tous ses lecteurs, chaque scène est perçue différemment par chacun des spectateurs. Lectures plurielles d'un même objet à déguster.

Elle sent les regards qui lèchent sa peau, courent vers ces petits coins secrets qu'elle-même n'a jamais pu contempler. Sa bouche n'est plus un lieu de parole. Elle est devenue, par la sorcellerie du dévêtu, un lieu de plaisir. Car il y a place pour cent rêves salaces entre une nudité qui s'offre et une nudité qu'on arrache. Cette nudité que Knute vient de leur dévoiler, ils la veulent encore plus nue. La nudité de dessous la peau, la nudité des intérieurs et la chaleur irradiante des organes qui battent. Ils veulent aller voir plus loin que la nudité arrachée de dessous l'habit. Ils veulent aussi déguster la nudité affreuse des sensations, la nudité affreuse des sentiments horrifiés. Quand il la lâche pour quitter sa peau de bête et laisser tomber ses braies… découvrant son pénis dressé, elle n'ose même pas cacher son tendre et timide sexe moussu que les voyeurs imaginent pleurant, puis bavard, bavant et criant peut-être de plaisir. Les trente compagnons de Knute se sont assis pour l'admirer dans ses œuvres. Profiter aussi par l'œil de cette jeune pouliche qu'il va débourrer et qu'il leur abandonnera, bien repu. Ils auront de quoi conter, autour du feu, pendant le long hiver sur l'île de Schniegröndt, quand le grand *kota* collectif sera couvert par deux pieds de neige. Ils ajouteront un épisode à la saga de Verden.

Elle est longue, mince, encore menue. On dirait une rose trémière poussée d'un jet avec les fleurs de sa féminité déjà épanouies. Ses pis dardent sur son torse maigre. Deux demi-pommes bien rondies. Les tétons sont gonflés, deux demi-prunes roses pâles. Son sexe est bien exposé, bombé, joliment fendu, ombré d'un duvet plus sombre que ses cheveux. D'un geste aisé de brute gaillarde, il la soulève du sol par sa chevelure rassemblée en deux nattes épaisses. Aussitôt elle s'agrippe à son bras pour soulager sa crinière. Une image horrible la pétrifie. Elle est le lapin que son voisin

Gildebert saisit par les pattes de derrière, laisse pendouiller, gigoter tête relevée et, de son poing fermé, assomme d'un coup violent. Puis il le pend, découpe la peau des pattes, et l'écorche d'un seul geste pendant qu'il est encore bien chaud dans un froissement étrange et terrifiant de fourrure qui se décolle de la chair. Ce qui l'attend est sans doute pire.

Knute la fait tourner lentement pour observer son cul et l'offrir aux regards de ses compagnons. Les commentaires fusent et les rires.

Sophia n'est plus désormais qu'une « chèvre émissaire » celle que l'on met à mort pour ponctuer les relations de haine entre tribus. Et chaque guerrier se prend plus encore au mimétisme de la haine. Le groupe se resserre autour du même objet à sacrifier. L'unanimité justifie, sacralise leur violence. On peut même en rire pour l'humilier et affirmer son statut d'agneau sur la pierre.

— Ce trop léger potiron va t'étrangler le nœud Knute !

— Il n'entrera jamais sa grosse lance dans ce pruneau clair !

— Tu vas t'écorcher le gland ! Laisse-la-nous !

— La darraque à Bendik est raide mais plus petite que ton dragonneau. Il va te l'ouvrir !

Des larmes de douleur ont jailli des yeux noirs. Il la repose, rassemble ses cheveux nattés sur le haut de sa tête, les lui met en mains.

Elle comprend qu'elle doit se livrer sans bouger. Sa main descend entre ses cuisses, un doigt s'insinue entre ses nymphes. Knute progresse lentement, la fouillant attentivement, les yeux mi-clos pour savourer l'instant délicieux où il butera contre son hymen. Quand il y parvient, elle a un gémissement sourd, un léger retrait du bassin.

— Ahhhhhh… ! font les spectateurs moqueurs en l'imitant.

Elle ne comprend rien mais, courageusement, s'enfile un peu plus sur le doigt qui l'explore. Ce mouvement a rendu l'homme dubitatif. Il la regarde mieux. Il perçoit combien elle est jolie. Il a vraiment l'intention de faire subir à son sexe les multiples tourments dont les guerriers vikings sont si friands, plus encore peut-être que des richesses qu'ils accumulent au gré de leurs pillages. Il entre la première phalange d'un second doigt puis d'un autre, et avec ce cône commence à ouvrir la pucelle. À son grand plaisir, elle tremble toujours de peur contre lui, la bouche et les yeux grands ouverts. Le silence s'est fait… chacun se projette… entre ses cuisses. Qui des doigts, qui du nez, qui de la langue ou du vit. Même Swanhilda, un instant, se fait jeune vagin assiégé ou ongle griffant. Elle ne sait trop.

Les doigts de Knute s'humidifient peu à peu, la fleur s'ouvre dans sa douceur de chair onctueuse. Ses doigts la sentent rouge carmin et c'est étrange, comme s'ils avaient un don tactile des couleurs. Ses trois doigts sont plantés sur le pucelage ; une petite poussée et il ressentira précisément, jouissif, le déchirement.

— Elle se mouille ! Elle s'ouvre ! dit-il.

Les guerriers s'esclaffent.

— Eh bien, nous la ferons mourir de plaisir et non de douleurs, ajouta-t-il. Si elle tient ses promesses, je la ramènerai au pays. Sur notre *Knörr* il y a trois rames libres de guerriers partis pour le royaume d'Odin. Elle prendra le manche à deux mains… Elle ramera le jour et… la nuit…

— Surtout de nuit ! et tous de rire du mot de Bendik.

Il lui met dans la bouche ses doigts luisants après les avoir promenés sous son grand nez en reniflant. C'est pour qu'elle goûte ses propres sucs. Elle rougit en reconnaissant cette senteur qu'elle connaît. Elle se met à détester ce corps dont son imaginaire avait préparé l'offrande à son futur époux Jérôme, car malgré – ou à cause de – sa terreur, elle ne peut empêcher son sexe de se liquéfier. Pour la protéger de la douleur d'une prochaine pénétration ? Elle a souvent pensé à un geste similaire de son promis qui, tendrement, amoureusement aurait ouvert sa fleur. Mais ce soir, pas d'amour, pas de tendresse. Elle ne reconnaît que la victime en elle, pas l'amoureuse.

Il la colle contre son poitrail, ses mains levées tiennent toujours ses cheveux en bouquet. Son nez bute entre les pectoraux saillants du guerrier, sa sueur est forte et enivrante. Un fort parfum de bête, une senteur entêtante d'étalon en rut. Il lui appuie sur la tête. Son long pénis se dresse à mesure qu'il la fait aller à sa rencontre comme si la fille et le membre étaient animés d'une vie commune. Elle l'embouche. La tête de Sophia parait minuscule dans ses grandes mains.

— Ne l'étouffe pas ! On en veut aussi, crie le drôle. On rit encore…

Elle se répète d'être obéissante, soumise. Il lui fera peut-être grâce. Alors elle s'applique, ce qui déclenche chez les spectateurs d'affreux bruits de bouches ou de pseudo râles de jouissance. Elle plante le mandrin au fond de sa gorge puis retire sa tête en arrondissant sa bouche pour une abominable caresse de ses lèvres et elle recommence ces saletés qui lui lèvent le cœur et font rire et bruire les voyeurs dans des imitations obscènes. Mais elle tient bon et s'accroche à sa vie.

Il empaume le bel arrondi de ses fesses avec ses puissantes pognes, la décolle du sol, lui fait écarter les jambes pour mieux l'exposer aux regards. Il ouvre les lèvres de son chaton, la soulève et montre, alentour, le rouge de son sexe, le rouge de sa honte. Les commentaires qu'elle sent admiratifs ou graveleux fusent. D'un coup de rein le gaillard se débarrasse de la succion. Son grand vit reste dressé vers le ciel. Ses grandes mains couvrent entièrement ses naches. On dirait qu'il offre deux belles pommes. Il l'élève jusqu'à ses moustaches. Elle est tellement légère. Elle a les mains autour du cou de taureau. D'une pression du poignet, il la verse en arrière. Il ouvre les lèvres de son sexe d'un coup de langue, les petits pétales des nymphes. Ses lèvres moustachues marquent leur sceau et se marient à sa fourrure noire. Elle a un bouton minuscule comme une prunelle bien dure qu'il asticote de la pointe. De la langue, comme un chien, il se goinfre de ses humeurs, de ses odeurs, pendant qu'elle se cramponne à lui effrayée par ce comportement d'ogre. Il aspire sa moustache à grand bruit, ce qui fait rire ses compagnons, la rendant encore plus confuse, bien que tenaillée par la peur. Elle se cramponne à ce fol espoir qu'elle survivra si elle est docile et lui procure bien malgré elle, beaucoup de plaisir.

— Ne bois pas tout, nous avons soif nous aussi ! crie Bendik et tous de s'esclaffer.

Il a mis ses cuisses minces autour de lui. Les talons sont croisés sur ces reins puissants. Il empaume ses rondeurs, les ouvrant. Il la fait descendre vers sa quille humide fièrement dressée. Puis il prend les jambes minces sur ses avant-bras, ses grandes mains faisant juste le tour de sa taille. Il met du poids sur son épieu de chair. Il la manipule doucement pour bien poser le foret à son entrée.

Cette manœuvre la fait penser au taureau du bouvier Marcelin quand il pique la vache en chaleur de son nerf dressé pour chercher son chemin avant de planter sa longue dague d'un coup, au plus profond, en balançant son lourd battant de cloche. Aujourd'hui, la génisse, c'est elle. Elle tremble, gémit doucement de peur, son périnée se durcit, son entrée se ferme dans l'attente de la pendeloche durcie qui va la malmenter de grevance, la percer de toute la force du mâle en rut.

Il jette un regard, tête levée, sourcils dressés, vers ses compagnons de violence. L'heure du sacrifice est venue. Son hochement lent, son large sourire rythme l'antienne :

— *Einn*... disent-ils, et lui aussi en se repaissant de ses yeux effrayés, tout en la soulevant légèrement.

— *Tveii*...

Tous les spectateurs comptent, certains ont le membre en main. Ils ont déjà joué à cette comptine collégiale perverse qui fait participer aussi leur foutoire au dépucelage acté par le bienheureux planteur.

— *Dríerr…*

Il la fixe au fond des yeux, la sabre jusqu'au fond d'un énorme coup ponctué d'un « rrrhan » collectif de bûcherons braillé joyeusement par l'assistance. Swanhilda elle-même, légèrement ivre et excitée, affirmant aussi sa qualité de guerrier commun, crie comme son père pour saluer le pucelage envolé dans la douleur. Sophia blessée a crié. Elle est surprise cependant de n'avoir pas plus mal. Elle reste alors bouche grande ouverte, les yeux écarquillés, en un cri muet. Knute guettait sa réaction et son estoc s'en durcit d'autant plus. Elle pose son front contre le torse puissant et velu. Des dix lignes du vit qui l'ont percée au premier rut, trois pouces restent dehors. Elle s'abandonne, elle ferme ses yeux noyés de larmes. Il l'enfile de plus en plus profondément, prenant son temps pour que chacun puisse voir sa lance rougie coulissant, dehors, dedans, et faisant sa place peu à peu. Il cesse son manège, reste engainé, la courbe vers lui, prend son visage dans sa grande main et lèche ses pleurs qui redoublent devant cette fausse compassion qui fait rire alentour. Alors elle arrête ses larmes, et se reprend.

Swanhilda pense que cette mince jeune fille est un fort esprit, une belle volonté qui mérite considération. Elle pense que Knute va la livrer à ses compagnons cette nuit mais qu'il la gardera près de lui ensuite. Ce grand guerrier est sensible au fort caractère des femmes autant qu'à leur joliesse.

« Tant que je sens ce monstre qui se secoue en moi, je suis vivante, vivante. Je ne suis rien pour ce barbare, qu'un chiffon entre ses dents de chien. Je ne veux pas être battue, égorgée comme mes tantes. Je veux vivre. » pense la jeune fille dont les reinettes tendres tremblent et frémissent à chaque plantée. Knute flâne et commente pour ses amis.

« Elle est douce et serrée ! Son con c'est… une main !

— Ah, ah, ah… s'esclaffe le groupe.

— La petite femelle est une branleuse… lance Bendik jamais avare d'une saillie. »

Et tous de rire grassement…

Une des mille formes de la torture.

Qui, malgré la peur, renforce Sophia dans sa résolution de se soumettre bravement, de les satisfaire du mieux qu'elle pourra en oubliant son dégoût, de lutter âprement pour garder sa vie, en dépit de la honte et de la douleur.

Chez les peuples vraiment libres,
les femmes sont libres et adorées.
Saint-Juste, *L'esprit de la révolution.*

Cloître de Morte-souche.
12 septembre 1399.

Chapitre X : L'Essartée.

Sophia sait bien que sa vie ne vaut rien devant la férocité de ces grands hommes blonds.

Elle a grandi dans le respect absolu de l'homme courbé devant Dieu et ses représentants, ce Dieu qui l'a tirée du néant, hors d'une côte.

« Serfs, soyez soumis en tous temps à vos maîtres, a dit le treizième apôtre, celui de Tarse, soumis à ceux qui sont bons et modérés, mais aussi à ceux qui le sont moins. » C'est ce que ne cesse de rappeler le prêtre. Alors, ces hommes-là, ces barbares du nord, ou ceux du village, sont les maîtres des femmes, et les femmes sont soumises aux soumis. Depuis que Paul a inventé un Dieu chrétien au monde, les hommes sont sous la botte de quelques-uns de ceux qui se disent ses élus, parlent en son nom et qui ont mis en servage les autres hommes. Au bas de la cascade de la servitude, il y a les femmes. Dans la plus basse lie des humains, il y a encore plus bas, la lie de la lie, les femmes. Julia, Berthe, Sophia et leur corps de femme.

Qu'elles soient mère, sœur, épouse, fille, leur corps est le garant de l'honneur familial, du respect du groupe, de la continuité du clan. Ce corps féminin est une terre fertile, qui sert aux hommes. Pas à elles. Un objet étranger qui ne leur appartient en rien et surtout pas ce sexe fendu qu'on dit vorace, pervers, habité du diable. Mis en tutelle par les mâles vêtus de fer ou d'habits sacerdotaux.

Le prêtre impose une morale conjugale : pas de plaisir dans l'acte de chair, cette salissure honteuse. Le stricte minimum d'excitation pour que l'homme déverse sa semence sans le moindre frémissement (condamnable) de l'épouse. Pas le plus petit sentiment amoureux entre les époux, pas de cette démence de passionnés qui a fait Tristan, Abélard, Héloïse, Isold. Le mariage est une affaire sociale, pas une affaire de cœur. Plus les couples sont d'un rang élevé et plus la Curie veille. Julia lutte de toutes ses forces contre le plaisir que pourrait lui procurer son époux. La cuisinière Berthe, veuve, peut discrètement, en compagnie d'Ovilon, laisser aller sa joie. Sophia, avec l'accord des familles, peut s'allier à un garçon qu'elle aime et en jouir. Peu à peu les exigences du prêtre envers des nobles, s'étendront aux bourgeois, puis aux vilains.

Le père de Sophia, un paysan, est un privilégié du malheur, un privilégié de la haine que Dieu porterait aux hommes, à cause de la femme insoumise, qui prêta l'oreille au serpent et mangea le fruit et hélas le partagea. Non un esclave, comme il s'en trouve encore quelques-uns au village et qui ne possède rien d'autre que son estomac creux, non l'un de ces serfs qui peine sur la glèbe de la grande « réserve » du Seigneur ou de l'Abbé. Ses parents ne sont plus assujettis à la mainmorte qui empêche de transmettre la terre aux enfants, au formariage qui interdit aux fils de prendre femme ailleurs que sur la terre du seigneur. Ils sont montés de quelques barreaux sur l'eschel des maudits.

Baptiste est un vilain qui loue sa terre au Seigneur, mais qui, de fait, la possède. La coutume interdit au propriétaire noble, ou bourgeois, ou clerc, de changer les termes du loyer, ou de louer à un autre sans l'aval du village. Son aîné héritera du bail à sa mort. Le père a suffisamment de terre pour ne pas trop souffrir les années de disette. Les bonnes années, la terre rend presque deux fois ce qu'on lui a donné. Exceptionnellement trois parts pour une. Il garde toujours, en double réserve, vingt muids de blé, d'orge et d'avoine pour ensemencer les surfaces équivalentes. Un muid de blé c'est ce qu'il faut pour semer un muid de terre en une journée… Les potagers sont collés aux maisons, les terres arables – dont un tiers en jachère – dans un second cercle proche du village. Les pâtis plus loin, mêlés peu à peu à la forêt. Dans le Maine de 1400 on partage assez équitablement les ressources de l'agriculture, de l'élevage et de la cueillette. Nobles et clercs peuvent thésauriser les grains reçus des paysans. Mais ceux-ci peinent à joindre les années. Quand la récolte est faible ou nulle, c'est la disette. On trompe la faim en glanant et cueillant en forêt. Baptiste à de quoi résister à deux ans de maigres récoltes. Pour beaucoup c'est la famine, comme il n'y a pas si longtemps en 1382, qui génère des révoltes. Sophia et sa sœur, comme bien des enfants du village, gardent le bétail sur les « vaines pâtures » ouvertes à tous après les moissons.

Baptiste est certes assujetti à corvées. L'hiver il « fait » du bois et cure les fossés pour le château. Il paie un droit de tonlieu quand il porte ses légumes et ses fruits au marché du bourg. Règle en parts de farine ou de vin ses banalités au moulin et au pressoir seigneurial. La taille est son impôt sur la terre que protège le noble, une somme d'argent fixée par la coutume. Il y aussi ce qu'il paye en nature. Les gélines et les chapons. À la saint Jean, il fauche les prés du seigneur et rentre son foin. En septembre, il livre un des agneaux qu'il doit et en décembre un cochon sur les huit de son troupeau. Tout cela à parts égales aux Laval et à l'Évêque puisqu'ils sont tous deux, à cet endroit, copropriétaires des terres de réserves. Dieu a été bien bon qui a donné à la mère de Sophia quatre garçons comme aînés, puis deux filles. Elle ne compte pas les trois qui sont morts en bas âge. Ce sont ces petits mâles qui, grandis, ont permis d'aller, en plus du manse à cultiver et à l'incitation du saigneur, essarter largement près de leur ferme, augmenter l'espace de production pour installer une « tenure à cens ». Le père n'y est plus assujetti, là, qu'à un impôt en argent. Toute sa production lui revient. Ils n'y verront plus le champarteur du saigneur venir, un peu à son envie, prélever la quote-part de-grain. Son père l'ancien « Baptiste » de Fontaine est devenu « Baptiste des Essarts » pour n'être point confondu avec un autre baptisé du village. Le dimanche, la famille peut manger du pain de froment, non plus celui de la semaine fait de méteil, d'orge et d'avoine. Le père lorgne sur un bois proche avec une source, et un bout de lande. Ces incultes feraient un beau pré d'embouche pour les veaux et les agneaux. S'il obtient le droit d'essarter le bois, d'assécher le marais, cette étendue de terre supplémentaire et productive sera des plus intéressante. Le bois rapporte avec peu de taxe, le bétail est libre de droit. Il ira voir l'intendant du seigneur Guy II. Il les lui cédera peut-être encore comme tenures à cens, de celles que l'on peut transmettre aux enfants. Les « Essarts » sont quelque peu enviés dans les fermes à l'entour.

Mais pour l'heure, Sophia des Essarts la petite dernière, porte bien son nom. Elle est l'Essartée… celle dont la forêt a été saccagée.

Swanhilda, dans sa somnolence sur son lit de prison, se rappelle le membre qui gagne en profondeur et se rougit de sang. Elle en avait été toute remuée se disant que, comme celui de cette jolie conquête angevine, elle devait pouvoir faire belle place au mandrin d'un homme. Ce sexe plonge dans la femelle comme depuis des millénaires les sexes d'animaux en rut ont plongé dans leurs femelles pour perpétuer les espèces. Mais l'homme, lui, ne se contente pas de jeter la graine, il peut aussi faire du rut joie savante, concrétisation sublimée de ce qu'il appelle amour, ou bien un objet de domination, un jeu pervers, une paine, un affreux péché vous condamnant à l'enfer, ou un simple acte de reproduction. De temps à autre Knute s'aboute et tamponne, tel un étalon, au grand fond de Sophia pour l'entendre gémir sous la pression qui la creuse plus encore.

Et tous disent aussi :

— Ahhh, pour le grand plaisir du maître de chorale.

Leurs cris masquent à Swanhilda un gémissement qui vient à Sophia avec cette humeur qui poisse son ventre comme pour aider Knute en se couler longuement en elle. Swanhilda n'aurait jamais pensé que cette mince fillotte puisse engouffrer jusqu'aux doulcettes un priape de cette taille.

Le tourmenteur sent que la sève monte. Il s'arrête, regarde les hommes.

— Dahl viens !

Un mince normand nu, mais le plus grand d'entre eux parmi ces géants, s'approche. Du long, du roide. Il est fier d'avoir été choisi. Ses compagnons l'encouragent de la voix. Tous reconnaissent la justesse du choix.

La veille au soir même, lors de la conquête d'un petit bourg âprement défendu par quinze cavaliers bien armés, il s'était jeté avec rage, en hurlant, dans les pattes du cheval de tête et lui avait tranché un jarret. Le capitaine de troupe, engoncé dans son armure, n'avait pas eu le temps de se relever pour combattre. Il avait perdu son bouclier dans sa chute. La hache brandie à deux mains, rougie du sang de son cheval, était rentrée dans le heaume et dans la cervelle à moitié crâne. Démoralisés par ce coup audacieux et la perte de leur chef, les soldats s'étaient débandés, laissant derrière eux d'autres cadavres décapités ou éventrés. Quand les hommes du nord s'étaient rassemblés autour du chef Olaf, l'intrépide guerrier couvert de sang, avait brandi bien haut sur son poing le heaume ouvert du vaincu.

Sa furie de grand mâle dominant allait connaître la récompense traditionnelle des meilleurs au combat : le privilège d'ouvrir les femmes conquises...

Il s'accroupit, la lèche, l'ouvre peu à peu de ses deux pouces. Sophia se trouve presque bien après la tornade, posée sur Knute enfin immobile, mais elle pressent là une autre chanson. Une nénie de damnation. Elle a compris ce qui l'attend : la bougrerie, l'infâme bougrerie pour laquelle on a encore graillé, en place publique, deux hommes d'Angers, à Pâques dernières...

La chair des naches de Sophia et de ses pis tremble et s'ébranle à chaque percussion comme la porte de l'abbaye de Landevennec qu'ils ont défoncé d'un bélier fait de cinq lourdes rames liées.

Elle, en équilibre entre eux, sanglote sans discontinuer et crie à chaque bourrade. Elle n'est plus rien, elle n'a plus de corps, ne se veut plus d'esprit, plus d'âme. Elle n'est plus qu'un double étui de peau qui enveloppe leur mandrin, deux fourreaux qu'habitent deux gourdins de chair. Elle se réduit à n'être plus que deux orifices distendus et malmentés par la grosseur de ces deux plantoirs qui s'affairent, n'être plus que deux membranes qui peu à peu s'écartent et se creusent sous la pique de leur membre d'étalons en rut. Elle n'est plus qu'une besace de chair, ouverte, obligée, dévastée. Un objet méprisable, deux gouffres sordides investis par des bêtes en rut. Elle essaie vainement de chasser de son esprit l'image abominable de ses deux entrées distendues par les membres roidis des barbares qui la plantent et dont se régalent ces spectateurs qui viendront à leur tour la creuser de leurs braquemarts fous.

Honte absolue. Elle n'est plus rien, n'a plus qu'un désir, sombrer, disparaître. Sa tête tombe sur l'épaule d'un des monstres qui la sarclent. Un instant, seulement un instant, pendant lequel Swanhilda se dit que la fillotte a abandonné la lutte. Mais l'instinct de survie revient, lui fait relever la tête. Ses yeux cherchent où s'accrocher pour fuir, en esprit, ce lieu de supplice. Au milieu de tous ces visages velus surgit, comme une apparition, un visage imberbe et deux yeux clairs qui la fixent. Elle se retient à ce regard et ne le lâche plus. Swan se dit que quand ils seront revenus dans l'île, elle se liera à cette jeune fille, à son courage, à la part d'émotion qu'elle vient de prendre dans sa vie. Elle la regarde, leurs yeux ne se quittent plus. Connivence de femmes. Bienvenue et étrange. Swan se dit que cet agneau sacrifié sur l'autel de la discorde entre les clans a encore de la ressource…

Un bouclier rond sonne, frappé par un pommeau d'épée, puis trois, quatre, puis tous, qui rythment ce coït monstrueux à chaque plantée des deux bourreaux.

— Nous la doublerons ainsi, debout, jusqu'à l'aube, avait dit Knute.

— Je te sens ! Nos vits trinquent à son plaisir ! dit-il en se plantant plus fort.

Un rire court chez ceux qui attendent patiemment leur tour et jaillit alors dans toutes les langues qu'ils avaient côtoyées, des :

— *Skool, theerrs, proseit, Wotan, danku, gracie mille, cheeres, denkan, spassba, Krogg, Freya, godhant, bismullah, gracias…*

Le récit du supplice de Sophia fera les délices de tous, petits et grands, pendant les longues veillées de l'hiver boréal. De quoi voulez-vous parler autour du feu commun dans la grande *kota* sur une île perdue du courant chaud qui baigne Schniegröndt ? De la traite des rennes ? Des avatars de son voisin ? Du piégeage des sauvagines ? Non, on parle d'amour et de conquêtes, de rapines, de pillage, de terreur, de viols et d'empalement des ennemis Francs et de leurs femmes, ces Francs, bras armés de Rome qui a toujours essayé d'imposer partout son dogme au mépris des cultures plus anciennes. Alors, quand un beau parleur contera les exploits de Knute et Dahl tourmentant une pucelle chrétienne de Loire, chacun appréciera. Les hommes auront l'alumelle roidie, les femmes fleuriront. Quand tous seront couchés, les soupirs et gémissements du plaisir couleront de dessous les couvertures et les fourrures disant combien cette veillée a été propice à drueries. Les garçons commenceront à polir leur bâtonnet d'amour et poisser leurs doigts, les filles à chercher leur puce et faire venir des bouffées de chaleur odorante. Ils s'endormiront du sommeil des bien repus.

Certains peuples gravent dans la pierre les figures amoureuses qu'ils inventent et cela au vu de tous. D'autres en font des livres illustrés que chacun peut consulter. Les chrétiens ferment les courtines, closent leurs bouches et soufflent les chandelles. Les Vikings, eux, sont un peuple de contes, de gestes et d'histoires pour le plaisir des grands et l'initiation des plus jeunes.

Heureux clan dont les dieux ne se mêlent pas de leurs pratiques.

La bonne religieuse est celle qui apporte dans le cloître une grande faute à expier.
Denis Diderot

Cloître de Morte-souche.
12 septembre 1399.

Chapitre XI : Mère Marie des cordes.

Six robustes religieuses entrèrent dans la cellule de Swanhilda. Elle dut plier malgré sa force. Elle fut attachée nue sur le carrelage d'une cellule. Ses bras tordus dans le dos étaient remontés bien haut jusqu'à sa nuque cassée en arrière. Une corde l'attachait et la bloquait sous le bat-flanc qui servait de couche. Ses pieds liés et tirés jusqu'à ses cheveux, étaient pris par la même corde qui lui sciait la bouche. Toutes les ligatures étaient protégées par du tissu pour éviter de marquer sa peau. Elle y resta quatre heures consécutives, les articulations tordues, les muscles tétanisés. L'abbesse faisait dire des chapelets pour le salut de l'âme de cette païenne.

Des crampes la déchiraient. La Mère Supérieure, l'observant par le judas, jouissait de son humiliation, de ses appas exposés à ses regards et de ses souffrances. Elle se régalait de son sexe juteux aux lèvres gonflées et charnues qui appelaient le baiser et les indiscrétions fourragères de la langue d'autant qu'elle s'était pissée dessus à la troisième heure. Les inquisiteurs, nervis patentés de Rome, étaient des inventeurs précieux. Elle avait lu que cette pratique de brisure des hérétiques était d'une redoutable efficacité. On les mettait nus dans la honte. On leur attachait ensemble mains et pieds opposés pendant un jour entier avant de commencer la question.

Mère Marie retrouvait là son statut de dominante noble, quand jadis, buandières, cuisinières et valets filaient doux sous ses ordres. Ses privilèges d'abbesse étaient bien fades avec toutes ces soumises aux petits pieds. Pas besoin de menaces ou d'élever la voix. Toutes les sœurs rampaient devant elles. Des courbées parmi les soumises. La nordique allait être une opposante de choix.

Un manuscrit du couvent contait la conquête de la Haute Saxe par Carolus Magnus, (qui gagna là son surnom de « boucher ») et la façon haineuse avec laquelle il avait imposé la religion catholique aux Varègues. La totalité de la population de Verden avait disparu, décapitée ou emmenée en esclavage. Charlemagne se pensait un « Pape du dehors » et ses conquêtes étaient immédiatement suivies de conversions obligées. Il les estampillait du sceau de Dieu, un sceau sanglant bien éloigné d'un aimable Jésus, se justifiant de Saint Augustin qui prêchait la soumission de tous aux empereurs, délégués de Dieu sur terre, donc maîtres des hommes.

Swanhilda, elle, n'avait pas besoin de grimoire pour connaître l'infamie des exactions menées par Carolus. Son clan – apparenté aux Lades – écrivait peu, mais il avait fait de ce massacre impitoyable une saga ; comme bien des clans du Denmark, de l'Hälogaland. La saga de Verden. Ils continuaient ainsi à entretenir la haine des catholiques francs alors que presque toute la Scania s'était convertie à cette peste de l'esprit et faisait maintenant allégeance. Pas une soirée du long hiver boréal où l'on ne jurât d'étriper les chrétiens. Le peuple Lades se demandait comment une secte aussi barbare pouvait exister.

Jehan lui expliqua, un jour, que l'on peut toujours faire ambassade d'état à état, de peuplade à peuplade, de voisins à voisins, mais négocier avec des fous sanguinaires qui ne veulent qu'un Dieu, quel qu'il soit, pour la terre entière est impossible. Qui ne veulent qu'une coutume. La leur. Qui interdisent toute pensée divergente. Qui haïssent la vie, la beauté, l'amour, la féminité, la fête, les écrits anciens autres que « le Livre » et ses commentateurs ébahis. Qui n'ont d'égard ni pour les femmes, les enfants, les vieillards s'ils croient différemment des leurs. Qui détestent l'humanité, tout ce qui fait l'homme aimant, créatif, pensant, joyeux. Qui ne veulent que des humains rampant comme des chiens peureux devant leur Dieu, dans leurs églises. Qui sont capables de massacrer vingt milles de leurs vertueux adeptes parce que, dans la ville, vivent deux centaines de paisibles déviants. Jehan avait conclu :

« Il est impossible de vivre en paix tant qu'ils existent. Il faudrait pouvoir éradiquer cette peste en revenant à l'Église des origines et leurs aimables Chrétiens qui n'imposaient rien à quiconque. Éradiquer les princes de la Curie, ses théologiens, car ils n'attendent qu'une chose de cette vie qu'ils veulent ascétique pour tous : la mort et l'après-mort. Le Dieu unique finit toujours par devenir un tyran "catholique" qui aspire à l'hégémonie et à l'universel. »

La haine du catholique par les esprits libres n'était pas près de disparaître !

Swanhilda finit par s'évanouir tenaillée par trop de douleurs. Mère Marie entra, lui jeta un pot d'eau au visage. Swanhilda la regardait les yeux emplis d'énormes larmes qu'elle rageait de ne pouvoir retenir. Ses cheveux furent tirés en arrière avec plus de violence encore.

— Tu as compris ?

Les douleurs reprenaient insoutenables.

L'abbesse sortit. Sœur Madeleine avait été chargée de préparer Swanhilda pour son entrée dans la communauté. Elle ne connaissait rien de cette jeune fille athlétique et resplendissante de jeunesse, mais elle sentait, elle savait qu'elle devait prendre des risques pour elle-même et pour la beauté blonde qui gisait là entravée comme une bête au

« travail ». Le bon moment était arrivé pour elle et pour la prisonnière... Oui, elle sentait là une vraie rencontre, quelque chose de fort qui allait changer sa donne, un jour qu'elle marquerait d'une borne blanche. Un avant-rencontre venait d'apparaître, elle en était certaine. L'après-rencontre commençait là, au premier geste qu'elle ferait. Elle ne serait plus la même. Ce moment-là, elle en était certaine, était un cadeau du temps qui passe, un « présent doré », un don du « ici et maintenant ».

Ce premier regard entre-elles allait effacer les tristes années qu'elle avait passées au couvent.

Elle était bibliothécaire à Morte-souche. Elle avait beaucoup lu déjà du temps qu'elle était dans sa châtellenie et connaissait un peu les philosophes grecs, Aristote entre autres. Elle sut que c'était maintenant l'instant capital, la minute enchantée où l'on se décide de manière irréversible : le *kaïros*[1], la seule touffe de cheveux du Dieu éponyme, celle qu'il faut savoir saisir au bon moment à pleine main : l'opportunité.

Sœur Madeleine délicatement défit ses liens, parla tendrement à Swanhilda brisée de fatigue et de douleurs. Elle la releva, la serra contre elle, l'embrassa sur le visage, les yeux, comme une enfant. Elle la massa longuement pour faire disparaître, autant qu'il était possible les marques des liens et les crampes qui, par intervalles encore, lui nouaient les muscles. Elle la fit boire. Elle l'aida à passer une tunique, la fit asseoir.

— Je m'appelle Madeleine, dit-elle en se désignant.

1 *« S'il n'y a qu'une façon de faire le bien, il est bien des manières de le manquer. L'une d'elles consiste à faire trop tôt ou trop tard ce qu'il eût fallu faire plus tard ou plus tôt. Les Grecs, depuis Aristote, ont un nom pour désigner cette coïncidence de l'action humaine et du temps, qui fait que le moment est propice et l'action bonne : c'est le kaïros, l'occasion favorable, le temps opportun »* écrivaient jadis Joalis Khalandis et Petrus Aubencus.

— Comment t'appelles-tu ? en la montrant.

— …

— Moi, Madeleine ! redit-elle, enveloppant toute sa personne de ses mains dansantes. Et toi ?

— Swanhilda ? dit la jeune fille d'un air interrogatif.

— Oui, moi c'est Madeleine et toi Swanhilda ! Joignant le geste à la parole.

— Swanhilda, Madeleine.

Un large sourire illumina le visage de Madeleine.

Elle lui fit encore répéter deux fois :

— Swanhilda, sœur Madeleine.

Elle lui prit la main, l'aida à se relever et la conduisit au réfectoire où toutes les religieuses les attendaient. Elle les présenta et aussitôt Swanhilda répéta lentement chacun de leurs prénoms et leur fonction au couvent. Elle eut droit, en retour, à des sourires.

— Je suis sœur Madeleine, bibliothécaire et voici :

Sœur Justine, prieure ; Sœur Anna, tourière ; Sœur Agathe, portière ; Sœur Maël, sacristine ; Sœur Amandine, semainière ; Sœur Tiphaine, hospitalière ; Sœur Alice, auscultatoire ; Anna aînée, cellière ; Sœur Primaël, herboriste soignante…

Arrivées devant la mère supérieure, Madeleine dit :

— Mère Marie : Abbesse.

Swanhilda la regarda impassible et muette. Pendant tout le temps de son séjour au cloître, elle ne prononça jamais le nom de la Mère. Son visage, quand son regard passait sur elle, restait de marbre comme si elle contemplait l'horizon ou le futur. Mère Marie lui aurait bien concocté une petite séance de flagellation pour la ramener à plus de respect et pour s'intéresser de plus près, des dents et des mains, à ce corps superbe, mais le temps lui était compté. Elle ne tenait pas à bloquer, pour une durée indéfinie, son élève obligée qui semblait vouloir se lancer avec ardeur dans toutes les études qui lui étaient proposées. Les enjeux, sa propre vie, son pouvoir à étendre, étaient trop importants au regard d'une petite satisfaction immédiate et stupide.

La congrégation s'était répartie les tâches car dès que Swanhilda eut conquis, avec l'aide de Madeleine, les rudiments de la langue vulgaire, elle ne cessa de converser. Jehan avait donné comme ligne d'apprentissage le couple parole/action. Faire et dire ce que l'on fait en répétant des actions similaires. « Je prends le vase, je le pose ; je prends la bougie, je la pose ; je prends la bougie, je l'allume, je l'éteins. Tu prends le vase, tu le poses... ». Madeleine, à la demande de Jehan, avait écrit le nom de chaque objet sur un petit papier posé devant lui. Swan les collectionnait et les recopiait. Elle apprit ainsi à parler et à écrire à la fois.

Chaque nonne qui possédait un savoir devait le transmettre. Toutes s'étaient proposées, toutes avaient un petit talent. Celles qui n'en avaient pas vraiment se réjouissaient de parler avec Swanhilda de leur enfance, de leur famille. Pour quelques-unes, de leurs amours. Elles se laissaient aller avec cette laïque qui n'allait rester au couvent que deux années. C'était l'occasion de rompre le silence et de papoter. La fille du Nord était une aubaine pour toutes ces cloîtrées où se respectait quelque peu la règle de Benoît. De La Mettrie avait exigé ces échanges qui étaient à sens unique pendant les premiers jours. C'était là manière de lui former l'oreille. En quelques jours, elle nommait les objets, les meubles, pouvait dire les fonctions de chacune. Elle débuta son apprentissage par la langue du quotidien. En une semaine la jeune fille savait dire et faire toutes les actions courantes du béguinage.

Jehan ne savait pas si Swanhilda avait conservé, à quatorze ans, cette capacité innée qu'ont les enfants à devenir rapidement polyglottes quand ils entendent deux ou trois langues. Il avait lu, chez Marco Polo, que les premiers marchands partis vers l'orient avaient amené avec eux des enfants de sept ou huit ans pour les mettre en pension chez les « sauvages » afin d'apprendre leur langage et servir de truchement pour favoriser leur commerce.

Swanhilda étudiait par leçons d'une heure, dont quinze minutes de repos. Les cent coups qui jusque-là, comme dans tous les couvents, annonçaient le repas – cent coups pour finir une tâche, se laver les mains – sonnaient maintenant tous les trois quarts d'heure. Swanhilda changeait à chaque fois d'enseignante en alternance avec Madeleine. Lever matines, coucher à complies. Pas un instant où elle ne fût sollicitée pour parler, répondre, répéter, répéter encore, **écrire.** Dans ce lieu habituellement consacré à la prière, au recueillement, la parole chantait. La pédagogie régnait en maître à Morte-souche et ce petit couvent avait été pris soudain d'un formidable dynamisme. Un jour par semaine, Swanhilda assistait aux offices de la vie monastique. Aussitôt après, elle regagnait sa cellule. Mère Marie avait enseigné quelques minutes seulement. Swanhilda ne la regardait pas, ne lui parlait pas, ne l'écoutait pas. La mère commença à avoir peur... de cette volonté silencieuse comme un serpent puissant.

Swan avait essayé de passer par sa langue maternelle, pour traduire, comprendre, mémoriser cette langue nouvelle. Mais les mots nouveaux se présentaient toujours plus nombreux, les constructions langagières ne correspondaient à rien dans sa langue d'origine, les idiotismes la laissaient désemparée.

— Vis pour apprendre, et apprends pour vivre, e répétait-elle comme on le disait sur son île.

Elle trouva une autre stratégie. Abandonner totalement sa langue natale, se latiniser. Elle se plongea totalement dans le latin, et dès lors, ses progrès furent fulgurants. Elle parla latin, pensa latin. Elle oublia l'adolescente viking qu'elle était lors de sa capture, pour prendre la pelisse de sa future vie. Elle mit aux oubliettes sa langue maternelle, sa pensée viking. En quelques jours elle avait compris le dessein du seigneur, compris qu'elle n'avait aucune échappatoire, que la soumission et la réussite étaient ses seules planches de salut. Elle connaissait ses atouts, se sentait forte et belle, infiniment désirable, rayonnante. Elle avait une forte capacité d'adaptation, de survie, et pressentait que son destin pouvait être fort. Plus tard, au château, une nostalgie se ferait jour parfois mais très vite son fort caractère lui ferait reprendre le dessus. Elle voulait ne se consacrer qu'au présent et au futur. Comme une louve prise au piège, elle avait rongé la patte du passé de Swanhilda du Noroît. Elle était jeune, ses ongles repousseraient.

Au bout de quelques jours, elle réclama d'être installée dans ses appartements. Provisoirement, elle eut une cellule plus grande pendant que l'on travaillait à abattre des cloisons, à faire venir du château de la literie, des coffres, des étagères pour les manuscrits.

La mère supérieure avait bien tenté de discuter – sentant une part de son pouvoir lui échapper – mais au ton qu'elle employa et qui ne laissait pas de doute sur la réponse qu'elle faisait à Madeleine, Swanhilda s'allongea sur le sol les bras en croix et ne bougea plus. La mauvaise Mère comprit qu'elle perdrait cette bataille et donna son accord.

Les deux filles étaient enfin réunies dans la même pièce, porte close. Swanhilda prit le visage de Madeleine entre ses mains et lui baisa tendrement les lèvres. L'une des cent formes de l'amour, pleine de tendresse, était là. Elles se savaient l'une en manque d'homme, l'autre en manque d'affection familiale. Madeleine vivait en solitaire au milieu de la congrégation. Elle n'avait pas la foi, suivait tous les rites, marmonnait des prières par obligation, mais s'ennuyait profondément. L'autre, si forte mais si jeune, séparée brutalement de sa famille et de son monde, avait fait front fièrement. Mais maintenant que son sort semblait établi, elle laissait se fendiller sa cuirasse. Ce rapprochement était une goulée d'air frais dans une atmosphère de vie si délétère depuis quatre longues semaines.

Swanhilda retira la robe de Madeleine qui, de la tête, faisait « non ». Mais ses yeux démentaient ce geste. À son tour, elle découvrit Swanhilda qui lui rendit, en plus de la même dénégation, un sourire coquin agrémenté d'une langue pointue promenée sur sa lèvre. Leurs bouches jointes se cherchaient tendrement. C'est Swanhilda la première qui abandonna ses lèvres et sa langue pour parcourir le corps de son amie de petits baisers délicats.

Dans le chant léger de leurs premiers soupirs de plaisir, elles n'entendirent pas le judas de la porte s'entrebâiller. La mère supérieure était non seulement une cruelle cachée, mais aussi une regardeuse. Dans son imagination perverse, elle se voyait flagellant le buste aux seins pleins jusqu'à faire se traîner à genoux, et sous sa robe, cette fille qui l'avait dédaignée. À la première occasion, elle la marquerait à sa manière, publiquement, comme cela était déjà arrivé dans ce couvent quand deux nonnes avaient été surprises à voler en cuisine. Elle les avait fait mettre nues, couchées sur les dalles de la chapelle. Les sœurs avaient, à sa demande, dénoué les cordes ceignant leurs tailles et avaient flagellé les fautives jusqu'au sang. À chaque cinglée elles devaient faire une « croix de langue » pour remercier de la punition salvatrice, c'est à dire, lécher le sol, vieille pratique en usage dans toutes les congrégations féminines et les maisons d'apprentissage, les *escoles*. La supérieure n'en perdait pas une miette, scrutant les visages. Parmi celles qui cinglaient le plus fort, trois se distinguaient particulièrement, bouches ouvertes et souffles courts. Elle sut que celles-là seraient bonnes à prendre.

— C'est pour chasser le diable de l'âme et du corps. La douleur est rédemptrice ! Il faut avoir peine à l'imitation de notre seigneur qui a souffert pour racheter nos fautes, avait-elle dit.

Les corps tuméfiés avaient été recouverts d'un affreux cilice de crin qui dévora les deux malheureuses pendant leurs neuf jours d'isolement au « pain de douleur » et à « l'eau de tristesse ».

Swanhilda toujours curieuse de tout et donc du plaisir de son amie et du sien aimait à en parler comme on parle d'un met goûteux qui nous a réjoui le palais, d'un vin charnu dont le bouquet nous a fait frémir la narine. Madeleine resta longtemps muette et gênée par l'évocation des bonheurs de son vagin dans le plaisir, des cris jaillis de son clitoris délicieusement tourmenté par la langue et les doigts de fée de Swan. Le prêtre et sa famille avaient ancré dans son esprit, et dès l'enfance, la détestation du corps sexué et l'horreur du jouir qui damnait les âmes. Elle avait pourtant aimé son époux et péché grandement avec lui.

— Ma douce amie, tu peux me parler froidement guerre, assassinats, et la torture, dont tu as vu dans châtellenie jadis quand tu étais châtelaine et époux chevalier combattant qui découpait et trucidait ennemi. Tu ne cèles détails sanglants de ces rencontres, et horreurs subies par espion que bourreau a haché menu pour faire vider son sac de mouche, mais tu rougis comme demoiselle de dix années au premier sang quand je demande nouvelles de ton plaisir, ou quand je parcours mien, et te dis bonheur et sensations délicieuses qui m'empoignent. Voilà du bien étrange !

Quelques jours plus tard, Jehan de la Mettrie, questionné sans détour par la jeune femme lui répondit ceci :

— Encore un de ces méfaits cachés de la secte. Elle ne se risque pas à verser le sang, elle lance contre ses opposants ou ceux qui ne veulent faire allégeance, ses sbires du lieu et du moment puisque partout où sévit cette peste, les nobles fournissent les armes, les hommes, les bourreaux nécessaires à leurs exactions contre les esprits divergents. Un Bernardo Gui, le monstre, n'a jamais tenu en main la moindre pince ou tisonnier porté au rouge. Mais il a toujours donné dans ses rapports, le détail des tourments infligés à ceux qu'il questionnait, comme si c'était là pour lui grande réjouissance et devait être porté à la connaissance de tous. Je sais aussi que certaines femmes qu'il a tourmentées ont connu le supplice de son braquemart. Robert le bougre, l'autre Dominicain haï, sodomisait ses victimes. Le Vatican fait banalité des douleurs, des massacres pour faire habitude. Chacun finit par trouver normale la souffrance des autres, surtout celle donnée aux ennemis de leur Dieu. Par contre, depuis que Paul de Tarse le gnome impuissant a déclaré le sexe instrument du diable, personne n'ose plus parler sereinement de vits et cons se rencontrant, de jeux amoureux, ces merveilles de plaisir qui libèrent les sens mais surtout les esprits. D'où la haine de l'Église pour le sexe. C'est pourquoi pendant les fêtes, et dès que le vin fait tomber les barrières des interdits, on chante du paillard ! Vous verrez qu'un jour les fous du Latran interdiront certains livres, et particulièrement ceux qui parlent de sexe et d'amour mais porteront aux nues ceux où l'on torture et ensanglante.

À propos du sexe interdit au couvent, il lui avait répondu dans une langue précise et imagée. Il tenait fort à ce que l'oreille de Swanhilda baigne dans de belles constructions langagières. Il devait parfois revenir sur ses propos et les simplifier, les éclairer. Qu'importe, il persévérait. Il corrigeait rarement la parole de Swanhilda. Les nonnes étaient chargées de ce travail. Lui écoutait et faisait le constat des progrès.

Voici sa réponse :

— Les lieux d'enfermement et de ségrégation des sexes portent en eux, à cause de la règle de mal-vie, les ferments de passions que la société juge coupables et excessives. Comme dans le harem. Le manque d'homme et de relations charnelles décuplent les envies. C'est pourquoi les puissants de la Curie, les confesseurs en ont fait les lieux privilégiés de leurs débauches. Ces lieux deviennent aussi les royaumes des esprits malins et pervers, les incubes « les couchés sur » et les succubes qui viennent en songes dévorer les sexes malades car interdits de jouissance et provoquer ces extases mystiques qui arquent les nonnes et les font jouir comme si le Christ les montait. Quand on méprise la nature, elle se venge. Le constat est accablant et peut se résumer par ce dicton populaire : s*i, pour satisfaire les dépravations d'un pays un seul démon y pourvoirait, pour satisfaire celles d'un couvent, un millier ne suffirait pas.*

Swanhilda et Madeleine vivaient, elles, leur amitié dans la tendresse et le bon plaisir partagé.

Presque tous les livres sont des corrupteurs,
les meilleurs font presque autant de mal que de bien.
Sébastien Roch Nicolas, dit Chamfort

Cloître de Morte-souche.
Février 1401.

Chapitre XII : L'estudiante Swanhilda.

La bibliothèque du cloître s'était enrichie par les soins diligents de Jehan de La Mettrie. Une pièce attenante à la chambre de Swanhilda avait dû être transformée pour accueillir les nouveaux ouvrages. La bibliothèque du couvent se composait de livres d'heures, de missels, d'évangiles. Les œuvres pies étaient bien insuffisantes pour le projet du seigneur. Des manuscrits de poésie, des chroniques, s'empilaient sur les nouveaux rayons. Des traductions d'auteurs latins ou grecs. La lectrice Swanhilda, après quelques jours de B A BA, n'avait pas pris une allure de linte en paisible croisière mais une allure de *baïdarka* inuit dévalant un torrent jusqu'à la mer glacée. Plus elle lisait et plus son appétit de connaissance grandissait.

Lire cinq à six heures par jour quand on est en apprentissage développe des capacités extraordinaires. Les premiers textes proposés à Swanhilda étaient de simples récits au vocabulaire pauvre : farces et soties, fables pour enfants, et psautiers. Jehan avait accompagné ses progrès par des textes plus difficiles. À chacune de ses visites, il éclairait les mots ou les concepts que Madeleine n'avait pu expliquer clairement. Il corrigeait ses nombreuses fautes de genre qui sont communes à tous les débutants qui possèdent déjà une autre langue. Il avait exigé de toutes celles qui conversaient avec Swanhilda qu'elles relèvent et corrigent ses erreurs de langage. Au troisième mois, la nordique lisait comme un petit vent.

Lire était le plus souvent une activité publique venue des monastères où se disaient à haute voix les ouvrages pieux pendant les offices ou les repas. Madeleine avait, comme tous, débuté ainsi par une lecture oralisée. C'est aussi de cette façon que Swanhilda avait appris à lire. Celle-ci se désespérait de la lenteur de son étude. Un soir qu'elle regardait avec horreur les rayons de sa librairie et la centaine d'ouvrages en souffrance qui s'empilaient là, elle s'était surprise à parcourir des yeux, en silence, à grande vitesse tous ces titres en attente. Elle comprit alors comment elle allait venir à bout de cette somme de connaissances ! Il suffisait de garder les lèvres closes ! Madeleine en resta ébahie. Elle aussi se mit à cette lecture silencieuse. En quelques jours, dans le secret de leur chambre aux manuscrits, elles dévorèrent plusieurs ouvrages. Au dehors, elles lisaient toujours à haute voix. Là où les sœurs alphabétisées déchiffraient quelques mots, là où sœur Madeleine plantait son regard aiguisé quinze ou vingt fois, Swanhilda déplaçait quatre ou cinq fois seulement un œil panoramique. Elle emmagasinait instantanément les faits, les lieux, les personnages et leurs noms. C'était là sans doute le privilège de jeunesse d'un esprit agile et puissant. Un jour, Madeleine lui tendit une chronique remplie d'exploits, d'armes, de batailles et de chevaliers. Elle observait à la dérobée sa pupille si claire voler sur le texte. Mais ce qui était le plus fascinant, c'était le jeu de sa main droite préparant la page suivante, la lissant en descendant. Le regard descendait dans le même tempo. Cette promenade continue et automatique des doigts sur l'ouvrage était stupéfiante. On aurait dit que la main ramassait la substance du livre et que la lectrice aurait pu, même, fermer les yeux. Madeleine, mine de rien, lui demanda de lui parler du livre. Elle le lui raconta par le menu, donnant des précisions sur les dates, les lieux des batailles. Elle en savait plus que Madeleine qui avait, par trois fois, lu attentivement l'ouvrage. Madeleine en était à la fois émerveillée et effrayée craignant quelque sorcellerie. Elle fréquenta les anciens, Homère, Virgile, puis faisant un bond d'un millénaire se baigna dans l'imaginaire du peuple celte. Jehan mis dans le secret de la lecture silencieuse avait souri.

— Je m'interrogeais pour savoir pendant combien de temps vous alliez ânonner à haute voix telles des… nonnes lectrices d'épîtres pendant des repas de communauté monastique. Par quel miracle ou diablerie aurais-je pu lire tous les philosophes grecs, latins, arabes ? Maîtriser six langues étrangères ? J'ai à peine dépassé la quarantaine ! J'avais prévu de vous livrer… la semaine prochaine, ce secret de la lecture pensée. Vous m'avez devancé. *Bene !*

Pour la première fois, depuis que Swanhilda était entrée au couvent, et cela faisait maintenant presque six mois, Geoffrey du Palindrome était venu la visiter.

— Laissez-nous !

— Mais Monseigneur !

— Allez, vous dis-je !

Mère Marie dut obtempérer.

Ils étaient seuls en tête à tête. Il se rapprocha à la toucher et, d'un coup, fut baigné de son odeur. Non un parfum de fleur, mais une prodigieuse senteur de chair jeune, saine, vivante, qui fit se dresser durement son sexe. Cette exhalaison animale qui l'enivrait lui fit comprendre que leurs corps étaient prédestinés l'un à l'autre. Que leur union charnelle était une nécessité impérieuse de la vie. C'était elle, la puissante vie, qui choisissait et exigeait le mélange de leurs gènes si éloignés, neufs et riches de diversité. Les fragrances volatiles du corps d'albâtre de cette femme dictaient à l'homme brun, et sans qu'il le sache : « Te reproduire au mieux ». Le seigneur connaissait, par Jehan, les progrès de Swanhilda dans sa maîtrise de la langue.

— Swanhilda, vous êtes aussi éblouissante que la première fois que je vous ai vue et que les foudres de l'amour se sont abattues sur moi.

— Éros a parfois la flèche aiguisée et heureuse.

Il était étonné de sa réponse, concise, bien formulée.

— Quel esprit, ma Mie, quelle extraordinaire maîtrise et si peu d'accent. Ne le perdez pas, il m'enchante. J'en suis esbaubi.

— Je lis, parle et apprends dix-huit heures par jour depuis mon arrivée ici. J'ai d'excellents maîtres. Je n'ai que peu de mérite. Quel sera mon sort, Monseigneur ?

— Vous marier. Avec moi, ou avec Dieu.

— Ne l'êtes-vous pas déjà ?

— Il n'est pas de règle qui ne puisse être outrepassée pour les puissants de ce monde et j'en suis.

— Je réfléchirai.

— Comment avancent vos études ?

— J'en ai fini de la matière de Rome et ses écrits antiques. Je mords dans la matière de France avec la geste de Roland. J'ai commencé le Lancelot... par quelques côtés, il vous ressemble, messire.

— Je ne me savais pas amoureux d'une lettrée. Femme rare !

Il s'approcha, lui prit la main pour la baiser. Il la fixait d'un regard de feu qui la fit frissonner.

— À bientôt, ma Mie.

Mère Marie voyait avec intérêt les progrès de son élève. Elle pensait que le défi serait relevé et elle supputait le pouvoir supplémentaire qu'elle allait en tirer. La bibliothèque du couvent était maintenant la plus riche en ouvrages profanes de toute la Mayenne. Elle avait accès aux nouveaux livres et elle se régalait, elle aussi, de quelques ouvrages paillards, en latin, d'auteurs italiens ou traduits du grec.

La fille du Nord trouvait les écrits érotiques de Suétone excitants et son Caligula d'une violence qui aurait fait un triomphe aux soirées de son île natale. Quelques pages de Platon n'étaient pas si « plates ». Ovide décevant dans « l'art d'aimer » l'avait séduite par ses « Métamorphoses ». Elle avait beaucoup apprécié Apulée l'érotique et les apparitions du héros en âne bien pourvu…

Elle avait adoré trois chants de Sappho trouvés à la bibliothèque vaticane et traduit par Jehan pour fêter leur première année d'étude. Il lui avait dit :

— J'ai pensé que ce serait un beau cadeau que ces poésies écrites par une autrice. Avec cependant quelque frein en ma cervelle. Ce pas en arrière m'a fait comprendre combien il est, et était, difficile à une femme, aussi brillante soit-elle, d'être prise au sérieux en tant qu'autrice. De nos jours certains parlent des écrits de Sappho ou de la très remarquable Christine de Pisan du bout des lèvres. Quelles poétesses et quelles pédagogues ! Il y aura toujours un doute dans l'esprit des humains des deux sexes qu'une femme puisse penser avec profondeur. Même moi, Jehan le philosophe féministe, je dois me faire violence pour accepter cette évidence qu'une femme telle Hypatie, surpassait en connaissance de la philosophie tous les lettrés de son temps et qu'elle prit la chaire de Plotin dans son école, à sa mort.

Swanhilda fut touchée du cadeau et du commentaire. Elle apprit les trois poèmes avec une dérisoire facilité et les dit à Jehan qui fut enchanté. Elle en réclama d'autres.

— Hélas, lui répondit Jehan, je n'ai trouvé que ces trois-là. Je les ai volés à la bibliothèque du Latran. Personne ne les avait encore lus. Signés par une femme qui aimait les femmes, les tonsurés de Rome en auraient fait un autodafé. Les écrits anciens parlent d'elle avec une immense admiration. Pour tous les lettrés grecs, Sappho est l'autre nom de la muse Erato.

Madeleine, n'en croyait pas ses oreilles en l'écoutant.

— Ma bonne amie Swanhilda, n'y a-t-il pas nigromance à savoir un texte après la deuxième lecture ?

— Et pourquoi cela ? La première fois, je comprends : c'est hommage Aphrodite, et la seconde fois, je marque en tête. Il suffit de s'exercer !

Ce qu'elle ne disait pas, c'est la façon dont elle agrippait les passages les plus intéressants des textes en les mêlant à des images de son enfance. Les pensées majeures d'un livre étaient accolées à des balades qu'elle avait faites dans son île. Au long d'un chemin vers une cabane, vers une pierre dressée, un pâturage lointain, un bord de côte en Kayak. Les pensées des philosophes, les aventures se déroulaient sur les sentes de Schniegröndt, le long des ruisseaux. Elle ne risquait pas de les oublier. Elle savait intuitivement que la belle mémoire est celle qui allie tous les sens. Parfums, images, et sons qui donnent du sens, de la couleur.

Elle lui avait alors donné d'une traite et de mémoire les quatre cents lignes de la saga de Thulé qui conte l'expédition du fils du « Rouge » Ericsson au Groenland. Et avec délectation, la chute de la saga de Verde.

— Peu de gens savent écrire sur mon île. La connaissance se donne oralement pendant les soirées d'hiver. Ici, en pays de France, j'ai lu que c'était par la parole répétée que se transmettait la coutume, les règles de vie, les droits et devoirs du seigneur, du curé et des paysans. Il y a deux siècles et cela est vrai encore dans quelques régions. Au plus jeune âge, chez moi, les enfants disent dans le tête en le même temps que conteur, comme tous les adultes. Il faut apprendre bien car sagas doivent être dites sans ajout et sans oubli. Chacun en connaît plusieurs, mais nos poètes, les scaldes à grande mémoire, comme ceux des îles de Bretagne, en connaissent des centaines. C'est toujours doyen qui commence. Quand il est fatigué ou par plaisir, il lance à quelqu'un d'autre, homme ou femme, la manouque de tissu qui est symbole saga dans mon île, et celui-ci continue. La fin de saga, on dit lentement, scandé par tout le clan avec belle gestuelle. C'est immense bonheur. Écoute : *nous avons violé sa sépulture, fait ripaille sur son tombeau, brûlé le reste de ses os, pris sa couronne à cent pierreries, surmontée de la croix haïe. Nous les avons desserties et fondu leur or. « Joyeuse », sa grande épée, et deux boucliers dorés sont à Trondheim comme trophées et ici, dans notre île, nous avons sa dague à poignée d'argent. Carolus n'est plus que cendre au vent.*

— Je ne savais pas cette histoire. Elle a été tenue bien secrète, avait dit Madeleine.

— Je ne sais si elle est entièrement vrai ! Mais elle est réjouissante. La saga dit aussi que nous avons trouvé le cilice de tissu d'or et d'épines dont il punissait sa peau ! Et sans doute aussi son sexe coupable d'avoir fait sept bâtards ! Et les draps de lins empierrés de topazes bleues et pourpres dont on avait enveloppé sa dépouille. Votre Saint Jérôme a bien raison de s'interroger sur la prétention des Princes. Il écrit : *Pourquoi enveloppez-vous vos morts dans des vêtements tissés d'or ? Pourquoi votre faste continue-t-il dans vos deuils et vos larmes ? Les cadavres des riches ne sauraient-ils pourrir que dans la soie ?*

Jehan leur dit – pour ce qu'il en avait lu – que le tombeau de Carolus à Aix la Chapelle aurait bien été pillé par les vikings en l'an 881. On l'aurait refermé. Othon III le germanique le fit ouvrir en l'an mille. N'y trouvant plus rien, ni armes, ni corps, ni bijoux, il aurait fait placer là un cadavre d'occasion et des armes pour cacher la honte. Il inventa une fable comme quoi on avait trouvé Carolus assis dans son tombeau, avec sa couronne sur la tête et son sceptre à la main. De quoi inciter Barberousse à le faire canoniser en 1165… et disperser des restes inconnus, vendus à prix d'or comme reliques, dans tout l'occident.

La Prieure avait cédé aux demandes de Swanhilda formulées par l'intermédiaire de Madeleine, car pendant tout son séjour, jamais la nordique ne lui adressa la parole. Après laudes, quel que soit le temps, Swanhilda se desnuait au bord du puits, pour se laver entièrement. Madeleine prit elle aussi l'habitude de ces ablutions matinales. Mère Marie, depuis la bibliothèque, venait, elle, tous les matins se rincer… l'œil. Swanhilda avait obtenu une cellule particulière, un grand lit confortable (choix de Geoffrey d'une large couche dans laquelle il espérait manquer…), un autre pour Madeleine dans une vaste pièce que mère Marie fermait à vingt-deux heures, mais qui possédait un verrouillage intérieur, pas de judas. Les occupantes étaient chez elles jusqu'à l'office des lectures.

Personne ne pénétrait dans cette grande cellule pleine de livres qu'elles fermaient derrière elles en sortant. Le lit de Madeleine n'était jamais occupé, elles dormaient ensemble, se câlinant chaque soir. Ce rapprochement les libérait des tensions d'études forcenées et de leur solitude. Elles étaient toutes deux des religieuses obligées. Elles s'aimaient tendrement, mais jamais dans la congrégation, un regard, un geste, ne put faire croire à autre chose, entre elles, qu'à une sincère amitié. Seule l'abbesse qui avait observé et profité des ébats de leur première nuit était au courant. Elle passait sa frustration, de ne pouvoir y participer, sur trois novices à qui elle marquait la peau à tour de rôle pour les punir du plaisir donné entre ses cuisses.

Les deux jeunes femmes se chérirent toute leur vie. Même lorsque Swan s'installa à la Gravelle auprès de Geoffrey, elles ne manquèrent jamais, en se retrouvant seules un instant, de se prendre tendrement la bouche et la langue comme deux Templières de… l'ordre de Sappho, en souvenir de leur geôle studieuse de Morte-souche, et conforter leur merveilleuse amitié.

Nous sommes des hommes libres et tous égaux,
nous n'avons pas de chef, laisse-nous réfléchir.
Rollon « le marcheur » à Charles le Simple
qui lui propose Rouen et le pays de Caux, en l'an 911.

Château de La Gravelle
6 Février 1402

Chapitre XIII : L'admission.

Ils étaient réunis dans la grande salle du château.

Robert d'Ernée, Geoffrey du Palindrome, le philosophe Jehan de La Mettrie qui serait le précepteur des enfants de Geoffrey – s'il plaisait à Dieu de lui accorder cette faveur –, et enfin son épouse qui tenait à rencontrer celle qui serait son ventre. Julia d'Ernée-Palindrome était pâle, prise qu'elle était par cette situation doublement difficile. La honte d'être, en ce jour, définitivement reconnue comme bréhaigne devant ces trois hommes, mais aussi la fierté volée de pouvoir peut-être, dans une année, présenter au monde SON enfant et conforter ainsi son statut d'épouse. Combien de femmes dans son état avaient été répudiées ? Swanhilda était une chance pour elle, pas une rivale.

Les quatre personnages avaient fait bombance à l'instigation de Geoffrey qui avait tenu à fêter l'arrivée de Swanhilda et à mettre ses juges dans les meilleures dispositions pour accueillir la jeune femme. Il ne doutait pas du résultat de l'entretien car le précepteur philosophe lui avait fait compte rendu élogieux. Valets et servantes, en un ballet ininterrompu, les avaient abreuvés de vins bourguignons pour arroser des mets succulents. Le meilleur avait été cette perdrix fourrée au gingembre, le ragoût de bœuf fleuri de girolles et d'amandes frites, les anguilles cuites au miel. Au dessert la tarte aux pommes safranées avec des noix aux épices caramélisées avait fait l'unanimité. La Berthe avait fait dans le sublime.

Swanhilda entra, suivie de Mère Marie et de sœur Madeleine qui n'avaient eu qu'une collation légère.

Julia d'Ernée pensa que son sort était scellé en voyant apparaître cette déesse au port altier, toute vêtue de bleu et qui avait soutenu leurs regards, l'un après l'autre, sans ciller. La beauté n'est-elle pas une clé qui ouvre toutes les portes des hommes ? Elle avait épousé Geoffrey sans amour, sur ordre de son père qui voyait d'un coup se conforter son obsession : accumuler les terres, les titres, la puissance. Faire partie, un peu, des grands de ce monde.

Trois fois par mois, depuis quatre ans, Geoffrey venait honorer sa couche. Elle n'y prenait pas plaisir, confite qu'elle était en dévotion.

Son père l'avait convaincue de la nécessité d'une descendance, (même par procuration), pour sauvegarder les biens accumulés pendant toute sa vie. Elle avait rechigné, s'accrochant aux impératifs du dogme. Le péché de mensonge, la tromperie. L'importance du comput et la sévérité du Clergé sur les questions du sang. Robert d'Ernée avait durement sermonné sa fille, la menaçant du couvent de Notre Dame de Tart en Bourgogne, ce couvent à la règle féroce, jeûne et cilice. Menaçant de la maudire, ou même de la faire disparaître. Une stérilité sans doute née des envies de péché qui couraient dans son esprit. La honte publique, et le déshonneur. Se faisant *pater familias* à l'antique, il l'avait fait mettre à genoux.

— Tu diras une neuvaine de sainte Rita du 14 au 22 de ce mois pour te faire pardonner la noirceur de ton âme de catin. On devient bréhaigne quand on ne pense qu'à stupre et fornication hors de la couche de son époux. Tu fais la souche pendant que Geoffrey s'éreinte à faufrelucher avec toi. Si tu avais oublié les injonctions de ton confesseur, si tu t'étais mieux appliquée à plaisir, si tu t'étais mieux ouverte pour l'accueillir tu ne serais pas une « mule » ! Tu diras une autre neuvaine de Sainte Rita, la patronne des putains, pour favoriser la fertilité de celle qui va sauver notre nom, notre lignée, nos terres, nos bois, notre manoir et nos gens. Ton grand-père Jules a risqué la mort cent fois aux côtés du Baron du Maine pour recevoir ce fief d'Ernée et les terres avoisinantes. Et toi, pour un petit manquement aux règles inventées par les curés pour nous embrener, tu voudrais enterrer tout cela ? Honte à toi. Dans un an, tu seras reconnue mère et fêtée comme telle. Obéis ma fille, obéis ! Et tu ne parleras de cela à personne ! Surtout pas à ton confesseur. Surtout pas ! S'il y a péché, je le prends sur moi. L'Église fait-elle tant de manières, quand un évêque bourrique ses enfants de chœur ?

Elle avait fini par se soumettre, entrant peu à peu dans son rôle, puis y prenant plaisir… puisque son père prenait le péché sur lui.

Chacun devait questionner Swanhilda. Geoffrey et Robert décideraient du sort qui lui serait réservé : génitrice dépositaire de la graine et retour au couvent ? Concubine à demeure, du Seigneur des lieux ? Geoffrey lui, savait déjà.

Robert d'Ernée prit parole :

— Vous sentez-vous prête à entrer dans la grande famille de ce château, nobles et manants, et vivre en bonne intelligence avec tous et selon nos coutumes ?

— Sans doute aucun, je suis prête, seigneur d'Ernée. Entrer en votre famille, votre bourg, votre Église ? Bien sûr. Comme ont fait mes ancêtres normands qui ont déjà visité cent fois le côte de ce pays. Ne sont-ils pas entrés dans Bordeaux, Lyon, Marseille, dans Paris trois fois, et jusque dans la merveilleuse basilique de Vézelay ? Quatre sur les cent de ces visiteurs armés n'étaient-ils pas comme moi, femmes guerrières ? Ne sont-ils pas venus admirer Nantes, Angers, et Orléans et Chartres et Tours. Mon parentèle du nord est déjà installé à Rouen et pays de Caux. Il remercie Charles le Simple de cette cadeau faite à Rollon, « Rolf le marcheur », un de mes lointains cousins de l'île d'Alesund, pour qu'il arrête de se servir, pour boire dans calices d'or et nonnes pucelles, là où lui semblait bon, dans royaume de France. Oui, seigneur d'Ernée, je suis prête.

Robert maîtrisa une colère montante et préféra l'humour :

— Très juste. Vous serez donc baptisée comme Rollon le fut en… en…

— 912, dans la cathédrale de Rouen, où il prit le nom de son parrain, le duc Robert, qui fut même – pour un an –, roi de France en 923 et grand-père d'Hugues Capet, ajouta Jehan, volant au secours du vieux guerrier et faisant habilement retomber la tension par ce détour historique.

— Parlez-nous de la famille dans laquelle vous allez entrer… peut-être… reprit d'Ernée après un petit signe de remerciement à Jehan.

Appliquée, réfléchie, parlant toujours aussi lentement, Swanhilda répondit :

— Seigneur Geoffrey du Palindrome est dernier mâle de sa maison. Il porte le nom. Son mariage n'a porté fruit. Robert d'Ernée, son beau-père qui m'interroge, n'a donc pas héritier. Il est urgence d'avoir successeur pour ces vieilles noblesses. Leur descendant possédera domaine de vicomte de Bretagne. S'il plaît à Dieu de donner un. Il serait dommage que cette territoire, œuvre de toute la vie, votre vie, parte en morceaux. Tout comme le puissant empire de Carolus Magnus est parti à lambeaux, à cause de partage et guerre entre ses trois petits-fils et leur père Louis le Pieux et avec jeu de l'Église. Trente ans après sa mort.

Elle avait dit cela en regardant droit dans les yeux le vieux guerrier, sans ciller. Jamais, à ce jour, un inférieur ne l'avait fixé de la sorte ! Alors, une femme ! Mais quel œil ! Une eau de diamant !

Elle vit dans les regards que sa réponse les étonnait tant par sa précision, sa presque maîtrise stupéfiante de la langue – en dépit de son accent léger et de quelques erreurs de genre – que par son insolence. Julia d'Ernée lui tendit un manuscrit.

— Pouvez-vous lire quelques lignes de cet ouvrage ?

Alors qu'elle venait de défier Robert d'Ernée, Swanhilda s'inclina respectueusement, fléchit brièvement le genou pour faire allégeance à cette femme éprouvée par sa stérilité et répondit :

— Merci, Dame Julia. Gardez *œuvr*e. J'ai lu déjà. Livre écrit il y a plus d'un siècle. Il raconte la quête du Graal par preux chevaliers. C'est Li contes del Graal écrit par Chrétien de Troyes, à la demande d'Aliénor d'Aquitaine. Aliénor qui a quitté mol roi de France, pour viril descendant de Normand, ajouta-t-elle avec un sourire. Le trop modeste auteur dit avoir inspiré un écrit en prose du Comte des Flandres. Cette geste a vers à huit syllabes. Il écrit, du vase Graal, celui dans quoi Joseph d'Arimatie a pris sang du Christ :

Après cela an revint une
Qui tint un cratère d'argent
Le graal qui allait devant
De fin or esmeré estoit ;
Si précieuses avoit
El Graal de maintes manières
Des plus riches et des plus chières
Qui an mer et an terres soient.

C'est à trois milles vers, je crois.

Swanhilda avait récité tout cela d'une traite sans ouvrir le livre.

Robert d'Ernée restait bouche bée comme un benêt. Geoffrey, aux anges, semblait contempler une apparition. Julia espérait humblement pouvoir faire une amie de cette déesse qui la stupéfiait. Madeleine avait la larme qui perlait. Mère Marie se disait qu'elle allait peut-être regretter ses violences tant Swanhilda semblait avoir refermé sa poigne de guerrière sur tout ce beau monde. De La Mettrie, d'un coup d'œil, avait analysé tout cela. Un petit sourire en coin, sous sa tête penchée, il feuilletait « Li contes » comme si c'était celui qui venait de se jouer.

Il n'y eut plus de questions, tous étaient subjugués par la culture, l'intelligence et le caractère de Swanhilda, sa facilité à manier une langue débutée seulement trente mois auparavant, encore plus que par sa beauté et son assurance, en dépit de son jeune âge, car elle avait un peu plus de seize ans maintenant.

Geoffrey et Robert d'Ernée restaient seuls.

— Je propose que ma fille Julia fasse retraite à Morte-souche le temps de lui fabriquer un héritier. Nous annoncerons que votre épouse est grosse de vos œuvres et se repose près de sa mère. Swanhilda posera son enfant loin d'ici à Machecoul où vous irez tenir cette place comme vous le faites de temps à autre pour Guy II. L'héritier regagnera le Maine un peu plus tard en passant par Morte-souche. Julia rentrera avec l'enfant, son enfant. Il portera votre nom. Le terreau de cette femme du Haut Nord ne peut que bonifier le sang de votre lignée. Nous nous débarrasserons d'elle ensuite.

— Beau-père, si vous touchez à un cheveu de cette femme, je vous étriperai.

— Tout doux, tout doux. Si c'est ainsi, je la protégerai comme ma propre fille. Swanhilda sera seconde Dame de Julia d'Ernée. Nous la ferons passer pour une fille orpheline d'un lointain cousin des Flandres et vous pourrez en disposer ainsi à votre guise.

Robert d'Ernée était sorti. Swanhilda entra.

Geoffrey du Palindrome n'avait qu'une seule idée en tête : conquérir cette sauvageonne venue du froid si bien installée dans sa nouvelle culture et l'épouser. Il avait mis un genou à terre devant Swanhilda.

— Jouvencelle, je veux vous marier. J'enverrai dès demain une supplique au Pape, accompagnée d'une cassette de cent florins d'or pour… les pauvres, et demandant l'annulation de mon mariage. La stérilité de mon épouse est une cause reconnue et, avec du temps, nous serons autorisés par le Saint Père à convoler. Je suis fou de vous et rien ne me fera reculer. Vous pouvez me demander ce que vous souhaitez pour preuve de mon engagement.

— Avec temps, dites-vous ? Il faudra beaucoup pour convaincre l'Église qui interdit les mariages entre chrétien, comme vous, et incroyante, comme moi, pour garder bon ordre catholique et ces liens d'époux qui le confortent. Ne met-elle point sur même rang d'abomination, le liaison charnel avec une juive ou une arabe, la bestialité et la bougrerie ? Monseigneur, je veux vivre ici et maintenant. Hic et nunc. La vie est si courte, la jeunesse encore plus… Arrangement ne me va point.

— Que proposez-vous ?

— Pourquoi entrer dans labyrinthe de problèmes, de douleurs, qui gâcheront notre vie, nos plaisirs et ceux proches à vous ?

Swanhilda, dans son cloître, avait eu le temps de réfléchir après la dernière visite de Geoffrey. Des heures accumulées de solitude, sans autres divertissements que la lecture et l'échange avec Madeleine, étaient un luxe extraordinaire pour qui voulait bien se forger l'esprit. Sa mère, si resplendissante elle-même, l'avait mise en garde contre ce piège de la beauté prodigieuse que le temps refermerait bien vite sur elle. Sur ces leurres du corps féminin triomphant, douceur, rondeurs, peau de satin, ces splendeurs de sa plénitude de jeunesse qui mettraient les hommes à ses genoux mais qui cacheraient, à leurs yeux, ses beautés profondes du cœur, de l'esprit et de l'âme. Le temps félon, ce faux ami qui avait fait de la petite fille longue et maigre une adolescente-déesse mais qui ferait d'elle, trop vite, une femme qui avait été belle, puis moins belle. Ce traître lui concocterait un trousseau de regrets puisque les splendeurs des femmes sont mariées au temps. Sans l'amour profond et d'autres attraits que son corps prodigieux, d'autres beautés masquées, d'autres sucs, rien ne viendrait repousser la rouille des années dans le cœur de l'amant. Sa mère Thééa pensait que l'amour vrai se nourrit encore et toujours des images, des souvenirs du temps d'avant, et que la plus vieille femme est, aux yeux de celui qui l'adore, toujours parée de ces charmes premiers qui l'ont conquis.

Elle avait, avec l'aide de son amie, considéré tous les possibles. Elle tenait à ce que sa nouvelle vie démarre sous les meilleurs auspices.

— Ne changeons rien à l'ordre dans château et dans famille. Que vous manque ?

— L'amour et un héritier !

— Monseigneur, vous m'avez capturée. Je suis prisonnière. Je n'ai pas pour vous passion soudaine comme vous déclarez. Vous ne m'êtes pas indifférent. Je crois à vertu du temps. Je crois aussi, comme dit le troubadour Raymond de Miraval, que l'amour est seule raison d'être ici-bas. Je m'y questionne depuis que j'ai lu Sénèque, Horace, Sappho : sommes-nous réellement amoureux ou est-ce notre culture et ses us obligés, les exemples de ceux que nous aimons ou nous admirons autour de nous qui font terreau fertile dans lequel pousse ce illusion de l'amour ? Est-ce pour humaniser et noblir la rut qui nous saisit parfois comme harde à l'automne ? Ou est-ce foudre qui vous fait fondre dans éclair. À laquelle ne peut résister ?

Il la regardait ébahi par sa sagesse son savoir, la façon fulgurante avec laquelle elle s'était appropriée le latin et des cultures bimillénaires. Quelle merveille que cette jeunesse pleine d'appétits et de facilités pour apprendre et se nourrir des concepts, de l'histoire.

— L'amour et un héritier ? Je peux apporter l'un et l'autre. Mais il y a conditions.

— Je vous écoute.

— Julia d'Ernée restera pour tous Dame du Palindrome. Je serai suivante. Parente éloignée. J'accompagnerai avec respect et considération. J'espère bon retour. Voilà qui fera taire ragots. Nous devons être prudents. L'histoire montre que Grand Seigneur qui se croyait intouchable a perdu sa tête pour n'avoir su s'en servir. Votre épouse doit souffrir de ne pouvoir vous donner héritier. À quoi sert de la tourmenter plus encore en répudiant ? On ne construit pas amour sur malheur des autres. L'Église veille sur les sangs jusqu'à la septième génération, nobles et manants de même. Ne verrait pas d'un bon œil bâtard devenir votre héritier. Jehan dit avoir grande méfiance de ce Bernard II du Peyron, patriarche de Nantes qui commande notre évêque. Il a sévi aussi à Tarbes, a laissé la souvenance d'un pur plein de rigueur. Trois petits nobles du comté de Foix sont passés en chartres à sa demande. L'un a été graillé pour avoir tué femme au profit de concubine. Il avait pourtant payé trois cents livres au clergé. Le prix de péché.

Geoffrey du Palindrome était stupéfait de la maturité de Swanhilda, de son sens politique, de sa générosité. Là où n'importe quelle superbe catin aurait essayé de pousser au mieux son avantage pour faire disparaître l'épouse légitime pendant qu'elle tenait l'homme dans les lacs du désir, ici se montrait femme intelligente et réfléchie. Il n'en fut que plus conquis encore.

— Vous êtes ma Mie une grande âme. Cette générosité vous honore.

— Que nenni. Point de générosité là-dedans. Julia, votre femme, pas éprise de vous, dit-on. Mais elle tient à son statut d'épouse. À ses titres. Son père aussi. Pourquoi ferais-je deux ennemis féroces alors que je peux me faire alliés ?

— En dépit de votre jeune âge vous faites preuve, ma Mie, d'un sens politique peu commun et j'en suis esbaubi.

— Depuis mes sept ans mon père Olaf, chef de clan que vous avez branché il y a deux ans, m'a toujours associée à ses choix. Il donnait à moi arguments, tout ce qui motivait décisions. À Morte-souche la fréquentation des livres, des philosophes, de votre philosophe le formidable Jehan de La Mettrie (quel prodigieux ami pour vous Monseigneur !), les récits des chroniqueurs, l'histoire aussi, m'ont ouvert un peu plus encore l'œil sur ce qui gouverne les âmes et ce qui doit être fait. Non sur ce qui est bien ou mal, mais sur ce qui est le pertinence ou erreur.

— Qu'il en soit ainsi. Avez-vous, ma Mie, d'autres volontés ?

— Discrétion, grande discrétion en toutes choses dans affaire de famille. Inutile et dangereux pour vous et pour moi de m'exposer comme icône. Notre idylle, si idylle il y a, sera meilleure dans la solitude et la discrétion. Votre épouse se retirera le temps de faire nous l'enfant. Personne ne la verra grosse, mais lorsqu'elle paraîtra avec lui, le farce sera joué. Je sais coutume de ce pays de mettre enfançons en nourrice. Les curieux seront leurrés.

— D'autres choses encore ?

— Oui : Je souhaite que tout le librairie de Morte-souche soit ramené ici. Me manque déjà. Les nonnes du couvent garderont livres pieux. Seuls autres ouvrages m'intéressent. Je n'ai lu que la moitié. Et je veux à mon service la personne qui a su trouver manuscrits et livres.

— Bien, cela sera.

— Sœur Madeleine sortira de clôture. Elle retrouvera titre et terres volés. Ceux qui les tiennent sont vavasseurs de vous. Son époux, un féal, n'est-il pas mort à service ? C'est, Monseigneur, mon amie ; une très, très tendre amie. Elle m'a soutenue, aidée de sa connaissance, de ses conseils et de sa très grande affection dans la épreuve que vous m'avez imposée durant longues années. Je prie vous d'avoir autant d'égards pour elle que pour moi. Dernier point. Mère Marie me doit. Elle paiera ce soir dans salle basse du château.

— Ma Mie, c'est ma tante !

— Vous n'aviez pas tant scrupulations quand vous l'avez enclose vous et votre beau-père. Cette femme est mauvaise. Elle profite d'autorité pour abuser consœurs. Morte-souche rendrait-il culte à Lesbos ? Depuis un siècle, dans bien des villes, consuls et bourgmestres, et souvent avec approbation de l'Évêché, ont ouvert des « maisons » pour mettre fin aux désordres des femmes follieuses aux coins de rues. J'ai lu que, sous Louis IX le Saint, 13 000 putains subsidiées par roi avaient suivi guerriers de la huitième croisade. On dit partout qu'on ne peut traverser pont sur Rhône vers Avignon sans rencontrer deux moines, deux ânes et deux putains. On ne sait qui montant l'autre… Et aussi que la ville d'Angers, avec égide d'évêque, vient d'ouvrir un bordeau. Pour que les hommes en mal de déduit aillent délivrer leurs coilles. Pour que nobles Dames et Filles puissent marcher dans rues sans être importunées. Elle ferait merveille là comme abbesse. Elle a fait contre moi violence inutile et malsaine. Je la punirai. Un viking n'a plus honneur tant qu'il n'a pas lavé affront. Débarrassée ainsi du fardeau de vengeance, je pourrai être à vous.

— Bien. Elle repartira demain. Elle est dans vos mains jusqu'à l'aube. Pas de mutilations. Garde !

Le chef des gardes entra et s'inclina brièvement.

— Ovilon, tu obéiras à cette femme comme à moi-même.

De toute sa vie, Geoffrey du Palindrome, seigneur tout puissant en son fief, n'avait eu à se poser cette question incongrue qui aurait fait se tordre de rire les Saigneurs du royaume de France :

— Suis-je digne de cette femme ?

L'humiliation n'est honte
que pour celui qui humilie
Edward Albee

Château de La Gravelle
6 Février 1402

Chapitre XIV : Retrouver la paix

Swanhilda sortait de la pièce, accompagnée par le capitaine des gardes, pour aller se saisir de Mère Marie quand elle rencontra trois servantes. L'une d'entre elles était cette jeune fille dont s'étaient repus ses compagnons de voyage et de guerre deux ans plus tôt. Geoffrey avait emprunté à son cousin Guy II cette courageuse Sophia – rejetée par ses parents – à qui il devait, en quelque sorte, sa rencontre avec Swanhilda après la tuerie du moulin. Il avait toujours un mot gentil et un sourire lorsqu'il la rencontrait. Elle travaillait aux cuisines avec Berthe qui l'avait prise sous son aile.

La jeune fille s'était pétrifiée en apercevant Swanhilda. Elle avait fixé les grands yeux clairs de la viking, comme elle l'avait fait pendant son supplice près du moulin quand elle cherchait un étai à son courage. Puis elle avait fermé ses paupières en rougissant comme un enfant qui croit qu'il a disparu quand il ne voit plus le monde. Toutes deux se rappelaient. Elles revivaient cette scène étonnante. Swan savait que cette rougeur de la honte ne tenait pas aux violentements que Knute et Dalh avaient fait subir à ses terres vierges mais bien à la suite du supplice, après qu'ils aient fini leur mauvaise œuvre, quand la jeune fille, sous les assauts de Bendik, avait été transfigurée par une formidable jouissance qui avait stupéfié la guerrière blonde.

Sophia, incapable de résister à cette tempête des sens, terrorisée et envahie d'une terrible vergogne, avait pensé que le diable s'était installé en ses intérieurs. Swanhilda et la troupe des sauvages dormaient déjà pendant que le dernier monstre la violait, et quand, saoulé de stupre et de vin, il s'était effondré sur elle.

Sophia, toujours éveillée, a revu cent fois, en pensée, la litanie des horreurs.

Ce qui lui donne courage pour tenter l'évasion…

... Au profond de la nuit, elle souffle doucement pour tenter de se maîtriser, car elle tremble nerveusement de la tête au pied depuis que la brute s'est avachie. L'oreille aux aguets et l'œil très doucement panoramique, elle guette les respirations, les ronflements, le mouvement de guet d'un sauvage un peu moins ivre que les autres. Elle est encore plus terrorisée car maintenant elle sait l'horreur. Elle continue de ressasser les heures passées. La plus terrible n'est pas celle de ses premiers supplices mais celle où la Bonne Dame l'a abandonnée. Celle où le marteau du barbare Bendik a forgé cette terrible honte dans l'enclume de son ventre. Où le terrible péché de chair s'est invité en ses fonds. Là où le diable a fait sabbat en la jeune fille sage qu'elle était. Elle se croit damnée, rejetée par le Seigneur, mais elle finit quand même par tenter sa chance. Instinct de survie. Elle enlève le bras du bourreau vautré sur elle, attend,... sort ses jambes, attend encore, se dégage doucement, rampe interminablement avec une patience de fourmi hors du camp des tourmenteurs. Elle est nue, ses jambes sont empoissées des foutres qui coulent de ses ouvertures violentées. Elle marche d'abord lentement, courbée, silencieuse. Elle est enfin seule. Oh bonheur de la solitude ! Elle a mis un instant, rare pudeur, ses mains sur sa fleur gluante de leurs sucs. Pour se cacher de quels regards ? Elle arrache deux poignées de fougères pour essuyer son sexe, et entre ses fesses, la boue qui coule sur ses cuisses. Elle

se met à courir jusqu'à la forteresse de Champtocé pour trouver abri, protection et vengeance contre les Normands. Long effort. En vue du château, elle crie pour alerter le guet. La herse se relève en grinçant et réveille Ovilon. Les quatre hommes du guet, à la poterne, la regardent, incrédules, puis curieux. Et la honte revient, plus violente encore, par ces regards qui la sondent, se repaissent de sa beauté souillée, des traînées sanglantes à ses cuisses, ces stigmates de son supplice. La honte revient plus grande encore par ces rictus méprisants qui dénoncent des pensées salaces qui imaginent ce qu'elle a subi, et s'y voient eux aussi. Elle s'effondre dans les bras d'Ovilon. Il l'enroule dans sa cape et fait réveiller ses soldats. Il la porte paternellement jusqu'à La Berthe, en la questionnant sur le lieu de retraite des Normands, leur nombre. Elle se sait enfin sauve, mais... malsaine.

Sophia a été rejetée par sa future belle-famille et la sienne. Triple peine : celle de son corps martyrisé, celle de son âme colonisée par le malin et qui l'avait fait crier du jouir dans la honte, celle du mépris, de la perte d'amour de la famille.

Un voisin infâme qui lorgnait sur elle sans succès lui avait jeté :

« Tu les a aguichés, bagasse. Tu l'as bien cherché. Tu as sans doute gueulé bien fort ton jouir de rouchie quand ils t'ont couverte comme une chienne enchaleurée. »

Sophia n'avait pu s'empêcher de rougir à l'évocation de son malheur. Elle s'était enfuie en courant cacher ses larmes et son désespoir dans le foin. Elle n'avait pas les moyens de comprendre que l'Église avait creusé, depuis treize siècles, comme une ornière boueuse dans l'esprit des hommes, que cette ornière bavassante ne cessait de se creuser plus encore et proclamait que le sexe de la femme était diabolique et pervers. Qu'elles seraient d'éternelles victimes. Que son méchant statut de femme, celui de ses sœurs ne serait pas près de changer.

Mue par une impulsion étrange, Swan avança vers la jeune femme pétrifiée et les yeux clos. Elle la prit dans ses bras, la serra contre elle, et lui caressa doucement la tête. Sophia se dénoua peu à peu et se laissa aller contre la poitrine de la haute statue blonde vêtue de soie bleue. Swanhilda avait saisi son visage entre ses longues mains pour baiser les paupières fermées sur des yeux cernés du noir de la désespérance insomniaque, comme elle aurait baisé un visage d'enfant à consoler. Elle l'avait reprise pour la bercer contre elle et lui parler doucement. Ovilon et les deux servantes s'étaient éloignés de quelques pas.

Dans les bras de Swanhilda, Sophia se revoit à nouveau là-bas, près de la boire de Champtocé, saisie par le géant blond. Avec une acuité aiguisée par la présence de la guerrière, elle replonge dans ce monde de douleurs et de cris salaces quand elle avait entendu avec terreur, en son ventre malmenté, l'orage du désir qui roulait au loin, se rapprochait et grondait, secouait les arbres de son intérieur ; quand l'azur de ses rêves de jeune fille se peuplait d'inquiétants nuages noirs ; quand des branches de nerfs tordus craquaient, s'abattaient et secouaient son connin avec violence ; quand le plaisir félon de sa chair la faisait crier de honte ; quand la pluie la fouettait enfin et qu'elle coulait, anéantie par la révolution de cette chair dans laquelle elle ne se reconnaissait plus ; quand la petite mort l'avait surprise et lui avait fait perdre conscience.

Il y avait, toujours en elle, cette honte de son sexe qui avait pleuré sa joie sordide en présence d'une Swanhilda ébahie, comme ses compagnons, par cette terrible jouissance qui la tourmentait.

La belle Swanhilda qui reste le seul témoin de sa faiblesse d'alors, de son animalité de femelle en rut qui criait, de son sexe gonflé, ouvert et dont l'affreux plaisir coulait malgré elle. De son anus dévasté qui participait à sa honte en oubliant sa douleur. Et ce regard de glace bleutée auquel elle s'était accrochée pour ne pas sombrer pendant son double supplice.

Oh oui, elle se souvient avoir rampé très doucement, très lentement, hors du campement des sauvages. Elle frissonne de froid et de crainte. Elle se revoit maintenant dans sa lente marche courbée, sa fuite silencieuse. Elle se souvient des pensées qui l'ont assaillie pendant sa longue course vers Champtocé. Elle se voit pantelante, se revoit encore et encore. Rien du désordre n'est effacé.

Elle se rappelle qu'elle est nue, que ses jambes sont empoissées des foutres qui coulent de ses ouvertures violentées. Elle se remémore cette marche précautionneuse, l'oreille aux aguets. Elle est enfin seule, enfin. Elle se met à courir, légère, vers la forteresse de Champtocé pour trouver abri, protection et vengeance contre les Normands. Long effort. Au long d'une demi-lieue elle effleure à peine le sentier. Elle a tout de suite trouvé l'appui léger sur l'avant-pied qui fait voler silencieusement. Par moment, elle saisit, à pleines mains, ses jeunes pis dardés qui tressautent douloureusement pendant sa course car les pognes des sauvages les ont malmenés. Mais elle reprend bien vite le balancier de ses bras pour accélérer sa fuite. Elle a tellement peur.

Toute son attention est braquée derrière elle, surveillant les pas lourds des monstres qui la poursuivraient. La nuit donne aux arbres des allures de brigands, de mal-fées aux bras immenses. Les diables, les garous, les ours sont cachés derrière les fûts. Cette nuit qui – jadis pour elle à l'abri des murs du château – était chargée de senteurs, de douceur, de calme, cette belle nuit qui pesait un peu sur ses sens de jeune femme, cette nuit dans laquelle roulaient ses désirs secrets, ses élancements ardents avant le sommeil, cette nuit-là, effrayante, se pare d'un masque de menaces.

La forêt nocturne est pleine de craquements, de bruissements qui font dresser les petits cheveux de sa nuque. Au moindre doute, elle se jettera et fera bauge dans le taillis le plus touffu, dans les épines ou les ronces. Sa course s'alourdit, ses pieds talonnent, elle n'entend que ses pas. Elle s'immobilise un instant l'oreille avivée, rassurée quelque peu par les trois fourches de chemin qu'elle a empruntées et qui dérouteraient d'éventuels poursuivants. Pas très loin, une chevêche répète sans cesse son chuintement. Tout est donc calme enfin. Elle marche lentement pour reprendre souffle, et se souvient de ce qui l'inquiétait tant. Effroi derrière et crainte devant.

Elle est épuisée par cette nuit d'orgie qui lui a été imposée, par le manque de sommeil, par les douleurs et les humiliations qu'elle a subies. Par cette si violente et honteuse joie qui a bouleversé sa chair jusqu'à la petite mort. Tous ses muscles, torturés par ces longues postures sauvages des ruts auxquels elle a été contrainte, sont tendus. Ses intérieurs douloureux. Elle a galopé de toutes ses forces, au plus loin de ce passé terrible, sans craindre les loups en forêt. Les plus sauvages sont maintenant loin derrière elle. Elle marche vers un avenir incertain et des ennuis. Elle ne cesse de se questionner.

Que se passera-t-il quand, à la poterne du château, elle arrivera nue, échevelée, les cuisses, le ventre, le visage englués des foutres qui ont giclé en elle et sur elle ? L'intérieur de ses cuisses rougies de sang, les ecchymoses sur ses bras, les marques sur ses seins, ses mamelons gonflés par les succions, la peau de son visage qui tire sous le lait de chaux séché, ne laisseront aucun doute aux hommes du guet qui vont l'accueillir. Il s'en dira du grivois sur son compte, par devant, et du salace derrière son dos. Elle n'en a pas fini de vivre l'enfer de son corps, de ses humiliations, de ses doloirs, de ses terreurs, de son mal jouir, de ses cauchemars peuplés de géants blonds lubriques, abusifs et barbares.

Son promis et sa famille voudront-ils encore la marier après ce qu'elle a subi ? Elle espère une mère compatissante, un père consolant, un promis tendre qui la prendra dans ses bras pour pleurer avec elle, et lui dire son attachement indéfectible. Elle espère. Quel amour infini elle aura alors pour lui ! Ou la rejettera-t-il avec mépris ?

Pendant ce long viol, elle n'avait pensé qu'à survivre. Il y avait eu, en elle, un bouleversement mécanique né des frottements répétés dans son sexe. Elle pouvait remercier son vagin de l'autonomie qu'il avait prise et qui, de fait, l'avait sauvée. Il s'était séparé d'elle et avait vécu sa propre vie. Jamais elle n'avouerait à quiconque qu'elle avait crié bien malgré elle, qu'elle avait réagi aux navettes des plantoirs et des doigts normands. Elle n'avait ressenti aucun bonheur dans ces contractions et ces relâchements bestiaux de ses organes, que de la honte dans ces spasmes d'un plaisir arraché. Son sexe avait certes manifesté sa révolution obligée, elle avait crié quand il s'était enfin dénoué, se liquéfiant, mais au fond d'elle-même, elle n'avait jamais consenti à rien, jamais. Même quand elle s'était sentie un instant si bien, si emplie, comblée des vits en rut qui bouleversaient ses intérieurs. Sa chair avait cédé mais c'est bien elle qui, ensuite, avait réussi à enfouir la jouissance renaissante que les violeurs qui ont succédé à Bendik voulaient lui extirper. C'est là une victoire dont elle ne pourra jamais faire état.

Elle est loin maintenant des géants sauvages qui l'ont tourmentée, humiliée, triplement forcée, arrosée de leurs humeurs. Elle marche encore un peu pour retrouver son souffle avant de reprendre sa course sur ces sentiers éclairés de lune qu'elle a souvent empruntés de jour.

Elle repense à ses douleurs, mais aussi à ce bouleversement affreux qui l'a investie sans qu'elle l'ait senti venir. Cette révolution insolente de son ventre, éclose sans amour, dans le doloir. Que fera-t-elle dans deux ans, dans dix ans, si elle se marie et que réapparaissent, au déduit, avec son époux, ces nouements et dénouements, ces eaux diaboliques. Le devra-t-elle à la mémoire des cruels qui l'ont saccagée ? À son amoureux ? Le plaisir de l'amour reviendra-t-il clair et pur un jour avec son époux ? Elle est une victime, elle se sent coupable. La bonne Dame a laissé le malin investir son ventre. Pour lui faire payer quel péché ? Sera-t-elle jamais pardonnée ? La pensée que le reste de sa vie sera un cheminement vers la géhenne est insupportable.

Pourra-t-elle faire cendres de ce voyage dans la poterne de l'enfer chez les diables blonds ? Ne reviendront-ils pas, comme reviennent les incubes à la dague écailleuse qui visitent les nonnes et les font se arquer sur leur couche, les yeux révulsés, en noyant leurs draps ? Elle va tenter d'oublier ces deux vits qui naviguaient avec encore plus de force quand elle avait commencé à crier cette joie immonde qui bouleversait ses deux trous honteux. Pourra-t-elle oublier ce regard stupide de mâle fierté du Bendik qui scrutait sont visage défait, déformé par cette jouissance qu'elle voulait refouler ? Elle gardera clos son sexe comme un joyau précieux pour son époux, mais qui pourra jamais condamner les portes de sa mémoire ? Elle sait qu'elle sera questionnée sur les manœuvres des vikings, et plus encore sur ses sensations par le salace Jean de Craon.

« Ils t'ont pris le con ?... Raconte… le cul aussi sans doute ? Alors… ? » Elle ne lui avouera rien. Elle se contentera d'acquiescer en pleurant, butée. L'abbé Dolé, son pervers confesseur, sera plus difficile à leurrer et contenter. Il va gratter dans ses souvenirs comme on arrache les croûtes des blessures pour les rendre incurables et mieux tourmenter. Il la fera touiller longuement dans sa mémoire, touiller les ressentis de son âme de pécheresse obligée, de ses plaisirs défendus, de sa chair honteuse. C'est un Rottweil qui ne lâche jamais sa proie.

« Regarde-moi dans les yeux, Sophia. Regarde-moi. Tu rougis ? »

Il y mettra du cœur ce dominicain fou de Dieu et de soi-disant pureté, de la persévérance, peut-être aussi les doigts sur le bouton de sa rose si sensible pour être certain qu'un exorcisme n'est pas nécessaire à son âme en perdition, à son sexe colonisé par le malin. Le prêtre est là pour surveiller, et punir.

Elle sait déjà qu'elle se lavera longuement, à s'arracher la peau, pour effacer toute trace des barbares sur son corps. Comment laver le dedans de sa tête ? Elle n'a pas fini de payer pour ce bouleversement de son sexe qui lui a été arraché si mécaniquement. Si elle lâchait une bribe de vérité sur la révolution sauvage de ses organes, la « bonne renommée », si nécessaire aux filles à marier, serait pendue au gibet de ce plaisir frelaté qui l'avait bouleversée. Elle avait entendu le prêtre dire : « Paul a écrit que le diable se cache dans le vagin des femmes ! »

N'était-ce pas le diable qui s'était allié aux barbares ?

Swanhilda, elle aussi, se souvenait de cette nuit qu'elle lisait dans les yeux éperdus et les larmes de Sophia. Elle se rappela avoir eu deux plaisirs furtifs pendant que ses compagnons d'armes s'activaient. Olaf son père, souriait en la regardant. Il sentait qu'elle serait vite tentée d'aller au déduit et s'en réjouissait. Comme il le lui avait dit plusieurs fois :

« Dès que tu sauras que l'instant est arrivé, choisis un homme beau et réputé pour la druerie et prends-le. Fais-en ton miel. Donne-toi pour une nuit. Pour savoir, connaître le sexe, pour le plaisir, mais reprends-toi. Tu n'appartiens qu'à toi et notre lignée ! Le plaisir du sexe est un grand bonheur, certes. Mais il ne doit jamais être une contrainte à ton futur de chef de clan. Il ne doit jamais te commander. »

Sophia s'est laissée aller contre cette jeune femme qui était pourtant présente et complice de son supplice. Les songes affreux harnachés de tortures galopantes sont partis.

Les cauchemars caparaçonnés de lubricité qui ont fait suite à cette aventure horrible viennent de disparaître. Ces nuits torturantes qui ont suivi son tourment du bord de Loire – quand les ouvertures d'entre ses fesses étaient champs de bataille et de ripailles –, ont fondu comme par charmement. Le ruisseau de honte des mauvais souvenirs s'est écoulé. Elle vient enfin d'en sortir. Il ne la traîne plus dans son flot. Déliée enfin de ce terrible moment de sa vie, elle le regarde sans douleur, avec détachement. Elle se sent de nouveau claire et pure. Elle ne sait pourquoi. C'est ainsi. Elle serre Swanhilda dans ses bras et elle pleure.

« Quel est ton nom ? Es-tu promise ?

— Sophia. Oui je le suis, Jérôme éleveur, berger et fromager voulait m'épouser, mais ses parents m'ont rejetée. Ils ont refusé de lui donner notre congé, car c'est leur aîné. J'ai été esforcée moultes fois par des païens. Je suis trois fois pécheresse disent-ils ! J'ai perdu ma virginité, avec des barbares et des bougres ! Ils m'ont mis sur le dos le dernier orage de grêle et mon inconduite, disent-il, amènera d'autres intempéries et calamités sur leurs biens après notre union. Jérôme doit à son père obéissance d'héritier, sous peine de pécher mortellement ; mais il me pleure car nous… nous nous aimons. » dit-elle en baissant les yeux et la voix.

Swanhilda lui releva le menton.

« Ce sont sottards. Tu as survécu à épreuve à laquelle bien des hommes n'auraient résisté. Tu es de bonne trempe, trempe de celles qui savent faire front dans l'adversité, celle qui supportent fièrement violence, la mépris des hommes. Toutes les offenses faites t'ont fortifiées comme donjon. Tu peux relever ta tête et regarder dans les yeux. Ton plaisir – je sais qu'il t'a surprise – est honorable. Tu crois qu'il ne t'appartient pas, que ton corps ne t'appartient pas, comme aiment à vous répéter les hommes d'Église et leurs soumis. Le peuple d'où je viens ne reconnaît ce plaisir de notre sexe de femme que comme honneur, privilège auquel les hommes n'ont pas accès. Il n'appartient qu'à nous. Il nous élève au noble rang de l'animal, car c'est l'animal en femme qui perpétue l'espèce. Sans lui plus de vie. Ce n'est pas ce sexe des hommes dont j'entends souvent parler ici : salissure, violence, égoïsme. »

Swanhilda se pencha, saisit le visage de Sophia entre ses grandes mains fines, lui prit la bouche vraiment, quelques instants.

« Par ce baiser, je te fais viking aussi. Tu ne dois plus rien, à personne. Ta Bonne Dame n'a pas besoin truchement des hommes pour rendre à ton esprit pureté que tu n'as jamais perdue. J'aime ta force, ton courage dans épreuve. Tu es aussi fille du Haut-Nord maintenant. Je radouberai dix fois ces dommages puisque c'est coutume ici que payer pour un pucelage pris. Je ferai taire ces couards qui te méprise comme cruche cassée. Je te donnerai bientôt métairie et beau troupeau pour douaire. Tu continuera ici œuvrer au château avec ton bon Jérôme près de toi pendant une année. Le seigneur Geoffrey y veillera. Quand tu seras grosse, parents seront obligés à mariage, même si les trois bans ne seront pas publiés. Il faut grande confiance. Ton Jérôme en te caressant avec l'amour te fera belle et neuve fille. Nouvelle peau, plus belle, comme mue de belle couleuvre au printemps. » dit-elle en la serrant contre son cœur.

Swanhilda, elle aussi, s'est souvenue. Elle n'a plus envie de porter la vengeance des ancêtres. Elle pense que doivent cesser les représailles qui perdurent depuis l'an 800. Elle abandonne là une part de son héritage. Elle regarde Ovilon qui attend patiemment ses ordres. Non, elle n'ira plus en guerre contre la chrétienté mais elle ne peut se résoudre à laisser impunies les tortures que Mère Marie lui a infligées à son arrivée au couvent. Elle pense aussi que ses aimables consœurs de Morte-souche ne doivent plus être des victimes en puissance.

C'est ce qui la décide à descendre en chartres avec Ovilon comme tourmenteur de l'abbesse pour une dernière expédition.

Les âmes sensibles peuvent sauter le chapitre XV qui vient…. Il est sciemment court et grandement violent. Mais c'était la réalité du temps. Le monde d'aujourd'hui y revient…

Le spectacle des jeux de l'amour et du sexe serait, en général, plutôt réjouissant, celui de la guerre et de la violence religieuse absolument effrayant. Lequel des deux, nous est le plus souvent offert ?

On ne saurait être trop sévère à punir
ceux qui outrepassent leur pouvoir.
Armand Jean du Plessis,
Cardinal de Richelieu

Chartres du château
de la Gravelle.
6 Février 1402.

Chapitre XV : La punition.

Ils étaient tous les trois dans une grande pièce voûtée au bas d'une des tours. Des torchères fumantes leur faisaient des ombres fantastiques.

— C'est une coche, Ovilon, je la veux rayée comme marcassin ! Œuvre !

Le gaillard avait pris la robe au col à deux mains. D'un seul geste il la déchira, pour l'esnuer entièrement. Mère Marie se couvrit le ventre et les seins. Il lui passa un coulant aux poignets et tira la corde fermement. Elle était suspendue, bras tendus, sur le bout des pieds.

Swan et Ovilon armés chacun d'une flèche de *longbow* la marquèrent de rouge, de jaune et de bleu du cou aux genoux.

La colère remontait toujours plus forte chez Swan qui se rappelait les quatre heures de supplice que lui avait infligées Marie à Morte-souche et le mépris dont elle avait fait preuve à son égard.

Elle la fit gaster par Ovilon comme un âne monte une mule. Devant et derrière. Elle avait tiré de son chignon et de sa coiffe, une longue aiguille. Elle chercha, dans le bas du buisson, le trésor de Sappho qui était là fort développé et gonflé par les passages d'Ovilon.

Elle le tira entre deux doigts et enfila son aiguille par le travers. En l'oreille de Swanhilda, le rugissement de Marie la fouetteuse murmura en un délicat motet qui chantait sa revanche.

— Prends ton estoc ! Et poigne-la à crépion.

Ovilon défourailla sa grande épée à deux mains. La forte poignée d'un pied de long était pourvue d'une belle escarboucle ronde. En quelques manipulations la poignée avait disparu dans le fondement de Mère Marie qui râlait de doloir, plus ouverte encore sous cette tige d'acier.

Swanhilda avait mis ses doigts en cône. Avec aux lèvres le sourire des représailles, elle fora les chairs distendues en tournant peu à peu ses doigts, ressortant pour les relâcher avant de les esquarteler de nouveau. Elle eut enfin ce qu'elle voulait.

— Sens-tu mon bracelet en peau de connil ? Tu te ramembreras bien à Morte-souche, que tu n'as été ce jour, qu'un vil ornement de mon poignet.

Elle avait pris la poignée de l'épée à travers le boyau et sentait Ovilon qui manœuvrait. Elle serra sa main. Marie cria. Swan lui susurra à l'oreille :

— Ramembre ! Quand tu m'avais garrottée comme bouc à descoillé ? Et les trois nonnettes que tu as marquées à la cordelette à nœuds ? As-tu mémoire ? Je vais demander à ton frère de me donner Morte-souche en tutelle ! Je viendrai régulièrement m'informer de ce qui s'y passe ! Dans ce lieu, il n'y aura plus que de l'amour ! Sinon prends garde à ta lanterne ! J'y remettrai ma main pour prendre la poignée d'Ovilon et je t'arracherai le boyau culier ! Mais avant, je te ferai pourrir une année entière dans l'in-pace[2] que je

2 *In pace : En paix. Geôle ouverte maçonnée dans le sol pour les nonnes récalcitrantes. Une toise de long, une demi-toise de large, un toise et demie de haut, fermée d'une grille. Un maigre repas par jour. On y pourrit jusqu'à la mort dans l'eau de pluie, la canicule ou le gel*

vais faire construire au milieu du cloître et qui portera ton nom… Détache-la Ovilon. Qu'on la soigne. Tu la ramèneras demain à Morte-souche.

Elle partit rejoindre son amie Madeleine pour lui conter sa vengeance. Celle-ci en fut effrayée. Elle pensait que deux années et demie d'étude à fréquenter les philosophes et le bon Jehan de la Mettrie avaient transformé sa *barbare* amie en une Dame pleine de tendresse et de poésie. Ce qu'elle lui dit :

— Geoffrey du Palindrome aime en moi la lettrée certes, mais il a d'abord été conquis par la combattante, sa beauté et son esprit sauvage. « Swanhilda » n'est-il pas le cygne guerrier ? J'ai encore le temps de me féminiser le caractère avant de materner son héritier. Cette punition méritée est une caresse au regard de ce qui se passe habituellement dans vos chartres quand le seigneur punit le rebelle, quand l'inquisiteur fait avouer au brave chrétien un diabolique commerce inventé ; quand on y toste à fer rouge, qu'on esmoignonne les manants pour des vétilles, qu'on y écrase les mains et les pieds des innocents, qu'on les estrape pour leur faire avouer ce que l'on veut. C'est sans doute là ma dernière « expédition » contre un chrétien, cette gouge qui m'avait manqué de respect et fait subir un après-midi de tourments. Ma lignée est maintenant libre. Mon esprit aussi.

---

et ses excréments. Une des douces inventions de l'Église catholique qui est, comme chacun sait, tout amour. Il y en avait quatre en l'abbaye de Villers en Brabant.

On trouve aussi la même horreur à côté des ergastules classiques ! On ne reçoit plus la pluie, mais on a toujours froid, on est dans une obscurité perpétuelle. Ceux et celles qui sortent de là, après quelques années, sont définitivement aveugles. On y a retrouvé un jour un prisonnier dont la barbe et les cheveux étaient moisis ! Un clerc n'a pas le droit de tuer de sa main. Il délègue ! Alors, le Roi, le soldat, le bourreau, le temps, l'horreur, la torture perpétuelle tuent pour lui ! Les religions inventent quelques saintes et saints pleins d'amour et de compassion, mais aussi nombre de malades pervers et d'assassins sans remord.

À tous les amants, aux mélancoliques et aux passionnés,
aux jaloux et à ceux qui brûlent de désir,
à ceux qui aiment dans la joie et à ceux qui aiment mal,
à tous ceux qui entendront ces vers.
Tristan et Iseut, *Thomas d'Angleterre*.

Donjon de Machecoul.
12 Novembre 1402.

Chapitre XVI : Passion double.

Les godons menaçaient le pays de Rais. Guy II de Laval était parti guerroyer contre eux et tentait de les repousser vers la Saintonge et le bordelais. Geoffrey le cousin et ami, sa troupe et sa mesnie étaient revenus du Maine pour s'installer en renfort à Machecoul.

Pour le Seigneur du Palindrome, avoir un héritier, c'était trouver un porteur du blason, un pilier de sa vieille maison, un chantre des ancêtres et de leurs exploits, c'était conforter la mémoire et le futur de leurs armoiries. Le déplacement des générations, – d'Ernée devenait grand-père et lui père – l'avait affermi dans son rôle d'héritier du nom, de porteur de la flamme. C'était aussi pour lui, comme pour Swanhilda, la concrétisation de leur passion, un vrai fruit de l'amour.

Chaque fois que Geoffrey s'épanchait à son profond, elle pensait par superstition : Jésus et Frigg faites que cette relation soit bénie et féconde et que l'enfant à venir, ressemble à cet homme qui l'a planté en moi. Elle sentait ce sperme comme un élixir de vie bouillonnant de promesses et d'espoir, un baume qui effaçait la peur, la mort. Swanhilda, se souciait du bonheur de l'homme qu'elle aimait. Même si elle s'en défendait encore, elle avait succombé à l'amour.

Elle n'avait pas oublié l'attitude de ses propres parents qui lui avaient raconté combien ils l'avaient désirée, voulue. Ils s'étaient efforcés de l'aimer, l'éduquer, la protéger, la soigner chaque jour, heureux de la voir devenir une exceptionnelle jeune femme alliant courage, beauté et intelligence. D'autant que sa mère ne pouvait plus donner vie. Et c'est cela que Swanhilda concevait pour l'enfant à naître.

Geoffrey venait d'entrer.

— Margotte, tu peux te retirer.

Ils s'étaient dévêtus pour aller aux courtines.

— Vous êtes ma Mie, encore plus belle qu'hier. Quel lustre ont vos cheveux. Vos seins sont des fontaines de Jouvence. Votre peau est un satin de soie irrésistible. Être grosse vous va à ravir. Vous êtes ma belle femelle et moi votre mâle conquis.

— Taisez-vous flatteur ! Je suis énorme, difforme. Dites plutôt que vous aimez voir prospérer l'héritier.

— De caresser cette belle baudruche et son entrée me met en joie, à moins que ce ne soit votre parfum ! Quel aphrodisiaque !

— Que nenni, je n'en ai point !

— Alors je dois croire les écrits des anciens. Ces senteurs que vous offrez à mon nez, ces velours à mon regard et mes mains sont faits pour enivrer le père afin qu'il vienne nourrir l'enfant à naître de son sperme.

— En Haut Nord d'où je viens, nous ne croyons pas à ces sornettes. L'étalon revient-il au déduit avant la mise bas ?

— Je vous aime ma Mie et de vous voir si belle me rend la verge roide et je crois qu'il en sera toujours ainsi. Vous ne salez plus votre nourriture j'espère ? On dit que manger salé fait des enfants sans cheveux et sans ongles.

— Billevesées sans doute ! Mais je me plie aux coutumes d'ici, pour ne pas inquiéter mes suivantes. Je mange poire, gingembre, cardamome, je gobe l'œuf chaque matin. La Berthe me garde quelques coings de saison en réserve.

Ne me faites pas languir. Couchons-nous par côté, j'ai une petite faim de vous.

— Oh ! Vous priveriez le pauvre enfant ! Quelle mère êtes-vous donc ?

— Une viking qui va encore au déduit, contrairement aux femmes d'ici qui sont interdites de coït quand elles ont perdu leurs « tantes ». Je fais comme à Schniegröndt où les femmes qui ne risquent plus d'être grosses profitent, profitent, profitent !

Ils éclatèrent d'un bon rire. Leurs plaisanteries quasi quotidiennes montraient leur profond attachement et leur fringale corporelle de l'autre. Geoffrey était bouleversé par cette formidable force vitale qui animait Swanhilda dans tout ce qu'elle entreprenait : s'approprier un livre et en faire son miel, débourrer un jeune cheval, lutter et ferrailler sous la conduite d'Ovilon si laudatif à son égard. Dès son arrivée elle avait exigé d'entretenir et perfectionner ses techniques de combat. Elle prenait ses leçons avec le maître d'armes, lançait ses coutelas. Elle luttait contre Geoffrey désavantagé par ses retenues d'homme et d'amoureux. Quand elle annonça qu'elle portait un héritier elle dut cesser ces activités violentes.

Geoffrey était fasciné par la grossesse de Swanhilda. Ce pouvoir prodigieux qu'ont les femmes de fabriquer du vivant à partir d'un jet de semence tombé d'un homme. Jehan lui avait dit un jour :

— Les prêtres, sans doute à cause de leur mystique et leur statut usurpé qui les place au-dessus des autres hommes, qui leur donne un pseudo-pouvoir d'intermédiaire avec Dieu, sont jaloux des femmes. Construire en soi, mois après mois, un petit d'homme aussi parfait, aussi complexe, est un privilège divin auquel ils n'auront jamais accès. De là, sans doute, cette haine dont ils les poursuivent.

Swanhilda avait une façon si naturelle de prendre son plaisir ! L'extraordinaire force de ses jouissances, quand ils allaient au déduit, l'étonnait et le ravissait. Il en était plein d'une fierté qu'il s'obligeait à garder secrète, plus que s'il avait conquis à lui seul le Krach des Chevaliers en Palestine d'où son ancêtre Geoffroy « du Temple » avait ramené cette sentence gravée sur un roc du château imprenable :

« *Que l'abondance, la sagesse et la beauté te soient données ; l'orgueil à lui seul souille tout s'il t'accompagne* ».

Inspirée sans aucun doute de la règle de Saint Augustin : « l'orgueil est comme un piège tendu aux bonnes œuvres et il en efface tout le mérite ».

Leur première nuit avait été une révélation.

Le noble Geoffrey du Palindrome était habitué à mener les rapports sexuels comme il le désirait. Tant de jeunes filles ou jeunes femmes étaient sous son autorité qu'il n'était jamais en manque de compagnie. Il avait honnêtement doté les quelques bâtards qui avaient fleuri de ces rencontres. La mère était soit particulièrement belle, soit ardente au lit, alliait parfois joliesse et bonheur. Il ressentait ces enfants « d'à côté » comme tout à fait issus de lui. Un des garçons, l'aîné, était le portrait de son propre père. Il lui avait offert un-alleu simple en pleine propriété. Ses amours ancillaires lui permettaient d'honorer de temps à autre, la couche de son épouse Julia d'Ernée sans trop de difficultés, l'imaginaire suppléant à l'amour ou au désir. Elle était confite en dévotion, priait avant et après l'acte charnel. Parfois même pendant ! Sans doute sentait-elle le diable s'inviter à son intérieur…

Geoffrey, en viril, en chef, menait toujours les ébats avec ses passades, choisissait les plats et les réjouissances. Comme bien des hommes, il se disait que son priape était un instrument que la divine providence offrait aux mâles pour leur plaisir et aux femmes pour continuer les lignées. Certaines en éprouvaient, elles aussi, réjouissances, d'autres pas. Les femmes étaient ainsi faites, pensait-il.

Comme son beau-père, un vieux cerf insatiable et dominateur, il aimait envahir la bouche des pucelles avant de les mettre en perce. Parfois, il ne résistait pas à se « décharger » dans leur gorge. C'est ainsi qu'il percevait les orifices des gueuses : un lieu de décharge de ses humeurs. Quand Swanhilda lui fit sa première fellation, s'interrompant parfois pour lui parler d'amour et de tendresse, il eut le sentiment de lui offrir un bouquet odorant de blanches fleurs de châtaigner en noyant sa bouche de ses jaillissements amoureux. Il aurait voulu se mettre à ses genoux, réclamer cette place de priante gourmande qu'elle occupait avec un sourire qui plissait ses yeux.

Le premier soir de leur union, il avait pris Swanhilda dans ses bras, l'avait embrassée passionnément. Une folle envie de la revoir nue, de la caresser, de l'investir le poussait comme estoc dans le dos. Il s'apprêtait à l'amener vers le baldaquin.

— Doucement mon Prince. Je ne suis pas fille de vos cuisines ! Et le « finn amor » ? Je pourrais vous imposer les trois nuits de Tobie, trois nuits de gruance. Où vous imposer l'assig des provençaux quand les fiancés passent une nuit dans même lit sans se toucher. Vous piaffez d'impatience tel Aguila votre étalon devant la pouliche en chaleur, avait-elle dit, riant devant son air effaré.

— Je suis aussi impatiente que vous d'aller au déduit, mais je crois que nous devons déguster cette première nuit sereinement et en prenant temps. Cela n'en sera que meilleur. Si vous me basculez sur la couche, vous aurez l'impression de prendre une de vos servantes, ce que je ne serai jamais. Faisons-nous donc moult souvenirs… Je serai votre valet de chambre et vous ma camériste. Enlevons notre affublement pièce à pièce.

Elle l'avait fait gruer et languir. Il était subjugué par ce mélange de caractère fort et de tendresse.

Elle avait longuement parlé avec Madeleine de la relation qu'elle établirait avec l'homme amoureux et de ce moment qui arriverait au bout de son séjour à Morte-souche. Elle ne voulait pas être atteinte de cette mélancolie qui voilait le regard des femmes nobles quand, passé les premiers jours de cette passion neuve qu'on doit à la jeune épousée, les seigneurs, de nouveau, culbutaient leurs servantes ou forniquaient dans les campagnes.

Les femmes de son île étaient maîtresses en leur maison. Elles géraient quand les hommes étaient absents, avaient un réel pouvoir sur les choses et les événements. Un pouvoir plus ou moins étendu qui tenait à cette relation originale que tous les couples instaurent entre eux. Un pouvoir bien supérieur à celui qu'avaient les femmes de Saintonge, du Maine ou du Poitou sur leur époux. Swanhilda avait cultivé en elle cette idée d'être, pour le moins, l'égale de son amant. Elle voulait être la femme grecque dans toutes ses dimensions. La génitrice du foyer, l'hétaïre que l'on câline hors de la maison et avec laquelle on fait rugir le corps, la poétesse avec laquelle on commente Homère, le garçon que l'on initie et instruit.

Elle savait, par son amie, que Geoffrey était un fort bretteur de drap mais que probablement, comme beaucoup d'hommes qui courent après le déduit, il manquait de confiance en lui en dépit de ses richesses et de ses pouvoirs. Cette queste éperdue auprès des femmes était manière de croire en ses capacités. Mais il restait ainsi étranger à lui-même, ne se livrant réellement ni à l'autre, ni à soi. Il était dans une recherche permanente de la conquête. Drôle de famille pensait-elle. Robert d'Ernée accumule les titres, les terres, l'or, son gendre thésaurise les pucelles. Ces deux formes de débauches et d'excès, sont privilèges de riches !

Elle se savait déjà amoureuse de cet homme puissant, en dépit du fait qu'il avait condamné son père à mort. C'étaient les lois de la guerre. Elle était triste de la disparition d'Olaf.

La fille du guerrier et la combattante qu'elle était, savait depuis longtemps que cela pouvait arriver. Elle n'avait pas de rancœur. Geoffrey avait fait preuve d'un si fort engagement à son égard en mobilisant les énergies pour faire disparaître la jeune *norjente* et en faire une Dame, et l'attendre pendant deux longues années.

C'était aussi un homme de belle allure au corps puissant, un esprit cultivé, et un guerrier. Elle pressentait l'enfant qu'il avait probablement été, et imaginait volontiers le beau vieillard qu'il deviendrait si la vie l'épargnait. Elle le voulait pour elle seule, le conquérir vraiment, et comme souvent les femmes au fort caractère s'y emploient, le bonifier. C'est à cette condition qu'elle arriverait à en être férocement amoureuse.

Sa représentation normande de l'amour, du sexe, de sa relation possible à un homme avait été entièrement bouleversée par ses trente mois d'étude pendant lesquelles elle avait beaucoup lu sur ces sujets, échangé avec son amie et son maître Jehan. Elle avait compris auprès du philosophe qu'il n'était pas facile de démêler les eaux qui composent les fleuves tendresse, désir et plaisir ; des eaux fraîches et claires des ruisselets de montagne qui peuvent devenir des torrents boueux aux eaux vaseuses ou les glacis sombres d'étangs immobiles. Tout fait désir, tout fait plaisir ! Elle avait compris que les joies du corps parlent par mille voix. Que Vénus la déesse de l'amour fait des femmes des puits de joie où s'abreuvent et se ressourcent les hommes.

Elle avait eu ses premiers émeuvements à huit ans en entendant ses propres parents s'aimer. Très jeune adolescente, elle avait surpris plusieurs fois, en compagnie de jeunes Vikings de son âge, de grands couples s'ébattant sur l'herbe ou dans l'eau. Il est vrai qu'on se cachait peu pour aller au déduit sur son île. Elle avait été tentée plusieurs fois de prendre un homme. Le beau Knute ne lui était pas indifférent, mais elle sentait que se donner était prématuré.

Quelques-unes de ses anciennes camarades de jeux avaient déjà marmots cramponnés à leur robe. Elle connaissait les différents plaisirs solitaires que l'on peut s'offrir. Les caresses que l'on échange. Aujourd'hui, elle était heureuse d'être pucelle et de sauter enfin le ruisseau avec cet homme qui l'admirait comme une idole. Lui-même ressentait le désir qu'elle avait de lui et il n'en était pas choqué. Les directeurs de conscience qui s'étaient succédés au château avaient pourtant essayé d'ancrer en son esprit cette idée que la femme n'avait pas droit au désir et ne devait être qu'une terre à féconder. Que lorsqu'elle cédait au plaisir, c'était là œuvre diabolique. Mais il avait résisté fermement les renvoyant à leurs recherches théologiques et aux sermons à l'endroit du petit peuple. Les hommes qui, comme lui avaient des armes et du pouvoir étaient à considérer. Il arrivait parfois qu'un prédicateur trop virulent et zélé disparaisse sans laisser de trace.

Elle n'avait pas voulu entrer en la chambre nuptiale par le guichet, en catimini. Elle avait obtenu que Julia d'Ernée et son père les accompagnent jusqu'à la porte. Geoffrey leur avait conté la sagesse de la viking concernant sa relation future avec lui, le statut discret qu'elle demandait pour elle, l'ordre conservé de la mesnie de La Gravelle. Ils en avaient été étonnés, admiratifs et ravis. Julia avait mis la main de Swanhilda dans celle de son époux et avait dit :

— Merci Swanhilda de faire, pour moi, l'enfant que je n'ai pu porter. En gage de reconnaissance je vous donne ma métairie de La Chatterie prise sur mon douaire.

— Et moi celle de La Savinière qui la tient, et le couvent de Morte-souche qui vous a faite Dame, avait ajouté Robert d'Ernée.

Swanhilda s'était inclinée devant elle. Elle était émue par la souffrance de cette femme stérile qui lui donnait son aval pour entrer dans le lit conjugal. Cette solennité et ces dons de terre faisaient d'elle – aux yeux de l'épouse et du beau-père – une Dame reconnue même si cette union n'était qu'une union à « la danoise ».

Elle avait ajouté, rougissante, noble et digne, pour Geoffrey :

— Seigneur, donnez-lui, je vous prie, joie féconde.

Geoffrey éprouvait un sentiment profond de puissance virile quand il voyait ce visage aimé se transfigurer pour aller vers l'extase. Il s'était donné à la déesse de l'amour et de la guerre. Depuis une bonne année qu'ils s'étaient unis pour la première fois, leurs rencontres amoureuses étaient quotidiennes. Pendant les périodes du « diable », elle le mettait en bouche. Mais bien vite Geoffrey exigea de continuer leur commerce. L'amour fou qui le transportait lui avait fait nier le « vagina dentata » commun aux autres nobles dont l'esprit était pollué par les prêtres. Il voulait manger Swanhilda et être mangé par elle. Mangeur et mangé. Ils ne se privaient, ni l'un, ni l'autre, de ces dégustations amoureuses secrètes. Elle croyait boire son âme quand elle le faisait se délivrer dans sa gorge. Et lui disait :

— Ma Mie j'aime votre sang ! Je m'en régale ! Il nous lie plus encore ! Entre vos genoux se trouve mon paradis. Nous trinquons de votre rouge sang et de ma semence blanche, vin rouge et vin blanc mêlés.

Swan lui avait dit un jour :

— J'aime chercher sous le drap votre vit qui repose sur votre cuisse comme la pâte de seigle lourde et souple avec laquelle à Schniegröndt, on fait les petits pains longs. Je le pétris, puis le fais cuire au four de ma bouche. Je suis votre aimable talmelière.

Les menstrues étaient un état naturel pour les femmes du Grand Nord. Elles s'abstenaient simplement de relations sexuelles avec les hommes et faisaient une soigneuse toilette quotidienne. La vie de chacun répète aussi l'histoire de celle du clan. Elle marque les esprits et les inconscients.

Swanhilda, pour une fois, avait dû se faire violence pour accepter cette immense preuve d'amour, accepter que Geoffrey se désaltère à sa rouge source.

Les stupidités, ou les tristes choix, d'une religion catholique qui avait fait de la femme la porteuse du péché originel, la fauteuse de troubles que Dieu aurait condamnée à la souffrance pour sa punition, n'étaient pas arrivées jusqu'à son l'île. Elle n'avait jamais vu aucune des femmes de sa famille couchée pendant plusieurs jours en dégorgeant des flots de sang. Oh superstition de l'abondance ! Plus je saigne, plus nous aurons de blé ou de lait ! C'étaient ici des cris de douleur, des maux de reins, des têtes couvertes de la mantille de la honte, l'arrêt de toute activité, l'exclusion de la nef. L'impureté de la femme, l'impureté décrétée par les escoillés de Rome.

Elle avait été stupéfaite en découvrant l'ampleur des dégâts causés par les superstitions en Mayenne. Aucune femme menstruée ne cuisinait à Champtocé ou à Laval, ne battait les œufs, ne servait le vin, ne cueillait les fleurs. Y avait-il un fond de vérité dans ces superstitions à propos du sang cataménial ? Sans doute la dernière citadelle inexpugnable à laquelle les hommes ne pourront jamais prétendre.

À Morte-souche les sangs de Swanhilda et de Madeleine n'avaient pas empêché les grains de germer. Elles ne faisaient pas tourner les liqueurs et les sauces. L'essaim n'était pas mort dans la ruche qu'elles avaient approchée. Le fer ne rouillait pas. Les sauterelles et les chenilles ne se desséchaient pas sur leur passage.

Les femmes proclament à travers cette « rouge différence » leur mystérieux et formidable pouvoir de donner la vie. C'est pourquoi dans toutes les ethnies, toutes les cultures patriarcales, les hommes jaloux et inquiets inventent contre elles, pour ce temps particulier, toutes sortes de prisons et d'interdits. Il est vrai que de grands malades de la religion – comme Saint Paul de Tarse qui haïssait les femmes et le sexe – sévissaient depuis plus d'un millénaire.

Les penseurs du Latran avaient aussi copieusement glosé sur l'impureté de la femme « éternelle malade » et plus encore sur ce sang de la punition, ce rappel mensuel divin du péché originel, ce sang « demi-cuit », alors que dans les cinq premiers siècles de la chrétienté de langue grecque la religion était ouverte et tolérante : La *Disdascalia apostolorum*, au troisième siècle d'Athènes, explique que les femmes ne sont pas impures durant leur période de menstruation, qu'elles ne devaient pas se soumettre aux ablutions rituelles et que leurs maris ne devraient pas les délaisser.

Chez les romains, c'est une autre chanson : « *Le contact avec l'écoulement menstruel de la femme rend le nouveau vin aigre, fait se flétrir les récoltes, fait sécher les graines dans les jardins, fait tomber les fruits des arbres, obscurcit la surface brillante des miroirs, émousse l'acier et affaiblit l'éclat de l'ivoire, tue les abeilles, fait oxyder le fer et le bronze, et provoque une horrible odeur qui remplit l'air. Les chiens qui lapent ce sang deviennent fous, et leur morsure devient empoisonnée comme dans le cas de la rage* ».[3]

Les femmes du bord de Loire ne mettaient pas les pieds dans l'eau, ne se lavaient pas les cheveux. Au couvent, dans la chaleur de l'été, quelques sœurs puaient comme des boucs. On cachait aux hommes cet état en usant d'un langage secret. On parlait à voix base de « tantes », de « marquis », de « choses », de « jours », de « fleurs ». La perte menstruelle était vécue comme une sourde menace.

Geoffrey et Swanhilda n'avaient jamais arrêté de commercer avec ardeur. Elle était d'une autre culture, saine, près de la nature. Certes on disait, sur la grande terre glacée du nord, que la femme était née du pouce de l'homme.

3 Pline l'Ancien, Histoire Naturelle, livre 28.

Mais ceux qui soignaient, les chamans – qui le plus souvent étaient des femmes –, ceux qui avaient des rapports avec ce qu'ils croyaient être l'au-delà tenaient ces histoires pour légendes. Ils n'avaient rien à garder, à envier, sur la grande île. Ils observaient, avaient compris depuis longtemps que les humains étaient seuls pourvus d'une grande intelligence, mais avaient aussi en eux une large part animale, que les femmes et les hommes comme les rennes, les cerfs, les chevaux, avaient des périodes de rut, de latence, s'accouplaient pour se reproduire, mettaient bas leur progéniture dans le sang et l'eau, allaitaient. Geoffrey avait un privilège de Seigneur et ce qu'il menait derrière les cortines du lit n'appartenait qu'à lui. Dès qu'une femme avait perdu « ses fleurs » le couple était privé de coïts par l'Église. Les mêmes stupidités qui permettaient d'esclavager les esprits et les corps étaient proférées par les deux autres religions monothéistes avec quelques différences qui permettaient à l'une ou à l'autre de ces porteuses de profondes inepties de se démarquer des « concurrentes ». Toutes trois ne cherchant que l'hégémonie.

Quand la femme accouchait, l'homme gagnait l'enfant et abandonnait la femme. Bien souvent, il allait « voir ailleurs » aux risques et périls du couple. Le vaste appartement de Geoffrey communiquait discrètement avec celui de Swanhilda. Il était maître en sa maison et son lit. Leur amour passait bien au-dessus des préceptes d'une Église malade du sexe et qui n'autorisait les relations entre époux que trois jours par mois si chacun avait suivi ses injonctions tyranniques à la lettre.

Au milieu de sa grossesse Swanhilda avait eu un peu moins d'appétence charnelle, plus attirée par les fruits de l'été et les plats relevés. Dans cette période, le fœtus Pierrick s'était ensuqué d'une odeur puissante, avait mâchonné goulûment cette soupe marine au goût devenu si aillé, et dans laquelle il baignait, ce qui n'était jamais arrivé encore.

Ces deux derniers mois avaient vu revenir une grande soif de coïts. Geoffrey se mit entièrement nu, se coucha sur le lit. Elle vint s'installer sur lui, à califourchon, tenant son ventre dans ses mains, ce ventre gonflé du miracle de la gestation. Il se rendait compte de l'immense supériorité de la femme sur l'homme : cette possibilité unique de fabriquer patiemment de la vie. De l'offrir au monde. Dans la douleur, certes. N'était-ce pas cette capacité qui faisait des femmes des déesses incomparables capables de créer ?

Voilà qui devait chagriner ceux qui se réclamaient si fortement de Dieu !

Aimez et pensez librement.
Le reste regarde Dieu.
Victor Hugo, *Choses vues*.

Donjon de Machecoul.
12 Novembre 1402.

Chapitre XVII : Fol amour.

À chaque étoffe qui tombait Swan inventait une caresse, une posture… Il défit sa chemise. Ses seins opulents préparaient les becquées de l'oiseau qu'elle avait en nid. Ils étaient gonflés aussi de jeunesse par la formidable expansion de l'adolescence avec leurs bourgeons que tendait le sacre du printemps. Ils jaillirent aux yeux de l'amant qui, désespéré, noya ses chausses.

— Seigneur Dieu, quelle fougue ! Provoquer la passion d'un homme est réjouissant pour une femme. Mais provoquer son rut en montrant téton, quelle flatterie en impatience !

Cette amoureuse désirante laissait sourdre ses envies. Elle l'embrassa longuement. Eût-elle été une femme ordinaire du pays qu'il en aurait été choqué. Mais depuis qu'il avait rencontré la viking combattante Swanhilda, qu'il l'avait confinée au petit prieuré de Morte-souche, il avait eu le projet, non avoué, d'en faire son égale. Et ce statut incongru pour une femme – en ce siècle de mépris pour la gent féminine – ne lui faisait perdre aucun de ses attraits. L'appel de la chair de cette jeune femme était pour lui une jouvence. Il avait tant craint qu'elle le haïsse après la tuerie du grenier à sel.

— Ah quelle impatience, seigneur, vous m'en voyez flattée ! Ne soyez pas déçu, la nuit ne fait que commencer !

Les hommes, comme vous, défendent la pouvoir, l'argent, un territoire, en un mot l'avoir et parfois… dipalident… précocement.

— Dilapident, amour, dilapident.

— Oui, dilapident. Maître Eckhart ne dit-il pas que de ne rien avoir, être ouvert et vide, est le seul moyen d'atteindre la richesse et la force spirituelles ? Sans aller jusqu'à cet excès étonnant du Dominicain, (digne des mendiants franciscains et de Marguerite Porète) les femmes, telles que moi, proposent l'amour, la tendresse, simplement le plaisir d'être. Je veux être votre plaisir et que vous soyez le mien ! Pas de possession, mais de l'échange, du don de soi, pour notre « bien être ».

Geoffrey fut culbuté par cette femme qui bouleversait tous les us de son temps, les coutumes amoureuses ou sociales qui étaient privilèges d'homme. Il n'en fut que plus conquis.

Elle s'allongea, ouvrit ses genoux en souriant sans jamais se sentir objet soumis au bon désir du mâle. Elle avait toujours eu, en elle, cette assurance des Dames. Geoffrey et Swanhilda avaient fait leur cette pensée d'Abélard que sur la couche conjugale les deux sexes se retrouvent, comme au premier jour de la création, à parité. Elle avait fait éclore la part de féminité qui dormait en lui. Il avait accepté le « chevalier caché » qu'elle avait en elle…

… Il avait investi de la pique de son guimbelet des centaines de ces failles velues et humides pour y lâcher son foutre. L'animal repartait sans jamais se retourner sur la bête asservie. Aujourd'hui, l'amour magicien le fait tomber à genoux devant le tabernacle. Jamais une bouche ou un sexe qu'il ne connaît pas ne l'a attiré de manière si irrésistible. Les cuisses puissantes et marmoréennes encadrent le buisson ardent qui flambe au-dessus d'une bouche divinement ourlée, cet abîme vertigineux où il voudrait tomber tout entier. Il n'y a plus là d'objet dont on use en propriétaire. Il doit conquérir cette fleur charnelle dont l'envoûtement est né de tout ce qui l'accompagne et l'a foudroyé jadis et qu'il contemple. Il promène un regard émerveillé, glissant de la fortune de ses yeux au pactole de sa bouche, de la richesse de ses lèvres aux trésors de son sexe, sur les méandres du temps amoureux. Les « présents du temps présent » comme les lui a enseignés son ami de La Mettrie. Il s'attarde sur la beauté du visage, la chevelure luxuriante, l'éclat du regard bleu de fjord, la prestance de l'attitude, la perfection du corps de la déesse. Il se rappelle le détachement hautain face à lui, sa troupe et la mort en promesse. Il ne sait pas la force du mystère attaché à ceux qui viennent d'ailleurs... mais qui est si puissante et qui le clave inconsciemment. Il pense aussi à tout ce qui lui fait, autant que les beautés du corps, admirer Swanhilda : sa maîtrise stupéfiante de la langue et des armes, sa mémoire prodigieuse et sa maturité précoce acquise dans les épreuves guerrières, la réflexion, la dispute avec Jehan, les livres.

C'est cette jeune femme de dix-sept ans qui lui apprit la patience et la maîtrise de son sexe. Il ne comptait plus les femmes après les quinze années pendant lesquelles il les avait prises, sans les conquérir jamais. Elle lui livra aussi les secrets du plaisir des femmes. Elle-même découvrait de nouvelles facettes de la jubilation du corps que ses propres doigts de fée ou ses amours féminines, avec Madeleine et Gudrun, ne lui avaient pas fait connaître.

Ils se trouvèrent enfin nus après mille caresses, mille découvertes, mille surprises alors qu'il avait déjà vu Swanhilda marchant, montant à cru et à nu. Mais le regard ne possède rien comme peut posséder la main qui caresse, le nez qui s'enivre, la bouche qui baise.

Elle le mit à gésir s'affirmant ainsi Dame car d'ordinaire, en ces temps anciens, jamais la femme de « passage et de passade » n'avait le choix des postures. Elle prit son sexe – fier et délicieux menhir de chair fleurie – pour l'enrober de salive et en faire le délice de sa bouche. Quand elle eut longuement mignotté, léché, gobé, avalé son phallus, elle vint alors à califourchon se poser très doucement sur la branche noueuse qu'elle avait faite fleurir, s'abaissa peu à peu jusqu'à s'ouvrir entièrement. Geoffrey ne cessait de gémir à chaque pesée. Alors elle s'arrêtait, se penchait vers sa bouche pour l'embrasser longuement et calmer son ardeur. Elle finit par se poser entièrement sur lui. Son pucelage s'envola comme si elle avait ouvert ses mains pour offrir un champ d'azur à un oiseau libéré de sa cage. Elle prenait son temps, se dégageait presque totalement avant de lentement le réinvestir, puis entièrement prise, l'accompagnait simplement des hanches comme elle aurait monté sa jument grise « la Grièche » au galop allongé. Pluie d'étoiles en ses bijoux, vit en comète flamboyante, il l'inonda enfin d'adoration et sentit alors le sexe de Swanhilda broyer son membre. Jusqu'à ce jour, il avait toujours pris les femmes, cette fois lui aussi avait été saisi. Dans cette joie partagée des corps, dans ce même cri d'amour ils avaient atteint un bonheur indicible au commun.

La belle cavalière sut qu'elle l'avait conquis, quand, après l'amour, il resta longuement accouplé à elle, la caressant doucement, papillonnant de petits baisers sur son visage. Puis il s'endormit. Elle le regarda longuement. Sur ses traits, les marques de la violence religieuse sournoise, de ses interdits et de ses inquiétudes programmées, la dureté des combats qu'il avait menés avaient disparu, comme lavées par la joie et le bonheur de l'amour. Après leur délicieuse agonie son visage apaisé était celui d'un enfant. Elle était émue par la fragilité de cette grande carcasse de guerrier abattu, comme un grand chêne, par la tempête du plaisir.

Post coïtum, pensait-elle, mon animal n'est pas triste, mais heureux.

Elle était naturellement savante. Elle connaissait d'instinct que la parole amoureuse nous élève hors du bestial sans jamais perdre la forte animalité qui est en nous, que la parole amoureuse – même obscène – est un excitant tant pour celui qui la profère que pour celui qui la reçoit ! Oh merveille du partage des mots du cœur, du rut, du plaisir. Les vergogneux vocables de l'amour, les fantasmes avoués, les gestes retenus enfin osés étaient des philtres puissants, des nectars enivrants, des chevaux qui s'emballent. Poésie et saillie mélangées dans les bonheurs qu'offre la vie. Ils allaient de découverte en découverte, d'étonnement en émerveillement. Geoffrey sentait les formes sculpturales de la guerrière Swanhilda – où le muscle affleurait – qui se féminisaient dans l'abandon. La densité des chairs se faisait onctueuse dans le plaisir. La pulpe de ses doigts qui couraient comme des écureuils légers sur la peau d'albâtre faisait se dresser un fin duvet blond pendant qu'il la berçait de ses compliments passionnés. Il saisissait avec force ses seins d'albâtre dans ses grandes mains, ses pis si denses de jeunesse.

— Tous ces mots forts, doux, crus, tendres ou salés que nous avons échangés, ont dansé dans mon ventre de femme et s'y sont noyés de joie.

— Oh oui ma belle Dame, le sortilège des mots de l'amour !

Entre eux l'acte d'aimer ne fut jamais bestial ni cruel. Personne ne chercha à violer l'autre de quelque façon que ce soit. Tout ne fut jamais accompli que dans l'échange, le respect, l'acceptation. La tendresse restait tendresse même quand elle cavalait. Ils s'enfonçaient dans la joie et le plaisir partagé comme dans un édredon de plumes d'anges, puis ils faisaient médianoche et ils dévoraient leurs plats comme ils brûlaient leurs corps. Ils avaient de quoi s'aimer et se chérir pour l'éternité.

Avant certaines de leurs rencontres, Swanhilda passait par les cuisines et demandait à La Berthe de cuisiner pour eux un saumon de Loire. Ce poisson délicieux lui mettait le cœur en joie car on reste attaché aux mets de son enfance. N'était-ce pas là une part de son identité ? Elle faisait ainsi se rejoindre son « temps » du nord et l'instant présent. Geoffrey avait été stupéfait par la façon qu'avait Swanhilda de se dénuder, par cette aisance veloutée qu'elle avait de se montrer.

— Nous avons l'habitude dans nos contrées du septentrion de nous retrouver en famille ou avec ceux du clan dans cabanes aux vapeurs pour purifier, puis nous nous roulons dans la neige, luttons nus, lançons des boules blanches. J'aime la nudité. Il m'arrivait, jadis, de sortir ainsi hors du *kota*. Alors la nuit est plus sombre, l'air plus vif et pur. Le corps exulte sous le froid, dresse ses défenses de poils et de sang. On va alors faire se reposer un corps bouillant… Se baigner nue fait l'eau plus parfaite. Elle glisse tendresse entre nos cuisses, caresse nos sexes. On veut immerger soi complètement. On aimerait pouvoir ne plus respirer. Plonger dans la belle eau, c'est replonger dans la mère, plonger au cœur de la vie… J'aime te voir nu. Tu es beau, ton corps est puissant. Je l'aime ainsi. Tu prenais tes servantes, jadis, le vit simplement hors des chausses. Tu te dénudes entièrement pour moi. L'amour, c'est cela aussi. Une nudité qui se donne totalement. Une peau qui a perdu toutes ses défenses et s'offre à l'autre. La peau, la belle couverture de surface, c'est notre organe le plus profond car il touche à l'esprit et au cœur. La nudité, c'est parole donnée vers le plaisir, c'est complicité, c'est bouquet parfait de courbes, de solidité, de douceurs, de muscles dessinés. Et c'est au milieu du bouquet, ton vit dressé de passion, ton vit succulent dont je régale mon palais, ma langue, et qui m'envahit, m'investit, sur lequel je danse et qui me bouleverse jusqu'à la délicieuse petit mort, mon amour.

Il se rappela leur première nuit quand elle avait libéré son pucelage comme un oiseau hors de sa cage. Elle se posa lentement, prudemment, jouissant du plaisir de cette pénétration. Elle aimait cet homme que sa simple vue avait foudroyé, qui avait su la conquérir, l'éduquer, l'imposer à son milieu. Sentir son membre si roide, qu'elle enfonçait voluptueusement en elle, avec quelque difficulté, était un immense bonheur. Elle était déjà tellement occupée, pleine, envahie par l'enfant. Ce sexe adoré était sa complétude. Il ne lui manquait plus rien. Elle était remplie de ses deux amours. L'enfant avait pris de plus en plus de place. Non seulement dans son corps, mais aussi dans ses pensées. Elle avait fait un choix de survie en acceptant de porter le descendant que Julia d'Ernée ne pouvait concevoir. Mais de femelle prêtant la terre de son ventre elle était devenue mère dans sa chair et son esprit. Elle luttait pour ne pas trop « s'engager » vers le fruit qu'elle portait car bientôt, il ne lui appartiendrait plus.

Elle aurait pu subir passivement et devenir l'esclave de chair du seigneur, pensionnaire d'un harem de Grenade, putain dans un de ces bordeaux que gérait l'Évêché à Rennes, Orléans, Nantes ou Angers pour que les femmes et filles des nobles puissent « *sortir de leurs tours en toute quiétude* ».

Elle avait préféré être un ventre – porteur de graine –, et être, pour le moins, une femme considérée comme toutes celles qui donnaient bâtards aux grands de ce monde (L'infâme Carolus pétri de chrétienté n'en avait-il pas eu sept ? Son grand-père Charles Martel n'était-il pas bâtard lui-même ? Guillaume le conquérant n'était-il pas né de Robert le magnifique et d'Arlette la drapière de Falaise une « *frilla* », une épouse « more danico » ?). Un enfant est toujours né de la relation d'une femme et d'un homme. Qu'ils soient mariés ou pas, la belle affaire ! Elle avait, avec patience et calcul, orienté son destin. Le petit Dieu Éros avait fini par rendre grâce à sa beauté, sa pertinence et sa ténacité.

Des élans de nostalgie maternelle apparaissaient quand Pierrick se faisait entendre et « bottait ». Alors elle pensait à son « petit » qu'allait materner un peu l'épouse de Geoffrey. Mais elle se consolait en songeant qu'elle-même le verrait quotidiennement et que l'enfant serait élevé surtout par les servantes, puis les précepteurs. Elle et Julia seraient logées à la même enseigne. Elle serait sa « parente », une tante attentionnée. Pierrick (puisque Geoffrey voulait ce prénom) lui-même ferait peut-être le choix de la chérir. Elle ne connaîtrait pas la joie profonde de l'allaitement, ce continuum de la gestation qui vous remue au profond du ventre, mais elle garderait ses pis en beauté pour la bouche gourmande de son amant. Elle resterait sa belle maîtresse et non de ces femmes partagées entre le moïse et le lit. Parfois le berceau prenait plus de place que le lit et en chassait le vit… La belle Swanhilda, femme jusqu'au petit doigt était, en esprit, une « virile ». Elle s'accommoderait.

Elle se mit très lentement en mouvement. Il avait pris un sein somptueux, dense et ferme entre ses paumes et en caressait le bourgeon avec ses pouces, regrettant de ne pouvoir l'emboucher jusqu'à rendre gorge, mais le fœtus, entre eux, interdisait un tel rapprochement. Il la regardait avec passion et le bonheur qu'il voyait sur son visage de madone extasiée quand elle fermait les yeux, le dressait plus encore. Puis les paupières ornées de longues soies se levaient et le bleu pâle si lumineux de ses grands yeux écartés l'hypnotisait de nouveau. Les femmes qu'il avait connues, jusque-là, étaient uniformément grises. Grises comme la tunique d'insignifiance, de soumission, de piété dont la maquerelle de Rome les avait revêtues depuis un millénaire. Grises de leur fuite honteuse devant les plaisirs du corps, grises de leur soumission au mâle tout puissant à qui on avait donné des droits sur elles. Swanhilda en son corps, son âme et son esprit était un arc-en-ciel.

— Il m'a donné un coup de pied ! Veut-il sa pitance ?

— J'ai senti, mais ce coup de pied est un coup pour la joie ! Et il continue à s'agiter !

Ils avaient repris leur duo amoureux, accompagnés par un soliste intérieur. Geoffrey abandonna à regret la belle poire chaude qu'il lustrait, pour caresser la sublime rondeur. Sa voix tout à la fois excitait et calmait ce petit personnage familier et inconnu qui participait à leur plaisir, avec des agitations soudaines et des accalmies.

— Que voilà un gaillard qui promet au déduit ! Tu seras un paillard mon garçon !

Car il ne doutait point qu'un tel comportement fût celui d'un héritier. Swanhilda était maintenant entièrement posée sur son membre dardé. Il sentait sur son gland une formidable pression. Elle se mit à jouir en poussant de petits cris comme si elle était surprise par le plaisir, coulant tellement qu'il crut un instant qu'elle avait perdu les eaux. Il sentit son flot monter, briser les vannes et il cria. Dans le dernier spasme de plaisir et son dernier cri de joie il perçu que sa voix chantait l'amour juste deux octaves en dessous de celle de sa Mie. Ils étaient en harmonie. Il eut juste le temps de contrôler la chute de sa douce compagne sur le côté de la couche et de la prendre tendrement dans ses bras. Geoffrey et Swanhilda, un merveilleux couple hors de leur temps, hors des us imposés et du danger qu'il y avait à les mépriser, baignaient dans un océan de tendresse et d'amour fou.

Geoffrey avait compris que le plus important n'est pas le plaisir, mais le chemin serpentant et fleuri parcouru par deux amoureux enlacés, vers ce plaisir.

C'est bien la pire des folies que de vouloir être sage dans un monde de fous.
Érasme, Éloge de la folie.

Bourg de Machecoul.
26 décembre 1402.

Chapitre XVIII : La fête des fous (partie 3).

Le portail de Sainte Croix vomissait une foule braillante qui accompagnait l'évêque des fous – *episcopus stultorum* – déguisé en pape à mitre penchée. Il courait que monseigneur Du Peyron lui-même avait joué, la veille, à la boule, aux neuf quilles du *kilhoù koz*, à la paume et d'autres jeux avec ses diacres sur le parvis de la cathédrale de Nantes.

— Cornes de bouc ! Ventre-Dieu ! Mort-diables ! Tudieu, bigre, sacrebleu et foutre !

Les jurons fleurissaient, blasphèmes annonçant la révolution, hélas provisoire. Une pseudo-révolte de soumis.

Un goliard à belle jactance fit une brève bénédiction dans laquelle il souhaitait aux assistants un bon mal de foie, des bannetons de pardons pour leur nœud de chêne dressé toute l'année ; des panerées d'indulgences pour la lanterne velue de leur femme perpétuellement en chaleur ; des corbeilles de grâces et mercis pour toutes leurs turpitudes, et des maux de dents, des maux de tête ainsi qu'une fillette pleine d'Anjou à dextre, une jacqueline d'hypocras à senestre. Et tous de rire, de commenter et fatrouiller. Beaucoup, si retenus et sérieux à l'ordinaire, lâchant leurs habituelles occupations, s'étaient fait qui musard nez-au-vent, qui vagabond ou lorgneur de drap, qui sac à vin, qui bambocheur. Certains étaient grimés, affublés d'oripeaux pour ne pas être reconnus.

Les diacres de Sainte-Croix, le chapeau à glands enfoncé jusqu'aux sourcils, la soutane ou la coule à l'envers, étaient masqués d'un bec de poule ou d'un groin et ne cessaient de caqueter et de grogner tout en poursuivant les femmes. Ils coïtaient contre les piliers et jusque dans le confessionnal. N'est-ce pas ainsi que fesses et cons sont les mieux présentés dans ce lieu si bien nommé où roidissent ces goupillons ensoutanés à grandes oreilles quand ils entendent les échaudées s'accuser de leurs vilenies bestiales et battre leur coulpe ?

Présider un groupe de joyeux lurons, c'était assurément la certitude d'être aux premières loges de la mangeaille et du déduit. Un parisien avait monté ici sa confrérie des badins imité bientôt par un poitevin avec celle des turlupins, puis par un bourguignon avec celles du mau-gouverne et de la mère folle.

Farandoles et rites païens se croisaient et rivalisaient de grivoiseries !

Quatre « hommes joyeux » chassaient une garce dépoitraillée qui ne se donnait pas beaucoup de mal pour leur échapper. Deux des ribauds la poussaient rue de la Bourrie à la rencontre de deux autres houliers qui venaient par la rue du Sel. À la confluence des deux venelles ils la coincèrent devant la forge. En riant, le forgeron, un grand gaillard, prit la paillarde sous son bras comme une panière de linge et ils entrèrent dans l'atelier. Plus qu'à moitié grise, elle riait sans cesse en battant des pieds, montrant ses cuisses blanches. Les outils de l'artisan, marteaux, pinces, soufflet étaient de forte taille et, même au repos, proclamaient leur puissance ; tout comme l'énorme enclume contre laquelle ils avaient bien l'intention de faire rougir et « forger » la paillarde. Si les ustensiles du quadrige étaient du même acabit, voilà qui promettait. Leurs fers ne seraient pas trempés à l'huile, mais au jus de garce chaude. Car cette « fête des fols dingos » était aussi celle des folles dévergoigneuses. La folie n'est-elle pas une merveilleuse irresponsabilité ? Sur la Grand-Place, une fausse abbesse saoule habillée du rouge des loudières, les pis hors la chemise et les cheveux défaits, disait vilenies plus que ne courre d'eau au moulin.

Dans la nef, les éventaires s'étaient multipliés plus qu'à l'accoutumée. Fleuraient bon : les épices, la grillade, la pâte farineuse des oublies. Le commerce rugissait dans un tintamarre de marchands et de regrattiers vantant leurs produits et répétant leurs litanies d'appel. Dans la chapelle de Saint Antoine une grande futaille avait été mise en perce par trois chie-en-lit (le cul de la chemise blanche barbouillé de moutarde) qui hurlaient des chansons à boire. À chaque aile du transept, une pipe de vin d'Anjou, généreuse à tous, était ouverte. Sur l'autel, les *moutardeux* avaient ripaillé de saucisses et de boudin noir devant le célébrant qui disait une messe pour rire dans le bruit des gorges hurlant des chansons paillardes. Celles que tous ne manquaient pas de reprendre en chœur était l'infâme prose de l'âne qui offre son mandrin géant à qui en veut et la prose du bœuf qui pleure la perte de son battant de cloche. Après chaque chanson on disait un court *pater noster* paillard ; et chacun de faire *hihan* ou *meuh* au lieu de « amen ». C'était à qui brairait ou mugirait le plus affreusement.

Sur l'autel de Saint Antoine le célébrant avait coupé de fines rondelles d'un gros saucisson en guise d'hosties. On venait communier à quatre pattes en couinant comme un goret, les braies sur les talons et l'allumelle à l'air ou les robes relevées sur le dos. Certains de ces culs avaient oublié de se débarbouiller dans le Phalleron et n'étaient pas beaux à voir.

Un enfant de chœur au dos voûté, quasi sénile, grimé en évêque des innocents, brûlait une vieille couenne huilée dans un encensoir. Sur l'autel de la Vierge Marie, on jouait aux dés et aux cartes. Dans la nef, on troussait à tout va. Un gaillard membru au masque de bisclavret, boteculait à grands coups de reins une fausse nonne réchaudée, agenouillée sur un prie-Dieu, les robes retournées sur la tête. On entendait sa litanie d'Ave Maria entrecoupée de cris de Mélusine rendus savoureux par le sacrilège. Elle se liquéfiait en râlant. L'Évêque des enfants et ses sous-diacres n'étaient pas en reste qui venaient voir coulisser le piquet turgescent du faux garol dans le fondement tressautant de la bénédictine. Belle leçon de choses aussi pour deux garçonnets impubères cachés sous une grande cape trouée au ventre. L'un, masqué d'un loup, était monté sur les épaules de l'autre.

Les abbés et les chanoines de la chantrerie avaient fui devant ces spectacles désolants d'impureté. Quelques-uns reviendraient en catimini pour profiter, qui d'une chatte enchaleurée, qui d'un anus gourmand.

Les loudières ne se cachaient plus. La robe rouge descendue sous les pis, elles aguichaient à qui mieux mieux agitant leur main devant la bouche avec la langue qui poussait la joue rythmiquement pour proposer le « fellatio » aux bandeleurs qui passaient. L'autel favori était celui de Saint Guignolet là où les femmes en mal d'enfant arrosaient de vin un priape de buis avant de l'emboucher. C'est par le bas au contraire qu'un gisant Saint Foutin et son puissant phallus d'olivier au gland barbouillé de crème fraîche était convié à favoriser les fécondités. On ne l'utilisait jadis que pour le temps des cornards. Leur grand Abbé avait décidé depuis vingt ans de le sortir non seulement à mardi gras mais aussi en décembre. L'implorante enjambait la statue, étalait ses jupons… la suite ne nous regarde pas. Enfin si. Certaines, qui n'étaient pas, elles, de bois d'olivier, s'attardaient longuement pour être sûres de l'effet… car on ne pouvait espérer de marmot en restant sèche… au grand dam des impatientes qui espéraient derrière elles.

Des faux prêtres, conduits par le « prélat des fols », iraient parcourir la ville debout sur des charrettes, maquillés de lie, la queue bandante – pour ceux qui le pourraient encore – hors des chausses. Ils boiseraient à trou-va, arrosant les voyeurs hilares de renards escorchés giclant de leur gargamelle. Ils feraient monter de force sur leur char les cornards de la ville dont certains, honteux et rageurs, découvriraient alors leur infortune. Les grands enfants feraient mascarade pour que leurs propres parents ne les reconnaissent pas. Frère Clémente apprit que, continuant leur rituel d'inversion, ils iraient réveiller le chanoine dans son lit par un charivari de tous les diables et que, tout nu, il serait baptisé dans la nef d'un seau d'eau. Comme un nouveau-né. Et les manants riraient en se tapant les cuisses, se faisant ainsi complices des insolents. Les bons gaultiers mettraient leurs masques d'animaux, de femmes, de mascarons pour aller, en processions bruyantes, donner les Innocents (les verges à culs nus) à quelque bourgeoise bégueule repérée depuis longtemps. Ils la feraient boiser jusqu'à plus soif, puis la déroberaient malgré ses cris, cacheraient sa honte d'un grand masque emplumé de chouette. Ils la fustigeraient jusqu'au sang en espérant réveiller en elle le chat qui dort et son mari, mis à verges lui aussi, retrouverait sa vigueur d'antan pour une bougrerie sauvage encouragée par toute la troupe. Ventrebleu ! Et si la bourgeoise s'y attachait, tous ceux qui étaient en état lui béniraient longuement le cul de leur goupillon de chair, la malmentant jusqu'au tréfonds, reniant Saint Jean en psalmodiant des « anus dei » sacrilèges. Ils reboiseraient tous ensemble et pour finir compisseraient copieusement la bougresse et son bougre pour les baptiser de leurs pendeloches gaillardes. Tous ces sacs à vin, ces fols dingos, ne reculaient devant rien à mesure que la nuit s'avançait et qu'ils se remplissaient le gousier en se vautrant dans la paillardise commune. Un troupeau de cochons dans une souille après la glandée.

C'est ainsi que, depuis cinq siècles, quelques jours d'une liberté à la débauche, à l'extravagant et au salace étaient accordés à cette belle jeunesse toujours tentée de se soustraire à l'autorité pour s'adonner au libertinage. Les anciens qui n'avaient pas dételé n'étaient pas en reste. On s'enivrait de grandes rasades de péchés pour ne plus être tenté pendant le reste de l'année. Provisions de beuveries, de goinfreries, de stupre, d'insolences.

On avait oublié pour un temps les fables catholiques promettant, post mortem, joie céleste et vie nouvelle pour retrouver ces sauvages rites d'impureté venus du plus lointain des âges. L'insolite, l'outrance, la déraison, le renversement des hiérarchies, les sacrilèges paillards nés des folies du rut et de l'excès de vin fleuriraient. Le magique et le sorcier seraient invoqués et pratiqués en méprisant l'inconnu menaçant de l'après mort, cette angoisse inhérente à la condition humaine et sur laquelle Rome avait bâti sa domination. Demain, ils rentreraient dans leurs enclos de l'humilité chrétienne, du respect de la Curie et de la Noblesse, du bon ordre moral. Ils ressentiraient plus encore, la gueule en bois et la tête douloureuse, leur domestication. Le troupeau et son berger étaient plus qu'une métaphore poétique, c'était une réalité tangible que l'Église gravait dans leurs chairs et leurs esprits, tenant dans une main les saintes huiles et de l'autre un fouet garni de clous.

Le fabulé et doux pasteur Jésus des origines avait disparu pour ne plus laisser place qu'à des chiens de bergers cauteleux et féroces qui se disaient gardiens du sanctus et protecteurs vigilants face aux libertés et à l'intelligence, fausses vertus soutenues par le diable cornu et ses feux de l'enfer.

L'habit ne fait pas le moine,
il cache son vit dressé qui pleure la pécheresse.
Jehan de la Mettrie, *Aphorismes.*

Bourg de Machecoul.
26 décembre 1402.

Chapitre XIX : Clémente : projet paillard.

Frère Clémente était de ces hommes de froc qui avaient compris le grand intérêt qu'il y avait à être du bon côté du manche du pouvoir politique, probablement celui du Roi de France. Il surveillait les seigneurs du lieu pour l'Évêque de Bourges… et aussi pour l'Évêque de Nantes, qui risquaient l'un et l'autre, sous l'injonction d'un nouveau pape ou d'un descendant d'Aliénor, de s'acoquiner un jour avec l'anglois. Mieux vaut avoir deux fers au feu quand on est un héritier de l'inquisition. Clémente avait aussi, à sa forge, la dent de fer de la fille Clisson, Marguerite, en mal de vengeance contre les trois branches des Laval et contre le duc Jean V, l'allié des Valois.

Le statut de clerc de Clémente était une sinécure et un paradis. Être dominicain, de ceux que l'Église chargeait de veiller au respect de ses règles et interdits, toutes exigences multipliées depuis le quatrième siècle et régissant vie et… vit de tous, était une sinécure. Il avait à disposition tant de moyens de coercition sur les corps et les esprits ; sans oublier les prébendes attachées à toute fonction cléricale. Il avait compris que l'objet premier de la Curie n'était pas la croyance, la ferveur religieuse, l'amour des saints et de Dieu mais le pouvoir, le hideux pouvoir. Quelques prêtres de village, de quartier, ou ceux enclos dans les monastères croyaient sincèrement. L'important c'était ce pouvoir de tonsuré qui faisait que, pour lui, les erreurs bénignes étaient pardonnées et bien moins punies que celles des autres pêcheurs. L'autorité du prêtre ouvrait les portes, les consciences et les confiances, mollissait les résistances. Qu'il soit un fieffé bandeleur, un forniqueur à tout va, un sans-morale était de peu d'importance. Aux yeux de la populace qu'il côtoyait il n'était pas très différent des autres clercs, croyants de bonne foi ou pieux prélats pour qui la Sainte Famille était sacrée, la parole inventée du Christ – par Marc et trois fois réécrite – une ligne de conduite. Mais eux aussi participaient à ce grand charivari, bambochaient et copulaient pendant ce temps des indulgences. Cet état clérical était un sauf-conduit qui lui permettait toutes les intrigues, toutes les turpitudes, toutes les violences du moment qu'elles ne visaient pas sa Sainte Mère, l'Église. Clémente ne consommait pas à tout va, comme le goinfre d'Ernée, mais mûrissait longtemps son projet, le rêvait, le liait, l'enrobait dans sa toile d'araigne avant de le déguster. Le bonheur du retard, de l'attente, du plat mijoté. Une forme délicate de perversité ! Mais, pour la fête des fols, il faisait volontiers dans l'immédiat et la bonne fortune.

Il aimait beaucoup se servir de son membre comme d'un braquemart et jouissait du violentement des culs qui se présentaient à lui. Mais cette fois, pour la tendre Eulalie, il ne se ferait pas tourmenteur comme à son habitude. Il serait toute douceur pour qu'elle s'attache à lui. Il était très grand, elle petite encore. Il se mettrait debout, entièrement nu, et la jolie bouche rouge de la pucerotte serait à la hauteur de son goupillon pour peu qu'elle plie ses genoux et fasse ressortir son cul. Quand elle l'aurait bien tété, ballotté, et fièrement dressé, il se mettrait à gésir. Elle viendrait alors sur lui se faire longuement langotter les landilles, grignoter la puce, visser un long doigt mouillé dans l'œillet de Satan, pendant qu'elle lui sucerait encore l'aspersoir de Saint Benoît et le noierait de bave de colombe. La tendre fillotte viendrait d'elle-même « à montoir » s'enfiler sur lui. Il aurait tout loisir de la regarder s'ouvrir, voir sa mère s'affairer pour faciliter son jeu ; tout loisir de déguster, en connaisseur, ses battements de cils de jeune biche aux abois en ouvrant son nid pour s'enquiller en douceur sur son long dragonneau. Il la regarderait ouvrir une bouche de plus en plus grande comme pour faire mieux s'écarquiller sa « bouche du bas », grimaçant et se forçant à avaler peu à peu son pieu roidi. Il avait déjà dépucelé quelques jeunesses. Il savait que, quelque peu tourmentée, la chair des filles est élastique. Son melon fendu enfin posé sur lui, elle pousserait un long soupir et le regarderait en souriant fièrement pour cette gourmandise toute nouvelle qui en ferait l'égale de sa mère.

Il était certain qu'elle mettrait la main à leur jointure pour vérifier que l'oiseau était entièrement niché. Alors, il lui claquerait longuement les naches, de *piano piano via crescendo*, et d'*allegretto* à *furioso*, pour la faire cavaler jusqu'à l'écurie du plaisir. L'exemple d'Agathe, jouissant jadis comme une chatte sous lui, serait, en concurrence, le but à atteindre ! Ses jolis rondelets, tremblotants à peine dans leur belle tenue, palpiteraient au rythme de sa cavalcade. Quand il verrait son regard se voiler, son souffle se faire court, sa bouche charnue s'arrondir d'un O de surprise devant la montée d'un plaisir jamais entrevu jusque-là, il saisirait ses petites pommes à pleines pognes pour les serrer à la faire gémir, lui faire lâcher enfin son eau du plaisir. Il se réjouirait de son râle et peut-être sentirait-il alors ce jeune chat tout neuf lui broyer le membre. Sait-on jamais… quand le rut saisit la femme ? Il lui dispenserait ces joies profondes qui transforment les femelles bien menées en bêtes à plaisir qui bénissent des pieds en jouissant. Il se repaîtrait goulûment de ce désir qu'elle semblait avoir de lui et qui irait en grandissant.

Il se garderait bien de l'engrosser, ne s'épanchant que dans deux de ses trois lieux de fête. Il savait combien les femmes s'arrondissent et se mollissent dès le premier enfant, perdant cette densité des chairs qui n'appartient qu'aux femelles jamais gravides. Il pressentait, en Eulalie, un petit animal jouisseur qu'il suffisait de révéler. Il saurait en faire une fleur vénéneuse. Elle porterait le jour, au château, ses cheveux nattés en sage couronne. Au détour d'un escalier ou dans un réduit retiré, il libérerait parfois ses tresses et les prendrait en main comme les deux rênes d'une pouliche pour mieux l'engorger. Pour lui, la nuit, elle étalerait quelques fois sur l'oreiller, dans l'abandon, sa crinière si bien fournie. Il la dresserait pour qu'elle fasse montre de grande modestie en baissant les yeux pendant son service mais ses yeux clairs convergeraient en coquetterie quand, à genoux, elle viendrait l'honorer de sa bouche. Elle n'userait le jour que d'un prude parler ; la nuit elle prendrait la langue bordelière qu'il lui enseignerait, pour réclamer son bel organe à hue et à dia. Quelles délices que de maîtriser cette belle jeunesse qui, aux yeux de tous serait un modèle de pudeur et de chasteté, mais qui pour lui se travestirait en loudière au langage de poissonnière, puis en femelle avide, trempée et râlante du jouir. Ah, le grand bonheur de pervertir ! Faire d'une oie blanche, une corneille effrontée !

Elle lui mangerait dans la main, s'abreuverait à son foutre, serait son oreille cachée et quand elle serait un peu blette, vers ses dix-huit ans, il en formerait une autre. Il la repasserait à son ami Frère Jean, le bougre, qui saurait trouver l'ouverture confortable que lui aurait préparée Clémente. Car il avait bien l'intention de l'ouvrir largement aussi par-là, et faire participer Agathe à cette opération délicate. Pour une fois, il ne la gasterait pas en sauvage comme à son habitude et ferait sa place à petits coups précautionneux en longue menée. Et, s'il était suffisamment habile et patient, la fillotte irait peut-être au bonheur socratique comme sa mère. Quelle merveille que d'être mandaté par le crucifié ou ceux qui l'exploitaient honteusement. Est-il rien de meilleur que le pouvoir ?

Pour blasphémer encore un peu plus en cette nuit de folie, à son retour des agapes des diacres saouls, il enroulerait son chapelet de cinq dizaines de grains d'olivier à triple autour de son membre en guise de frein pour en diminuer la taille. Le petit crucifix pendouillant au bout des cinq olives d'ambre lui battrait les coilles et scanderait d'inaudibles patenôtres pour que les prémices de derrière d'Eulalie soient ainsi sanctifiés en douceur. Elle serait ravie, après gémissements et larmes de douleur, de lui enlever les cinquante-cinq grains de son garde-foutoire pour qu'il aille… au fond des choses. Il mettrait à genoux ses pénitentes et, joue contre joue, la mère et la fille le bec ouvert comme deux oisillons affamés, se partageraient équitablement son saint Chrême.

La pucelle avait trois bouches qu'il rendrait gourmandes et deux oreilles finement ourlées qui lui rapporteraient tout ce qui se disait au château. À lui d'être savant et caressant pour qu'elle devienne ainsi une chèvre dévouée, attentive et dansante, un bel appât attaché à son poteau de chair…

Clémente était un jouisseur, un sensuel, un paillard, mais pas un illettré ou un imbécile. Il se rendait compte que la menuaille, cette masse de stupides et d'incultes profitait de ces quelques jours du solstice d'hiver, ces jours incertains de la Nativité, pour se délivrer des tensions que lui imposait l'Église, en forniquant et ripaillant à tout va. Mais demain, les hommes devraient ranger leurs vits, se nourrir chichement du brouet quotidien et reprendre le labeur qui courbe les échines. Braves bélines tondues si ras ! La ferveur religieuse, la piété obligée depuis des siècles allaient être à nouveau de rigueur. Si le peuple priait Jésus le miséricordieux et plus encore sa Bonne Mère avec ferveur, il faisait d'abord allégeance à l'Église, de gré ou de force. Cette Sainte Mère Église qui n'était pas prête à ouvrir la muselière, à lâcher la corde. Quelques siècles passeraient avant de voir un troupeau de moutons enragés lui manger les ors sur le dos. Il se disait que les formidables débordements qu'il voyait là ne dureraient pas jusqu'à la fin de ce siècle, qu'il devait en profiter grandement. L'Église n'accepterait pas longtemps ces rites repartant vers le païen. Il y aurait place, pendant quelques Noël encore, pour des inventions truculentes et grivoises, mais se profileraient bientôt des rites de moins en moins profanes, avec un début « d'ordre de marche ». Il savait bien qu'à vêpres, le six janvier pour les Rois, le chanoine Rondeau monterait en chaire pour tonner encore un peu plus cette année sur les excès de ces douze journées fangeuses. Il les rendrait responsables de l'apparition d'une comète traversant le ciel « ... *ces étoiles en pérégrination qui vont dire à Dieu et au malin, qui vous regardent, toutes vos turpitudes* ! Honte à vous ! »

Par deux fois en prêche, le prédicateur les avait exhortés à continence pendant la prochaine fête des fous. Le 16 décembre, à 17 heures à la tombée de la nuit, une lune énorme était apparue à l'Est. À 19 heures elle était aussi haute que le soleil à midi, pleine et lumineuse, éclairant les maisons et le château. Elle avait disparu peu à peu comme si on la masquait d'un cercle noir. Puis elle s'était découverte lentement de derrière son auréole diabolique. Chacun avait pu voir cela et s'inquiéter. C'était là, grave avertissement du ciel peu enclin à accepter ces boiseries excessives, ces grasses mangeailles et ces fornications honteuses. Il savait que certains des fidèles de son église étaient allés se promener nuitamment pour pactiser avec le diable et forniquer avec les sorcières.

Sodomie et inceste risquaient d'amener la peste ou de gâter les récoltes. Tous ces gueux iraient à confesse, feraient avec leurs épouses quarante jours d'abstinence totale, serineraient – pendant les neufs prières journalières – des litanies de patenôtres pour racheter leurs coïts bestiaux et jeûneraient pour payer leurs francherepues vomitoires, assécher leurs gargamelles noyées de vinasses.

Frère Clémente souriait en pensant que cette fête des fous, avec ses transgressions, ses excès et déportements – dans lesquels il allait lui aussi replonger avec appétit – n'était pas une avancée vers plus de liberté comme tous ces benêts hurlants le croyaient. Non, bien au contraire, c'était un nouvel élan vers plus d'ordre moral, cet ordre dont il était l'un des garants et exécuteurs. Sainte Mère Église allait, demain, les faire rentrer dans le droit chemin qui mène à l'improbable Éden à coups de pénitences, de douleurs, de privations et de prières. Il venait s'empopulacer pour le seul débordement qui donnait à ses yeux un sens à la fête : l'excès de sexe. Que serait donc une fête des ânes aux longs vits enragés sans ces foutreries graveleuses ? Rien de plus qu'une banale cérémonie.

Il songeait qu'au château aussi, en ce même instant, le sexe était aux premières loges. Mais un sexe douloureux, tendu, écartelé par la gésine. Dame Swanhilda devait gueuler, comme gueulaient toutes ces femelles que Dieu avait punies des tourments de l'enfantement pour avoir désobéi et fait chasser l'homme du Paradis. Elle n'aurait jamais assez de douleurs pour payer les menaces qu'elle avait proférées à son égard, la truye !

C'est dans ce monde étrange d'obsédés du sexe et de mystiques que Pierrick de Lodhérac, l'héritier du Palindrome, allait voir le jour.

L'accouchement est douloureux.
Heureusement, la femme tient la main de l'homme.
Ainsi, il souffre moins.
Pierre Desproges, *Dictionnaire du superflu.*

Naissance de Pierrick
26 décembre 1402.
Fête des fols.

Chapitre XX : Pierrick de Lodérac enfin là.

La nuit était déjà fort avancée. On sentait peser sa lourde cape de noirceur. Dans la forteresse de Machecoul, les hommes de garde veillaient au sommet des tours semi-circulaires. Huit autres personnages s'affairaient. En bas, vers le bourg, on entendait les chants, les rires, les cris de la fête des fous, les braiments des ânes à deux pattes à la foutoire roidie.

— Faites effort, madame !

Dame Swanhilda du Kalmar avait perdu les eaux, au sortir de la chapelle, après la messe des « bergers ». Quelques contractions l'avaient alertée pendant la messe des « Anges » qu'elle avait supportées par sa maîtrise du souffle de lutteuse. Accompagnée par deux servantes de confiance, Berthe et Margotte, elle avait regagné sa grande chambre au premier étage du donjon sans pouvoir attendre la messe « du verbe divin ». Silencieuse, les traits tirés, elle se battait avec énergie.

— Appelez Ovilon et un garde.

— Madame, vous n'y pensez pas !

— Appelez !

Deux solides gaillards, l'homme dans la force de l'âge – le capitaine qui accompagnait Geoffrey lors de la capture de

Swanhilda qui l'avait secondée pour tourmenter l'abbesse – et un jeunot entrèrent. Ils détournèrent le regard après avoir aperçu la jeune Dame sur une chaise, la chemise remontée jusqu'aux épaules, dans le froid glacial de décembre en dépit de l'énorme flambée qui ronflait dans l'âtre d'une grande cheminée. Ses beaux seins – déjà si plantureux à l'ordinaire – avaient encore pris du volume, gardant leur tenue. Deux cônes de chair blanche, piquetés d'éphélides, dont les aréoles rose pâle gonflées dévoraient près d'un quart du sein, des seins à damner un saint.

La confusion des hommes tenait aux genoux largement ouverts par les puissantes cuisses. Sous le pannicule adipeux habituellement léger – que son état avait épaissi – les muscles apparaissaient encore, bien marqués. Sa toison de feu, pourtant fournie, ne laissait rien ignorer aux deux hommes de sa vulve dilatée.

Que deux ribauds puissent lorgner son entrejambe était bien le dernier des soucis de cette femme en couches. Elle se sentit ragaillardie de pouvoir s'exposer ainsi fièrement, toute pudeur abolie par la circonstance. La nudité lui était naturelle. Jadis elle se roulait nue dans la neige après avoir sué dans la cabane aux vapeurs. Les gens de son village, tous âges mélangés, sacrifiaient à cette coutume, se purgeant ainsi, peau et sang, de leurs humeurs.

Le petit orifice du méat, la framboise gonflée de son clitoris étaient clairement visibles car son sexe, largement dilaté par le travail, laissait apercevoir, noirci d'un duvet collé en mèches humides, le sommet du crâne d'un bébé. Il semblait peu décidé à fleurir et faire son entrée dans le monde.

— Gardes, à genoux sur ce tapis face à l'âtre.

Tête basse, les deux hommes obtempérèrent. Soutenant son ventre énorme, aidée par ses servantes et la bonnefemme, elle se leva, enleva sa chemise, s'approcha des deux hommes agenouillés qui s'écartèrent un peu. Elle s'accroupit entre eux. La ventrière, qui avait compris le projet, avait posé au sol, entre eux, un drap de lin plié en huit.

— Tenez-moi !

Ils passèrent un bras derrière son dos, crochant dans ses aisselles, n'osant se risquer à toucher sa poitrine. Elle prit leurs mains, les posa sur ses seins se faisant ainsi enserrer fermement dans leurs bras. Ovilon l'ancien se disait, in petto, qu'il n'avait, de sa vie, poigné femelle avec pareilles poires de chair, énormes, gonflées, à la peau satinée, denses comme un marbre bouillant. Jacquot, quant à lui, serait désormais poursuivi, pendant sa très courte vie amoureuse, par cet archétype mammaire inouï.

— Tenez-moi fort !

Jacquot, effrayé et honteux, tentait maladroitement de masquer l'érection qui gonflait ses chausses. La Dame feulait en poussant. La position ancestrale en gésine des femmes vikings du très haut nord, faisait son œuvre, facilitant la descente du fœtus, son propre poids l'entraînant vers le sol. Les cuisses écartelées par leur flexion forçaient et ouvraient un peu la symphyse pubienne, distendaient les pétales de la vulve. Une tête aux cheveux très fournis apparut. La ventrière renversée sous Swanhilda, glissa ses doigts délicatement dans les oreilles et le haut des orbites et tira l'enfant hors de sa mère. Il hésita encore un peu, jaillit d'un coup, comme un noyau de fruit pressé entre les doigts. La vulve distendue par l'étirement prodigieux qu'elle avait subi, se rétracta autour du cou de l'enfant puis, dans le même glissement, sous ses épaules. Le sexe malmenté de la parturiente enfin libérée de sa douleur, à cause peut-être de ses seins empaumés par les gardes ou par un fait encore inconnu et étrange, eut un orgasme fulgurant, inattendu, comme il en arrive parfois aux accouchées, à leur grande honte puisque ce plaisir ne doit avoir lieu que sous l'égide de l'homme. Mais cette femme était d'une autre trempe. Elle tremblait de bonheur, gueulait son plaisir, ruisselait sur son enfant à demi né. Elle s'accrochait aux poignets des gardes ébahis par cette femelle en rut, tous deux affublés maintenant d'une érection formidable. Ils serraient plus encore leurs pognes sur ses seins gonflés, douloureux et durcis par ces étranges vagues de plaisir. Leurs doigts étaient poissés d'un abondant colostrum. Ils avaient l'illusion masculine et arrogante d'être les auteurs de son plaisir. Ils masquaient cette vanité mais n'en bandaient que plus dru.

La ventrière, qui avait déjà assisté à cet étonnant orgasme de gésine chez deux autres parturientes qui, elles, pleuraient de honte, était admirative de la façon dont cette noble Dame prenait son plaisir sans vergogne. Berthe la cuisinière, venue prêter main forte, sentait l'humeur amoureuse lui sourdre. Margotte, la pucelle, était ébahie de la révélation de ce plaisir féminin dont on parlait souvent entre femmes, à la lingerie ou aux cuisines, mais dont elle n'imaginait pas la puissance. Elle se sentait étrangement remuée, elle aussi.

Swanhilda gémit une dernière fois, manqua défaillir, tomba à genoux, s'accorda quelque répit. Elle respira profondément et recommença à pousser.

— C'est fini, annonça la bonne femme.

Elle aidait là, son trois-cent-quatre-vingt-quatrième enfant à naître. Swanhilda poussa encore. Rien ne vint.

— Tous les nœuds sont-ils défaits dans le château ? Les vaches hors des étables ? Les chevaux libres ?

— Si fait.

Quelque chose coinçait. La basle expérimentée hésitait à faire relever la parturiente, pour qu'elle marche, monte et descende quelque escalier, renifle poivre et encens afin de tousser. Elle enfonça ses doigts dans le vagin sur le ventre de l'enfant. Elle se figea…

— Qu'y a-t-il ?

— La queue du diable, maîtresse !

C'est ainsi, en ces temps reculés aux naïves croyances, que l'on parlait de cette bizarrerie qui voyait parfois sortir l'enfant le cordon ombilical autour du cou. En l'occurrence, c'était plus que vérité. La femme sage sentait bien ce qui bloquait le cordon et la sortie de l'enfant. Elle le tenait entre son index et son majeur largement écartés. C'était le pénis de l'enfant, coupable d'une érection virulente. Lors du glissement terminal il avait buté violemment derrière le pubis de sa mère, dans cette zone secrète, à la chair plus compacte et plus richement innervée que toute autre, hormis le clitoris avec lequel il est en relation, déclencheur probable du plaisir de la mère. Swanhilda, loin de se formaliser, tiendrait toute sa vie cet acte formidable et involontaire de l'enfant, comme une immense, incomparable et originale preuve d'amour filial. En un mot, l'enfant bandait. Toutes les mères connaissent ce phénomène que montre parfois leur tout petit. Signe avant-coureur d'une miction à venir, déclenchant souvent le rire amusé et les commentaires grivois des proches, il n'a pas à voir, croit-on avec une quelconque excitation sexuelle. La bonne-femme repoussa de la main quelque peu l'enfantelet dans sa mère, crocha la verge de son plus grand doigt, la colla contre le ventre du nourrisson et de son autre main, le tira par une épaule.

— Poussez Madame, poussez maintenant.

D'un coup, l'enfant tomba sur le drap que la bonne femme tenait dans ces mains entre les pieds de la jeune femme accroupie. Il était encore attaché à sa mère par le cordon et celui-ci s'était entortillé autour des organes génitaux. Les bourses étaient gonflées, les testicules descendus. Le pénis étonnement long et gros se dressait fièrement et le gland, chose peu ordinaire chez un nouveau-né, était décalotté et dardait hors du prépuce comme un drôle de petit champignon, *phallus impudicus*, cramoisi. On délia le tour du cordon avec difficulté. Celui-ci avait fait, on ne sait par quel mystère ou diablerie, un nœud en tête d'alouette sous les bourses et on avait dû d'abord couper l'épais cordage de chair gluant et difficile à manœuvrer au ras de l'enfant pour le libérer. Tant pis pour les quatre âges de la vie ou les quatre saisons puisqu'on n'avait pas pu le couper à quatre doigts du nombril de l'enfant comme la coutume le voulait. Celui-ci, comme délié lui aussi, suspendu par les pieds, fessé, son pénis turgescent dressé contre son ventre, s'était mis à brailler à pleine gueule.

Swanhilda posa sur ses seins, toujours empaumés par les deux gardes pétrifiés, ses propres mains, se tint ainsi un moment immobile, empoignée à double à sa guise, comme si elle voulait s'imprégner encore de cette étrange mise-bas. Dans son esprit et sa stratégie d'accouchée, il s'agissait véritablement d'une délivrance animale, maîtrisée et jouissive. Que les hommes qui soutenaient ses seins bandassent depuis qu'ils l'avaient entendue jouir, que quelque part, ils y aient participé et que le plus jeune ait éjaculé dans ses braies en couinant d'impossible retenue, elle n'en avait cure. Ils étaient des êtres sans importance, corvéables et soumis. On pouvait les envoyer pourrir dans un cachot, fleurir les arbres. Mais ils étaient des mâles et ils bandaient pour elle. Ce n'était que jouissance car elle prenait, en ces circonstances, encore plus de plaisir à voir gonfler leurs chausses. En lieux et moments autres, un tel affront de la valetaille vis à vis d'une femme puissante par son lien avec le seigneur Geoffrey, se serait soldé par la perte de leurs bourses et de leurs vies. Elle en éprouvait, avec plus de jouissance secrète encore, la force de son pouvoir de séduction. Peu de femmes, dans l'inconnu et les douleurs d'un premier enfantement, auraient été capables d'une telle maîtrise. Mais Swanhilda était faite d'une autre glaise que le commun des mortelles. L'éducation de fille de chef d'un peuple dur comme le roc de ses fjords sombres, profonds et glacés, était autrement plus féroce et solide que celle que l'on donnait aux descendantes des croisés, d'une autre trempe. Rien ne pouvait la faire plier, baisser le regard. Elle se redressa, entièrement nue. Le cordon, d'une blancheur grisâtre et translucide, épais de la valeur d'un doigt, pendait entre ses cuisses, jusqu'à ses genoux. Elle était ainsi une allégorie vivante de la fécondité.

Elle savait aussi qu'il y avait danger pour elle à laisser courir un conte sur ses plaisirs en gésine et que l'Église, cette grande perverse, servie par une armée de mal-baisants soumis aux chauds et froids alternatifs de l'érection honteuse et du cilice, pourrait lui chercher querelle. Elle crocha les hommes pour les coller à ses côtés, fit signe aux servantes, à la femme-sage de s'approcher d'elle. Elle força son geste jusqu'à ce que les cinq serviteurs qui l'avaient assistée soient rassemblés à la toucher. Elle prit à pleines mains, à travers leurs chausses, les couilles des deux gardes effrayés par cette audace. On aurait dit des conspirateurs. Et c'est comme à des conspirateurs qu'elle murmura à très basse voix comme pour éviter tout risque d'indiscrétion :

— Faut-il que je vous fasse crever les yeux pour ce qu'ils ont vu cette nuit... ? Dois-je vous faire couper la langue pour que rien, je dis bien rien, ne s'échappe de vos bouches ?

Les têtes effrayées, avec un bel ensemble, dansèrent leurs dénégations.

— C'est ce qui vous attend si, une ombre, un soupir de ce que vous avez vécu cette nuit transpirait. Muets, aveugles, je vous ferai, d'abord muets et aveugles tous les cinq avant de vous occire à petit feu. On vous interrogera sur cet événement de la nuit, cette naissance. Alors écoutez bien le répond que j'attends de vous. Cette nuit, Swanhilda du Kalmar a mis au monde, dans la tradition des accouchées du Maine, une petite fille nommée Antoinette. Une fille ! Avez-vous bien entendu ?

Les deux hommes, le visage tordu de douleur sous les serres qui leur broyaient les génitoires, acquiescèrent.

Ses yeux d'un azur très clair – une glace transparente – les fixèrent l'un après l'autre, et, l'un après l'autre, ils baissèrent la tête après avoir accroché son regard qui disait bien que ce n'étaient pas là paroles en l'air et qu'elle était capable de plus de cruauté encore. Les trois femmes effrayées fixaient le sol.

Alors elle ajouta :

— Vous avez bien œuvré, et mérité quelques jacquelines d'hypocras puisque cette nuit on fête « sol invictus ». Buvez modérément pour garder l'esprit clair. Filles, je crois que ces deux hommes ont le vit bien réjoui, profitez donc !

Les gardes sortirent l'œil pétillant.

Les servantes avaient frotté l'enfant d'un mélange de feuilles de roses pilées, de miel et de sel. Il fut lavé dans un baquet d'eau chaude. Il se tut, croyant avoir retrouvé la tiédeur liquide de l'utérus. On le langea légèrement à la demande de sa mère. Swanhilda pendant toute la durée de sa grossesse avait eu le temps d'observer les curieuses coutumes d'ici et comment les mères s'occupaient des petits. À l'opposé des nordiques qui laissaient leurs enfants entièrement libres de leurs mouvements, les puériculteurs du Royaume préconisaient le port de bandelettes autour des membres posés sur une planchette pour faire les jambes bien droites. L'enfant était considéré comme une pâte molle incapable de tonus. La bonne-femme termina son œuvre, extirpa habilement la secondine qu'elle jeta dans le foyer pour que le diable ne s'y loge pas, récupéra le cordon précieux qui séché ferait un bon et cher philtre d'amour, lava soigneusement à l'eau vinaigrée la parturiente toujours debout. Elle avait mis ses mains sur la tête de la femme agenouillée à ses pieds, montrant par ce geste sa confiance et sa gratitude pour cette dévouée personne.

— Depuis quelques jours, encore plus de coups de pieds ! Mon intérieur a souffert ! Quel petit étalon !

— Oh dame Swanhilda ! Voilà qui promet destin exceptionnel à cet enfant.

La ventrière en ayant fini avec la mère s'occupa du petiot. Selon la tradition, elle ouvrait les orifices du corps, « destoupait » narines et oreilles de l'enfant à la « furguette », lui appuyait sur la vessie pour le faire pisser et *« lui mettait le petit doigt dans le fondement tout bellement »*.

C'est ainsi que Pierrick de Lodhérac arriva dans ce monde plein de bruits et de fureurs, de stupre diabolique et de saintes prières, de haines déguisées et d'amours folles, dans ce monde de puissants et de gueux, de jouisseurs et de mystiques. Oui, ainsi vint au monde le fils de Geoffrey du Palindrome et de Julia d'Ernée (par la procuration de dame Swanhilda du Kalmar) fin décembre 1402, dans ces étonnantes circonstances.

Il faudrait essayer d'être heureux,
ne serait-ce que pour donner l'exemple.
Épicure

Machecoul.
26 décembre 1402

Chapitre XXI : Jehan de La Mettrie.

Tous avaient beaucoup boisé, beaucoup ripaillé, beaucoup chanté. Depuis deux jours déjà les habitants de la citadelle faisaient bombance pour fêter l'arrivée de l'enfançon Jésus.

Dans les Flandres aussi la fête de la nativité durait douze jours comme à Machecoul ! À cette heure déjà bien avancée de la nuit tous dormaient maintenant du sommeil lourd des bien repus.

Quinze valets et artisans, vingt servantes, (lingères, cuisinières et buandières-blanchisseuses), trois clercs, dix-huit soldats dormaient. Douze hommes étaient au guet sur chacune des six tours crénelées renforçant la ligne de murailles de la place forte. Quatre femmes, un seigneur anxieux, deux soldats de garde dans l'escalier du donjon et un philosophe en lecture veillaient encore.

Ce philosophe, c'est Jehan de La Mettrie. Il est plongé dans : « Vie, doctrines et sentences des philosophes illustres » de Diogène Laërce. Un des livres rares de la librairie de Geoffrey du Palindrome, un ouvrage très intéressant puisqu'il mêle à la fois les pensées des philosophes, le style de leur école, quelques raccourcis venus de leurs aphorismes et des anecdotes à propos de leurs vies. Un très moderne chroniqueur en somme. Par lui nous tenons quelques sentences fortes :

Tout homme sort de la vie comme s'il venait de naître. Épicure.

Ôte-toi de mon soleil. C'est la réplique de Diogène le cynique à Alexandre qui lui faisait ombre en lui demandant ce qu'il souhaitait, de sa part, comme somptueux cadeau venant d'un roi. Ce cynique qui abandonna son écuelle après avoir vu un enfant buvant dans ses mains, qui se manualisait en public de crainte qu'une belle femme passant près de lui ne le fit bander… nous dit Laërce.

On y trouve aussi : *La suprématie de la philosophie est dans le mépris de la mort.* Zénon d'Élée

Jehan donc s'instruit…

Son père est patron pêcheur à Saint-Malo. Il a quitté la « rue de la pie qui boit », là où il est né en 1360, pour servir l'Évêché après avoir été le mousse de son père. Rescapé d'un naufrage, et voulant remercier Dieu, celui-ci l'offrit à l'Évêque, pour en faire un clerc. Jehan se souvenait de l'émotion qui l'avait saisi lors de la cérémonie de l'oblation. Il avait douze ans. C'était comme si une porte de geôle s'ouvrait devant lui. Il n'avait nulle envie de s'enfermer à l'étude. Il était un enfant de la côte : rocher, sable, estran et coquillages. Sa foi, sans ferveur, était celle des obligés de l'Église.

Il est de petite taille comme sa mère. Ses quatre sœurs, elles, ont pris la belle stature du père qui adore cet aîné vif et joyeux qui lui rappelle tant la femme dont il est toujours amoureux. Sa minceur et un bonnet sur ses cheveux grisonnants pourraient le faire passer encore, à quarante et un ans, pour le moussaillon du « Saint Vincent ». Il n'a donc pas l'envergure pour faire aisément sa place parmi les matelots malouins. Son père pense que cet enfant chétif, mais éveillé, aura l'opportunité de faire son chemin dans la Curie. Il en fait un oblat, l'enfant que l'on donne à Dieu. Car ses yeux pétillent, son intelligence est vive. C'est sur l'étude qu'il va voguer. Il ne cesse de questionner son entourage.

On l'appelle « Jehan-Pourquoi ? » Des grèves, de l'océan, du mont Saint Michel qui semble flotter sur l'eau comme un vaisseau de haute mer, il prendra ses envies de voyages et de liberté et quelques élans mystiques lors de son premier séjour de novice bénédictin. Ils ne dureront pas.

Au plus loin de la cité, à l'écart sur les rochers du grand Bé mouillés de vagues, il aime rêver à marée basse. Sur la grand-plage de sable fin du Sillon à Rochebonne, nettoyée par les grandes marées d'équinoxe, il flâne en solitaire quand il peut échapper à la famille et aux clercs qui l'éduquent. Il apprend bien vite que, comme la mer d'un bleu tendre par beau temps, la société malouine et la Curie peuvent faire montre d'une extrême violence. Il habite à une rue de la place du Pilori. Il y verra moultes fois des malheureux – affamés voleurs de pain, pécheurs ayant sacré le nom de Dieu ou de la Bonne Dame – attachés par le cou et livrés à la méchanceté de la populace. Il déteste cette place dénommée aussi « du Martroy » et fuit la foule dès qu'il entend le tambour annonçant une mise en peine. Sur cette place du *martyretum*, il a vu monter au bûcher et grailler une brave femme de son voisinage faussement accusée de sorcellerie. Comment Dieu peut-il permettre cela ? Il a pourtant pleuré et prié pour qu'elle soit sauvée. Ses premiers doutes ont commencé là. Comment les autres ne voyaient-ils pas cette injustice ? Il avait cru devenir comme ces êtres bizarres, ces « lunatiques » qui perdent la raison, le sens du temps. Son père en baissant les yeux lui avait dit :

— Cesse de te questionner, l'Église a jugé.

Il avait compris alors que la peur avait fait taire les émotions et la vérité. Il était rentré dans sa coquille comme un escargot dont un doigt mauvais taquine les cornes de la naïveté et de la justice.

Ses lectures multiples et l'observation des adultes lui ont fait saisir peu à peu la réalité de l'impérialisme des trois religions monothéistes. Son Évêque Guillaume Poulard le rappelle après ses deux premières années chez les bénédictins du Mont pour voir comment l'oblat a avancé dans ses études. Jehan s'enflamme en lui parlant d'Aristote. Ce sont ces bénédictins du Mont qui ont traduit, du grec au latin, pour la première fois, au XIIe siècle « *les catégories* » du philosophe de l'académie d'Athènes. Jehan parle déjà honorablement le grec à la stupéfaction de Guillaume Poulard. Questionné, l'adolescent avoue aussi son amour de la langue latine et pour les « odes » d'Horace. L'Évêque le pousse aux études et l'envoie à l'Université d'Orléans, ouverte en 1306 par Clément V. Tout en perfectionnant son grec, il y fait son droit canonique, manière d'être au mieux avec l'Église. Il fait allégeance par obligation sous peine d'être condamné, mais c'est un esprit libre, curieux et secret. Jamais il ne se met en avant car il sait la force de la modestie. Ses habits sont simples, son attitude retenue. Dès qu'apparaît la moindre soutane, il se recueille, se retire en lui-même, comme en prière, la prière de celui qui se cloître dans le calme, vers Dieu.

— Je m'applique à suivre le conseil d'Arsène le Grand, dit-il : « *Fuis les hommes, demeure en silence, tiens-toi en repos.* »

Il a toujours en tête une obsession théologique prête à faire écran à la moindre question qu'on lui pose. C'est une bonne stratégie que de répondre à une question par une autre question. Il a cette qualité rare de savoir écouter. L'écoute, dit-il, c'est d'abord le respect de l'opinion d'un autre. Mais cela peut aussi être une flatterie gratuite et qui permet de ne rien dire, donc ne rien dévoiler de soi. Il opine du bonnet d'un air très concentré. On le quitte en le pensant savant et très « fidèle de Rome », car il lance volontiers une citation qui conforte l'autre dans ses dires. Il en perd aussitôt toute originalité et il s'en satisfait. Cette couleur de muraille qu'il offre aux autres, c'est le mur d'une forteresse souriante que rien n'ébranle. Il sait que les us et coutumes cultivés par des années de tradition et d'allégeance donnent aux gens un regard scrutateur, prêt à dénoncer « l'obscène déviant ». Il a compris que les religions monothéistes portent en elles un ferment d'hégémonie et de haine.

Il sait tous ces morts, ces torturés de l'impérialisme du Latran, les Cathares, Nestoriens, Vaudois Juifs, Musulmans, Ariens qui ont été « purifiés » par le feu ou par l'épée. Parmi les vingt mille biterrois, hommes, vieillards, femmes et enfants, il y avait les 222 cathares déclarés mais aussi tous les autres, catholiques bon teint, tous massacrés (le *grand masèl,* la grande boucherie) sur l'ordre d'Arnault Amaury le nonce du Pape.

Jehan n'a pas oublié les 50 000 habitants de Barbastro en Espagne, tous égorgés – hormis les plus belles femmes –, les tueries massives de Verden, de Saint Jean d'Acre, de Constantinople, de Marmande. Les massacres multiples de juifs par Rintfleisch dans dix grandes villes d'l'Allemagne. Il sait le besoin des hommes, angoissés par leur condition de mortels, d'avoir des règles de vie précises, dans un monde bien ordonné et sans surprise sous la haute protection de l'Église qui assure une après-mort édénique, mais massacre sans remord sur terre. Il déteste secrètement la secte romaine et ses promesses ourlées de vent, sa grande soif d'argent et son commerce odieux des indulgences, des fausses reliques, ses rites millénaires qui font croire qu'elle maîtrise l'éternité et que ses prêtres dialoguent avec Dieu en faveur du commun.

Il sait que chaque événement insolite, chaque homme sortant de l'ordinaire porte en lui le « menaçant et l'impur ». Et que tous, tonsurés et laïcs veillent et dénoncent. Il fait des châteaux, des monastères, des villes où il réside un temps, des thébaïdes. Pas le désert près de Thèbes où Saint Antoine vécu treize ans, loin des hommes, mais un désert de philosophe au beau milieu des autres hommes, une vie secrète d'ermite au milieu des cénobites. La solitude en terre ennemie est un territoire caché où il se sent roi, un jardin où poussent ses pensées les plus justes, loin du bruit. Où il peut échapper au chantage perpétuel des us et coutumes, à la puissante arme du chantage de la norme sociale, de la règle dogmatique qui courbe tous les dos. Sans la menace du doigt qui pointe, la menace de l'exclusion, la menace de la disparition violente. Où il peut descendre en lui-même et s'interroger... avec prudence, car on ne revient jamais indemne des explorations de sa conscience. Où est-on mieux caché qu'au milieu de la foule ? La seule voix qui fait écho en lui, c'est celle des livres. La solitude rend plus libre. Il y a rendez-vous avec lui-même pour exister en dépit et à l'encontre du monde. Jehan fait le chat. Ronronne paisiblement. Il n'appartient à personne. Un jour, il disparaît, officieusement appelé ailleurs. On l'oublie, comme il le souhaite. On ne sait même plus si c'est Jehan ou Jean qui est passé par là...

C'est un lecteur acharné. Pas un de ces grignoteurs occasionnels de la chair des livres. Non, c'est un herbivore qui tond patiemment dans toute prairie qu'elle soit profane ou sacrée, romanesque, théâtrale ou poétique. Puis il rumine longuement sa nourriture. Il a compris que les lectures multipliées sont une économie qui permet de voyager dans le temps et l'espace, de rencontrer d'autres hommes, d'ouvrir vers le grand large le vaisseau de l'esprit, de creuser sa réflexion, de s'évader secrètement de la prison du « livre » sacré.

Il est doué pour les langues. À quatorze ans il parle assez correctement le franc, le grec, le latin et le patois normand. À seize le germain, à vingt ans le castillan. Plus on maîtrise de langues et plus les nouveaux idiomes sont faciles à assimiler, dit-il. À trente ans, il a perfectionné tous ses acquis. Il lit l'araméen ce qui facilite son approche de l'hébreu, de l'arabe et du copte. C'est dans cette langue qu'il découvrira à Cîteaux un exemplaire de l'évangile selon Matthieu bien différent de ce qu'il a lu à Sorbon dont la bibliothèque compte plus de 1000 livres. Une preuve encore que l'Église ne cesse de truquer, trahir, transformer. Depuis quelques années, il étudie l'hindi et découvre avec surprise, que cette langue qui s'écrit de gauche à droite, a des mots communs avec le latin.

Il part en Italie. Après trois années d'études et de recherches passionnées, il sent le vent tourner. Il quitte Rome dix jours avant que le « tendre » Urbain VI ne fasse torturer à mort l'évêque d'Aquila, six des cardinaux qui l'ont élu et quelques moines de leur suite.

À son grand regret, il doit quitter un travail fort avancé sur la langue de Sumer. Les caves du Vatican sont pleines de tablettes d'argile venant, après cent détours, du palais d'Assurbanipal (ou Sardanapale). Trois écritures d'un même texte en grec, assyrien et sumérien qui parle longuement de la genèse du monde. Une traduction demandée sans doute par Alexandre quand il avait conquis tout le bord des pays d'orient. Un texte intitulé *Enki et Ninhursag*, antérieur de plus de 1000 ans à la naissance de l'écriture hébraïque. Jehan découvre qu'il n'y a jamais eu de péché, de faute de la femme. Les scribes hébreux qui se sont inspirés de cette histoire, trichent, falsifient, inventent. Il sait qu'il risque la mort au moindre mot sur ces fondements frelatés des trois religions monothéistes. Il fuit vers Saint Malo sans révéler à personne ce qu'il a découvert. Ce brûlot lui explosera au visage s'il ne le détruit pas. L'esprit en ébullition, le cœur saignant, il fait cendres de ses manuscrits où il a commencé un dictionnaire gréco-sumérien et sa traduction du Enki. Il sait que Rome commence par brûler les livres, avant de brûler les hommes.

Boniface IX, le successeur du Pape défunt, a rappelé ce savant polyglotte durant deux années à la bibliothèque vaticane pour qu'il traduise des ouvrages bimillénaires, des tablettes, et certains livres dignes de l'enfer. Ce pape-là est friand d'argent et de grivois… L'excellente mémoire de Jehan lui a permis de réécrire chaque soir – dans une sténographie imitée de celle de Xénophon qui notait ainsi les discours de Socrate – ce qu'il a traduit pendant la journée. Il n'a pas de visée sur la Curie. Il est modeste, n'intrigue pas. Une seule règle le guide : la prudence ! La prudence extrême de celui qui ne croit pas dans un monde de crédules, de fanatisés ou de faussaires.

Il est parti, travail achevé. Dans ses bagages, il y a deux manuscrits sténographiés écrits de sa main et illisibles à un éventuel curieux. Il a négocié (une petite fortune) avec le Doge Antonio Veniero ces deux ouvrages exceptionnels de satanisme et de pornographie. En quelques semaines enchanteresses d'invité de marque sur la lagune, dans le palais du Doge, il retranscrit en latin les deux livrets sortis de dessous « l'oreiller du pape ». Il est maintenant à l'abri du besoin immédiat, il peut voir venir les disettes. Il a tout pour favoriser son bonheur cher à Aristippe de Cyrène, et l'ataraxie – l'absence de douleur et de manque – chère à Épicure. Il a dérobé et conservé, pour lui, trois autres manuscrits de philosophie.

Sa mère garde son petit trésor glané en France, en Italie, le fameux petit sac de florins d'or. Sans être riches, ses parents sont aisés. Son père, jadis marin pêcheur, ancre maintenant quatre bateaux dans le port et deviendra armateur. Jehan est un philosophe certes, mais un penseur dont la philosophie se nourrit aussi de terrestre ! Il dit, en souriant, à ceux qui se gaussent qu'il soit philosophe :

— La philosophie ne m'a pas fait plus fortuné, certes, mais elle m'a économisé bien des faux-pas, des tracas, des traquenards ! Je m'efforce d'être un philosophe assagi. Mais quel labeur !

Cette ordonnance du Pape qui le charge de trouver des manuscrits anciens – des saints et les diaboliques lettres d'Aristippe – est un sauf-conduit précieux. Il va faire retraite d'abbaye en monastère, à sa guise, trouvant toujours, ici ou là, à s'employer pour traduire quelque parchemin précieux et enrichir sa connaissance et aussi faire parvenir à Boniface quelque ouvrage qui le satisferait. C'est un esprit d'une curiosité maladive. Elle le tire comme un mâtin tenu en laisse à qui l'on aurait mis un collier garni de pointes. Il sait là sa faiblesse. Il ne tient pas à être pris les doigts dans le pot de confiture de la sagesse anticléricale. Se battre contre la stupidité religieuse, c'est comme vider la mer avec une nasse. Alors il choisit d'empoisonner secrètement l'eau avec des sels de liberté, d'amour, de réflexion, de poésie. Il sait qu'il ne changera pas le monde. Il essaye simplement de semer discrètement quelques graines de liberté et d'humanité qui fleuriront bien après lui. Il plante ces graines qu'il invente dans des pots introuvables, en les attribuant à des célébrités disparues…

— C'est une pensée d'Abélard annotant le « Livre des merveilles de Dieu » de Pierre le Vénérable. Un exemplaire, hélas perdu, dans un incendie de la petite librairie de Cluny. Tous, lettrés ou pas, s'inclinent devant de telles références. Jehan se régale de ces tours d'esprit.

Il pense qu'un siècle arrivera où la pensée sera libérée de la stupidité des religions, un siècle de liberté, de fraternité, d'esprit sain. Sans ce T (saint) qui l'empoisonne. Un siècle de « lumière ».

Il est souriant, insaisissable. Il aime la mer certes, mais surtout les études depuis que son Évêque l'a envoyé en abbaye au Mont pour quatre année. C'est un clerc qui ne prononcera jamais ses vœux. Il a ensuite étudié puis quitté les bénédictins de Cormery pour n'y plus jamais revenir. Comme il le confiera un jour à son ami Guy – penseur libre et prudent comme lui – en baissant la voix :

— Je savais qu'un jour je sortirais, en esprit, de la secte de Rome. J'hésite à croire en un Dieu, mais certainement pas à celui inventé par les Églises romaine, juive ou musulmane. Pas plus qu'aux évangiles inventant Jésus et qui sont un tissu de vieux rêves copiés sur la mythologie grecque, égyptienne, sumérienne. J'ai été baptisé en la cathédrale Saint Vincent à Saint Malo. Elle épouse étonnamment la pente du rocher sur laquelle elle est bâtie. Tu entres, et la déclivité – une toise et demie entre le portail et l'abside ! – te pousse vers le transept et l'autel. Pour en sortir, il faut remonter la pente… Quelle image prodigieuse du piège catholique ! J'avais treize ans quand cela m'est apparu comme une évidence et m'a incité à garder mon esprit en éveil. J'ai eu droit aux verges, au cilice plusieurs fois pour m'être interrogé au lieu de croire béatement. Les clercs qui m'ont enseigné ne m'ont pas ménagé car une question « c'est de la graine de diable en cervelle ». Eux-mêmes sentaient sans doute, au-dessus d'eux, les garde-chiourmes de l'évêché. À quatorze ans, j'ai été menacé du pilori et du bûcher en dépit de ma jeunesse. Après une semaine de cachot au pain de douleur et à l'eau de regret, j'ai fait amende honorable rentrant modestement dans le rang pour n'être tourmenté et rôti. J'ai compris qu'en dépit de mon jeune âge j'étais réellement menacé et que personne ne viendrait à mon secours. Je suis devenu – extérieurement – un séminariste modèle, un bon benêt. Obéissance et vertu de l'intelligence morte. J'ai non pas cédé, mais rompu habilement. J'ai pu quitter le Mont, puis Cormery pour aller à Saint Denis et Sorbon.

À Paris, il change d'orientation pour s'inscrire en philosophie. Il a compris Bernard de Chartres et son amour des anciens. « *Nous sommes des nains perchés sur les épaules des géants* ». Il a vu, en arrivant à Paris, Notre-Dame dont on dit qu'elle est un joyau de pierres. Elle lui a semblé être plutôt un formidable navire de guerre posé sur l'eau de Seine avec son mât gigantesque, ses deux tours de défense, gaillard d'avant, gaillard d'arrière, avec leurs gargouilles en vigies diaboliques et ses rames arc-boutées sur leurs dogmes. Jehan a une soif immense de justice et de vérité.

La voie choisie est semblable à celle de ces mystiques malades de leur foi qui se font emmurer sur une demi-toise carrée de terre et vont y pourrir dans le gel, le torride et leurs excréments jusqu'à leur dernier souffle. La geôle que Jehan à choisie lui est sans limite. Elle s'appelle liberté dans un monde esclavagé par le Religieux. Il peut aller partout mais son chemin est un étroit sentier d'équilibriste entre deux précipices vertigineux ne pardonnant aucun faux-pas. Prodigieusement excitant pour sa vue imprenable ! Mais la chute ne sera pas un long vol gracieux avant que de disparaître d'un coup sous la terre. Ce sera une longue douleur. Il se brisera les os un par un sur les rochers de l'Église laquelle est féroce avec les athées ou les déviants.

Il dévore Avicennes, Averroès, connaît au cœur Épicure, se régale de la philosophie d'Aristippe de Cyrène toute entière contenue dans ces trois écrits grecs qu'il a trouvés dans un bloc de documents jamais encore décrypté en la bibliothèque vaticane : *Lettre à ma fille Arété*. Il est stupéfait de voir écrit là, il y a presque deux millénaires, ses propres réflexions sur la vie, les plaisirs. Cette lettre pense-t-il devrait s'appeler : « *À ma fille Arété et mon fils Jehan* »

Il a longuement réfléchi à une stratégie qui pourrait officialiser sa grande liberté.

Il copie ce document pour lui-même. Il sera son livre-guide pour toujours. Puis le montre au Pape. Urbain VI, à cette lecture, et comme l'a prévu Jehan, décrète que c'est là œuvre diabolique et que tous les écrits de ce « Lybien » devront être consumés. Jehan est chargé de les trouver. Il fournit à ce Pape autoritaire une liste de dix textes, tirée de Diogène Laerce. Dont « P*our le mendiant. Pour les exilés. Pour Laïs à son miroir* ». Jehan laisse entendre que certains de ces affreux commentaires pourraient se trouver à Saint Gall ou Tolède ou ailleurs. Le voici nanti d'un ordre de mission papal lui ouvrant toutes les bibliothèques de la chrétienté ainsi que les moyens de se déplacer. Dans un triste monde catholique geôlier, il vient de forger la clé de sa liberté. Il ne trouvera jamais aucun autre texte d'Aristippe seulement des « hagiographies » de celui qu'il considère comme son laïc saint patron secret. Il enverra au Pape, tous les deux ou trois ans, un de ces textes grecs ou l'on parle des Cyrénaïques. Il reviendra deux fois à Rome.

Pour l'heure il est plongé dans : *Vie, doctrines et sentences des philosophes illustres* de Diogène Laërce. Mais il n'est pas le seul « éveillé ». Dans l'escalier du Donjon, il y quelques marches bancales de la fête des fols.

Toutes femmes sont une
quand la chandelle est éteinte.
Plutarque, Œuvres morales.

Machecoul.
26 décembre 1402

Chapitre XXII : Berthe.

La routine du château, c'était les gardes, les rondes, la vie banale où chacun vaquait à sa tâche. La guerre était en sommeil. Quelques rares colporteurs qui passaient, un voyageur qui demandait asile pour la nuit, voilà quels événements rompaient le quotidien. Sinon une nouvelle vie qui arrivait aussi de nuit : veau, poulain, enfançon. Cette nuit, c'était l'enfant que le Seigneur Geoffrey attendait depuis belle heurette qui avait braillé à pleine gueule et serait la nouvelle dont tout le château parlerait au matin.

À cet instant deux soldats ne dormaient pas. Deux pointus qui attendaient sur le palier inférieur de l'escalier du donjon. Après être allés se restaurer. Ils avaient aidé dame Swanhilda à se délivrer.

Lui, c'est Ovilon le chef des gardes, l'autre c'est un jeune de service, Jacquot. Ovilon attend La Berthe, venue prêter main forte à sa jeune payse Margotte qui est attachée au service de Dame Swanhilda. Jacquot, mis en émoi en soutenant la grande Dame, titillé par la manie d'Ovilon qui attendait La Berthe avec laquelle il forniquait de temps à autre, Jacquot disais-je, s'était mis dans l'idée de séduire La Margotte. Les deux femmes avaient bien écouté leur sage maîtresse.

— Vous avez bien œuvré, et mérité quelques jacquelines d'hypocras puisque cette nuit on fête « *sol invictus* ». Buvez modérément pour garder l'esprit clair. Filles, je crois que ces deux hommes ont le vit bien réjoui, profitez donc !

Elles s'étaient donc partagé deux flacons d'Anjou et une jacqueline d'hypocras en levant leur verre à l'avenir de Pierrick et aux relevailles de Swanhilda qui souriait de les voir joyeuses.

Les deux femmes, un peu grises et échauffées, étaient à peine sorties de la chambre que les hommes les avaient enlacées. Ils étaient l'un et l'autre drus comme Aguila Negra, l'étalon du seigneur Geoffrey.

— Relève ta cotte.

Ce n'était pas la première fois qu'Ovilon faisait commerce avec La Berthe.

Occasionnellement, quand l'un ou l'autre étaient en manque, un regard un peu appuyé suffisait pour les faire se retrouver aux écuries ou aux cuisines. Elle préférait de loin la compagnie des bêtes, l'atmosphère et la chaleur de ce lieu paisible. Les senteurs printanières du petit coin de foin sur lequel elle s'abattait alors, l'odeur puissante des chevaux étaient le meilleur des aphrodisiaques.

C'est dans cette atmosphère champêtre et printanière que s'était installée sa « libido » (mot utilisé par saint Augustin pour désigner, pudiquement, tout ce qui concerne le sexe et bestialise les humains). Son amoureux, qui allait devenir son époux, sans doute émoustillé par les fragrances du foin coupé, le fort remugle des bœufs qui tiraient la charrette sur laquelle ils gerbaient le foin avec leurs longues fourches à deux dents en bois de cornouiller, avait décidé une pause. La Berthe en ses quinze ans était jolie comme un cœur, avec son châle de lin rouge qui enveloppait ses cheveux, ses cottes qu'elle avait relevées aux genoux à cause de la chaleur, son élan magnifique qui faisait vibrer ses beaux pis et ses naches rebondies quand elle lançait sa gerbe. Elle était une de ces campagnardes gironde, solide, nantie de belles rondeurs qu'elle portait avec bonheur et sensualité. Il sentait qu'elle avait appétit pour tout à la façon qu'elle avait de mordre à belles dents dans son pain de seigle, de jeter le fil de vin au fond de sa gorge, de couler vers lui ce regard malicieux qui disait combien elle sentait qu'il l'admirait et la désirait. Il pensait à elle chaque soir. Elle était, comme lui, d'une bonne famille d'éleveurs et de laboureurs. Il savait que sa parentèle ne s'opposerait pas à une union avec La Berthe car les deux familles répondaient à tous les critères des us concernant les mariages de ce temps-là, en pays normand. Ses parents avaient de quoi la doter. De quoi augmenter quelque peu le patrimoine des Adriou. Ils n'avaient pas, jusqu'aux trisaïeuls, d'ancêtres communs. Lui était l'aîné des enfants. Un aîné d'envergure et un excellent paysan. Et l'héritier sur qui son père, déjà usé par la terre, comptait et pour qui il avait délaissé son droit parental sur le mariage du fils et le choix de la fiancée. L'Adriou prendrait qui il voudrait… de convenable comme la Berthe. Peu de garçons du village auraient ce choix, tellement les restrictions de l'Église et de la coutume étaient nombreuses dans cette homogamie obligée.

Certaines femmes portent innocemment sur leur visage une formidable envie de coït en attente. On ne peut que s'acharner à les conquérir afin de regarder leurs traits bouillonner et rougir peu à peu sous la tyrannie de leur sexe ; afin de voir leur bouche s'ouvrir comme pour réclamer le plaisir, encore plus de plaisir ; afin d'entendre leurs soupirs virer aux râles puis aux cris. Elles donnent, au sexe dressé des hommes, un statut d'archet qui fait vibrer leurs cordes intérieures et les fait partenaires choristes de leur hymne au bonheur. La Berthe était l'une de ces privilégiées du Dieu Amour. L'Adriou avait été conquis bien malgré lui. Pendant toute cette journée de fenaison, il avait ruminé son plan. Le ciel qui commençait à se couvrir était de son côté. L'orage menaçait. Il avait vite expédié les deux autres chars bien remplis, fait serrer les cordes. Et dit :

— L'orage menace, si nos chars prennent la pluie, il faudra décharger, étendre le foin à sécher et recommencer. Rentrez vite au village, mettez ça à l'abri avant l'orage. Je finis ce char de foin avec la Berthe et Gento…

Les nuages noirs s'éloignèrent. Il avait renvoyé, à la ferme lointaine, le petit frère chaperon Gento remplir de vin l'outre en peau de chèvre. L'attelage de bœufs mis à l'ombre, il l'avait longuement embrassée, puis reprenant souffle avait dit :

— Tu me plais La Berthe. Mon père ira voir le tien. J'te marierai à l'Assomption, monte ! On le verra revenir de plus loin.

Elle avait protesté pour la forme quand il avait mis ses grands battoirs bien à plat pour la pousser au cul, la faire grimper sur la charrette et, dans le même élan, grimper au ciel. Depuis le temps qu'elle attendait cela ! Toutes ces nuits pendant lesquelles elle fondait en se rêvant blottie contre son torse, dans le cocon de ses bras musculeux. C'était un beau et grand jeune homme paisible un peu taiseux, mais il avait laissé échapper, en rougissant, trois mots de poète paysan.

— J't'aime comme ma rivière, mon bois d'œuvre, mon champ d'épis dans l'vent.

L'homme de la terre, dans la fleur de chair peu à peu élargie, avait commencé son bel ouvrage de coupeur de paille. Son solide fauchon allait, venait et faisait tomber du ventre de La Berthe les andains du plaisir. Le calme et puissant mouvement de ses reins amoureux était le reflet de l'avancée de son flanc de faucheur infatigable. Il retirait sa lame, la suspendait un instant à l'équilibre du ballant (La Berthe se sentait alors affreusement abandonnée) et repartait de la hanche pour prendre une nouvelle brassée d'épis de bonheur. À la fin du lancer son outil solide s'appuyait au fond de son amoureuse, tout comme sa lame un instant immobile s'appuyait sur la torsion de son corps pour reprendre élan avant d'aller se mesurer à la fauchée suivante. La Berthe avait enserré la taille du mâle Driou à la façon dont elle liait, entre ses jambes, les gerbes parfumées, craquantes et chaudes. Il s'arrêtait parfois pour lui prendre la bouche et savourer sa langue tout comme il se posait au bout de chaque allée d'andains pour passer sa pierre sur le fil de sa faux. Et il repartait pour une nouvelle ligne. De temps à autre, le rut sauvage le saisissait, il se plantait ardemment, accumulait, faisait une javelle, pesant, s'aboutant profondément, étalon au montoir tout entier enfoui. Puis l'amour humanisait son animalité et il reprenait son grand œuvre de tendresse. Le champ couché, il avait abandonné son faucard sur le chaume du lit, s'était fait bûcheron et, au profond du bois de cœur, de quelques grandes volées blanches d'une cognée de gaillard, il avait abattu le moissonneur comblé et la paysanne en joie…

Ils s'étaient mariés, avaient vécu quatre mois de grand bonheur. Puis la Camarde était passée par-là et avait donné à son homme un méchant coup de hallebarde dans l'aine alors qu'il défendait ses bêtes contre deux reîtres battant la campagne. Sa fémorale tranchée, l'avait saigné à blanc en deux minutes. Éplorée, elle avait couru jusqu'au château demander justice au Seigneur. Les reîtres avaient été rattrapés, aussitôt pendus à un chêne, pour l'exemple. Elle travaillait aux cuisines du château depuis quatre ans, avait fini par faire son deuil du beau paysan. Elle était dans un monde étrange et nouveau.

Cela avait changé sa vie, son regard sur le monde. Elle avait une belle force vitale, une grande capacité d'adaptation et avait vite compris – car c'était un esprit vif et profond bien qu'inculte – comment fonctionnait le château, quel type de relation entretenaient les uns et les autres. Elle avait rêvé sa vie avec son Adriou comme toutes les femmes du peuple de son temps : s'installer ensemble entre feu et pot et sans doute une nombreuse marmaille pour l'éreinter chaque jour que Dieu fait. Elle était devenue une femme avisée ayant autorité, un pilier sur qui les maîtres du lieu pouvaient s'appuyer contre le tracas du quotidien.

Ovilon n'était pas un tendre. Il lui avait montré son désir de la semondre. Plusieurs fois, surgissant derrière elle, il avait réussi à la coincer entre ses grands bras. L'hommage de l'énorme trique roidie qu'il frottait contre ses fesses lui noyait le ventre et faisait resurgir des plaisirs enfouis. Mais elle le faisait languir en souriant. Fort de son autorité de chef de la garde, il l'avait guettée et profitant de ce qu'elle était seule, tardivement, en cuisine, il l'avait courbée sans un mot sur un énorme coffre où l'on dépeçait le gibier – n'était-elle pas un gibier comme un autre ? – pour la piler longuement à revers, la menaçant de lui donner les verges si elle refusait de laisser venir son allégresse.

— J'veux t'entendre couiner La Berthe ! Sinon gare ! Ça va chauffer pour tes arrières !

Elle avait fini par se laisser aller, honteuse de son heur. Elle avait débité une neuvaine de chapelets dans la chapelle pour se faire pardonner du plaisir pris. Mais elle savait, au fond d'elle-même, que ce plaisir était porteur de grandes joies et qu'il mettait du soleil dans sa vie rude. Alors elle péchait, jouissait autant qu'elle le pouvait pendant qu'elle était jeune et en vie. Elle avait trop vu de femmes restées à la porte de la joie et desséchées avant l'âge, acariâtres et mauvaises du manque et dont la matrice affamée, selon les dires des mires, se promenait dans tout le corps et les faisait se tordre en grinçant des dents comme si elles étaient possédées. Elle avait cette chance rare d'être une femme saine échappée des sales contraintes de l'Église et elle était prudente. Elle savait aussi qu'une femme sur deux mourait en couches avant sa vingt-cinquième année.

Lui, préférait de loin les cuisines aux écuries. Il la mettait les pattes en l'air sur l'énorme coffre à gibier après lui avoir remonté sa cotte sous les épaules, ses beaux seins à portée de pogne et de gueule et il la machinait sans vergogne. Il la mignotait un peu de temps à autre. Il l'embrassait même parfois avant de la basculer. Elle aurait bien voulu un peu plus de tendresse, à défaut du grand amour, à mélanger à leurs charnelles retrouvailles. Mais non, l'exemple du patriarche Robert qui, quand le rut le prenait, courbait par la nuque celle qui venait de lui verser à boire, l'arrangeait bien. Le vieux solitaire d'Ernée et autres fiefs se contentait d'ouvrir les genoux pour faire se glisser sous la table une bouche pas forcément experte mais accueillante, obéissante, et il continuait ses agapes. Une seule chose intéressait vraiment ce seigneur hors les filles et la ripaille : le pouvoir, toujours plus de petits pouvoirs, d'alliances, de terres, de bois ou d'étangs, de titres, qui ornaient sa bouche comme une orle fleur-de-lysée.

Ovilon le chef des gardes, toutes proportions gardées, était de la même engeance. Il savait que le destin d'un soldat tenait à peu de choses. Il entendait profiter de tous les plaisirs d'une vie qui pouvait être écourtée d'un jour à l'autre, d'un coup d'épée, ou d'un carreau d'arbalète. Son père, soldat de la garde d'Ernée et mort au combat, l'avait formé à la science des armes.

En ces temps farouches (ont-ils vraiment changé ?) les moutons donnaient des moutons, les lions des lions. Point de mystère à ces filiations. Les différents statuts sociaux et leurs comportements se reproduisaient de génération en génération. Il se trouvait parfois un mouton suffisamment enragé pour quitter le troupeau de ceux qui peinent, donnent et subissent. Il rejoignait la troupe de ceux qui profitent en priant ou protègent chèrement. Société hiérarchisée où chacun faisait allégeance à quelqu'un dont il tenait territoire ou rente. Chevalier à sa terre, abbé en monastère, noble dans son fief, comtes et ducs en leurs terres, princes enfin qui ne devaient allégeance qu'au roi. Mais fils de serf restait serf, fils de notable, notable, sauf rare exception. Un paysan courageux, après quelques combats illustres, pouvait être adoubé, recevoir tenure, en porter le nom. Quant aux nobles, les enfants se partageaient les rênes du pouvoir. L'aîné avait le titre et la seigneurie. Le second faisait carrière dans l'Église, l'autre force de maintien des statuts. Le troisième avait le choix des armes. Les autres tels Geoffrey jouissaient de l'usufruit de quelque seigneurie, protégeant ainsi l'essentiel : le patrimoine, le statut nobiliaire, les armes et le blason. Ovilon savait parfaitement où était sa place, ses droits, son intérêt.

Quand sa trique était un peu flanelle, il daignait s'installer un moment la tête entre ses cuisses avant de la sarcler rudement. Dans les grands jours, quand il n'avait pas forniqué d'une semaine, il doublait la mise debout, en lui écrasant le giron contre le bois. À chaque fois, la peau délicate d'un sein ou d'une fesse était marquée de bleu.

Terrible ! C'était terrible. Sa peau marquait. Elle n'avait pas mal, mais sa peau était un parchemin enluminé de bleus, de rouges et de jaunes, par tous les coins de meubles rencontrés et l'amour bourriqueux de ce soudard. Pendant quelques jours, ses gros doigts restaient gravés sur ses hanches pleines, ses jumelles tétonneuses ou ses cuisses suivant la façon dont il la poignait. Il aimait beaucoup « La Tachetée », comme on l'appelait en cuisine. Il l'appréciait pour ce stupide sentiment de puissance que lui donnaient les marques de ses doigts sur sa chair blanche. Tout en la couvrant, il pensait : « Je marque la bête, je vais tacheter la Tachetée. Que chacun sache que cette femelle est à moi. Qu'elle porte mon sceau. Son fond est peut-être bleu lui aussi, comme sa violette que j'empale ? »

Odilon n'était pas un imbécile. Il répugnait à s'engager. Une nuit, alors qu'ils avaient commercé avec bonheur, elle avait tenté une timide approche. La réplique avait été sans appel :

— Tu veux de nouveau être veuve ?

On ne devient pas chef avec du sentiment. Mais avec du réalisme.

Quand on est coq de basse-cour, pourquoi se contenter d'une poule quand on peut les cocher toutes ? L'exemple ne vient-il pas d'en haut ? Les nobles de haute lignée n'enfilent-ils pas les pucelages comme les orfèvres les perles ? La Curie qui prêche abstinence n'a-t-elle pas, elle aussi, le vit en main ?

La chose était moins facile pour elle. Depuis qu'avec son époux elle avait connu le bonheur parfait comme il arrive parfois aux couples bien appariés, elle était une terre d'amour en jachère. Ses puits assoiffés étaient régulièrement visités, mais la tendresse absente lui était grande douleur. Elle prenait donc ce qu'Ovilon pouvait lui apporter : la satisfaction d'un sexe dont son époux avait si bien éveillé la gourmandise. Mais elle était une femme, une servante, soumise aux ordres de l'intendant, soumise à son Seigneur et devant respecter avec rigueur les consignes de la Sainte Église, cette grande maquerelle. Toutes les Églises n'ont-elles pas été inventées pour esclavager ces femmes qu'elles ont décrétées causes de tous nos maux, responsables du péché originel ? Accessoirement, esclavager les hommes crédules, tout en leur donnant haute main sur les femelles.

Robert d'Ernée, quelque temps après son arrivée au château, l'avait conviée à druerie. Elle s'était soumise. Les vieux mâles, comme d'Ernée, aiment à bousculer celles qui résistent. Elle avait fait la souche, attendant sans frémir qu'il ait fini sa mauvaise œuvre, marmonnant ses patenôtres à genoux aussitôt après coup. Il ne l'avait plus jamais conviée à ses courtines.

Elle souffrait de pécher, mais sa nature était si exigeante. Elle confessait au chapelain Clémente le véniel, se repentait du mortel, en direct avec Dieu, dans la chapelle du château. C'était une femme inculte mais réfléchie. Des années de service lui avaient permis d'écouter ce que disaient les

« saigneurs » Geoffrey et Robert, les capitaines, les prélats, les visiteurs. Elle servait à table, versait à boire, impassible, transparente, banale, mais ne perdait rien des propos qu'échangeaient les maîtres. Elle avait décidé que les intermédiaires, surtout celui-ci, le Clémente, qu'on savait sournois pécheur, n'étaient pas indispensables. Elle avait un doute quant à aller directement au paradis. Elle croyait profondément en Jésus le miséricordieux, celui qui avait relevé la pécheresse. Elle pensait que son courage dans l'épreuve du veuvage, sa bonté à l'égard d'autrui, lui vaudraient au pire, le purgatoire.

Elle était veuve et cela était un fort avantage : pas d'époux tout puissant, adorable quand il est adorable, tyrannique quand c'est une brute. Elle avait obtenu que son soudard lui arrosât la glotte ou le persil car il était impensable qu'il l'engrossât. C'était la première raison qui l'attachait à ce rustre. Il était d'autre part nanti d'un beau dard et savait s'en servir, même s'il ne faisait pas dans la dentelle. Et quel dard ! Elle aimait ça La Berthe, être sous le dard… du soudard Ovilon.

Elle avait d'impérieux besoins. Son sentiment, elle avait du mal à le faire éclore sur la table de l'office, le fessier calé dans les écuelles de table, mais dans l'écurie elle grimpait facilement à l'échelle du souvenir. L'odeur du foin, des chevaux et ses grands yeux fermés lui recréaient instantanément son Adriou. Son garde-à-vous devait en convenir : elle jouissait mieux à l'écurie qu'à la cuisine ! Oui mais, à la cuisine, il y avait toujours quelques restes appétissants. Parfois même un fond de fiole de Caours, cette merveille de Palais et du palais que le glorieux romain Probus avait permis aux Cadurques de cultiver à nouveau dès le troisième siècle sur les coteaux du Lot et qui faisait le bonheur des connaisseurs de toutes les cours d'Europe.

— Je creuserais bien dans un reste de gigot après avoir creusé entre tes gigots.

Amis troubadours, trobairitz et trouvères, bonsoir.

— Tu es instrumenté comme un âne et tu resteras un âne, répliquait-elle en riant.

Elle ne savait pas trop si sa grossièreté de militaire en campagne était manière de tenir le sentiment à distance. Elle pensait cependant qu'il avait un petit penchant pour elle.

Décidément, elle préférait l'écurie. Pas de risque de se voir surprise en position délicate. Le chapelain, cette chattemite cauteleuse, apprenant cela, tenterait d'utiliser la nouvelle comme instrument de pression. Il lorgnait sur elle depuis quelque temps déjà. Elle était veuve. La belle veuve ne manquait pas en ces temps de guerre de cent ans et de rapine permanente, de bandes armées courant la campagne, de sans-soldes se payant sur la bête. L'Ost laissait bien des femmes éplorées. Ces temps farouches offraient donc quelques jeunes femmes en peine de mari et le libidineux chapelain avait fait de cette plantureuse servante sa cible du moment… Elle n'était pas plus inquiète que cela de ses menées.

Le goupillon à l'eau bénite de Clémente ne pourrait rivaliser, en ce coin éloigné de l'évêché, avec le grand estoc du capitaine…

Dans une guerre, c'est toujours
l'adversaire qui commence.
Francis Blanche

Machecoul
26 décembre 1402

Chapitre XXIII : Le clerc et la viking.

Mais revenons à notre escalier du donjon… Le chef des gardes avait poussé « La Tachetée » contre la muraille.

Elle releva ses jupes, les tenant à une main. De l'autre, elle s'appuyait au mur. L'homme tâtonna un instant à son entrée. Il se planta d'un coup, excité qu'il était par le spectacle peu ordinaire auquel ils avaient assisté et participé une heure plus tôt dans la chambre de Dame Swanhilda. Il lui sortit les mamelles du corsage, crocha ses doigts dans la chair généreuse qui n'avait certes pas la tenue du sein fabuleux qu'il avait pogné quelques instants auparavant et se mit à naviguer. Elle n'était pas en reste, ronronnant sous les assauts de l'homme. Elle était échauffée autant que lui par les instants passés quand sa maîtresse avait lâché les eaux par deux fois, l'une pour annoncer son chérubin, l'autre de jouissance. Elle avait aussi profité de la trique du jeunot, le Jacquot, de sa grimace retenue quand il avait noyé ses braies, en entendant Dame Swanhilda y aller de son bonheur.

Elle était déjà fort enchaleurée en sortant de la chambre de sa maîtresse et avait poussé un feulement de bien-être quand il l'avait prise. Jacquot parlementait pour obtenir quelques faveurs de la Margotte qui n'était pas décidée ce jour-là à jeter son bonnet par-dessus le moulin…

Les drueries de jour de fête ou d'événements exceptionnels valaient leur pesant de poivre…

… Ils commencèrent à corriger leur mise.

— Quelle nuit de Noël !

— Et quels cadeaux depuis la messe de minuit !

La Berthe avait entendu, haut, la porte s'ouvrir. Elle leva la tête. Dame Swanhilda les regardait tous les quatre, un léger sourire aux lèvres. Elle considérait les choses du sexe comme normales, réjouissantes pour les humains. Dès son arrivée au château elle s'était comportée en femme attentive à tous. D'abord au lieu où elle allait vivre, réflexe de guerrière, explorant avec Geoffrey la bâtisse du haut en bas, les murailles, les douves et les communs. L'homme se comportait comme un jeune adolescent, ne cessant de l'embrasser et de la lutiner dès qu'ils étaient seuls. Elle le repoussait en souriant. Dans les écuries, elle ne résista pas au plaisir de faire voler le gaillard dans la paille par un tour de hanche de lutteuse émérite. Elle avait engagé son immobilisation pendant qu'ils tombaient ensemble. Elle lui avait pris la bouche et la langue. Il essayait de se libérer pour la saisir. En vain. Elle s'était enfuie en courant, le laissant tout couillon avec sa raideur. Son rire était une cascade de cristal…

Très vite, elle eut des rapports privilégiés avec Margotte et Berthe. Par ces servantes dévouées, discrètes et observatrices elle eut confirmation de ce qu'elle percevait par bribes dans la forteresse : que le Seigneur d'Ernée était une brute qui jouait du couteau quand les choses ou les gens n'allaient pas selon son désir ; que presque toutes les jeunes femmes et filles entrées en service au château – même les moins accortes – étaient passées de force derrière ses courtines ; que la soldatesque, les manants, les bourgeois craignaient ses colères ; que les clercs vivant ici et choisis, pour la plupart, par le vieux maître étaient de fieffés bandeleurs. Elle sut aussi avec plaisir et étonnement que depuis trente mois Geoffrey n'avait plus touché à aucune femme de son fief. Concernant le sexe, les stupidités d'une Église névrosée et omniprésente l'horripilaient. Elle se contentait de satisfaire à ses rites ordinaires pour la galerie, le reste était son affaire, à elle et l'homme qu'elle aimait derrière la porte close de sa chambre, dans son grand lit à baldaquin, les cortines tirées. Le regard glacial qu'elle avait jeté à Clémente le chapelain alors qu'il tentait de lui proposer confession, quelque temps après son arrivée, avait clos le débat. Elle l'avait invité dans sa chambre, poliment fait asseoir, était passé derrière lui comme pour aller chercher un prie-Dieu. Il s'était senti bâillonné par une main de femme étonnamment puissante. Elle avait posé en travers de sa gorge la lame d'un couteau de chasse de Sauveterre qui commençait à lui entailler la peau. Elle avait dit, parlant lentement pour que ses menaces pèsent au mieux :

— Plus jamais, tu ne m'adresseras la parole. En rien, jamais, tu ne te mêleras de ma vie. Si j'apprends que tu as prononcé mon nom, une seule parole à mon sujet, posé la moindre question, je te couperai la langue et les génitoires mis à cautère – car je te veux vivant longtemps – et après, la gorge. Mais avant, nous passerons quelques jours dans les bas-fonds de La Gravelle où je te ferai goûter à tous les instruments d'interrogation du frère Inquisiteur pour t'esmoignoner des pieds et des mains. Nous avons, en nos ergastules, des fers griffants et des colliers à pointes de grande qualité pour t'aider à te tenir au mur, debout, la nuit. Nous avons, dans la chambre des tourments, copie des jeux à doloir du château d'Angers, là où les premiers hérétiques ont été soumis à la question ordinaire puis extraordinaire dès 1022. Deux siècles d'avance et d'expérience sur ton immonde patron le torturant Dominique de Guzman. Nous sommes parfaitement équipés pour t'allonger d'un empan, te remplir la panse de quelques seaux d'eau puirante, te faire goûter à l'estrapade (tu sais ? ligoté, on est monté au plafond par une poulie et boum, on tombe sur un lit de pavés ! Puis… on recommence…), te lier pour la journée de cent manières, t'empaler d'un pieu court au gland gros comme tes deux poings. Après cela, tu pourras glisser ta tête dans ton cul, vermine cléricale. Je ne t'arracherai qu'un œil pour que tu puisses voir arriver les outils à doloir, à casser les doigts, les orteils, à arracher les tendons, à pulvériser les petits os. Vois comme notre sainte mère l'Église est prévoyante avec ses enfants. Avec un peu de chance, tu seras mort avant que je t'épluche la peau, des orteils aux cheveux et te roule dans le sel.

Terrorisé, il s'était enfui en courant d'autant plus vite qu'il avait entendu la dague de Sauveterre se planter profondément en vibrant dans le chambranle de la porte à deux paumes de sa tonsure. Depuis, il n'avait jamais osé lever les yeux sur elle. Mais il ruminait une secrète vengeance, attendant le bon moment pour s'asseoir au bord du Falleron et regarder passer son cadavre…

Elle avait plaisir à voir ses serviteurs échauffés par leur soirée en sa compagnie. Elle n'avait pas assisté à leurs ébats, occupée qu'elle était à sa toilette intime et sa vêture, mais leurs mines réjouies et rougies parlaient pour eux. Elle avait posé son fruit depuis deux heures, elle était déjà debout. Elle détestait attendre, subir, se laisser aller. Elle était merveilleusement belle, dans une longue robe bleue brodée d'or, et si ses traits tirés par les efforts de la gésine et un prodigieux orgasme disaient une fatigue bien compréhensible, ses yeux malicieux et vifs, son sourire montraient combien elle était une forte nature à l'esprit ouvert. Elle avait donné le sein à son fils. Ce serait son dernier geste maternel. Elle le confierait à la ventrière, puis il passerait dans les bras d'une nourrice, ici près de Machecoul, puis d'une autre à La Gravelle. Swanhilda, la guerrière avait été bouleversée par cette dévoration de l'enfançon. Elle avait senti son utérus se contracter étrangement pendant qu'il s'abreuvait de son « petit lait ». Tout comme son vagin se contractait parfois quand elle jouissait avec Geoffrey. Décidément Pierrick de Lodhérac était un phénomène qui ne se contentait pas seulement de faire jouir sa mère en gésine. Mais aussi, comme le faisait son père en la prenant amoureusement en bouche, il remuait ses intérieurs de femme de sa langue affamée. D'amour ?

Ce n'était pas la première fois qu'elle entendait, voyait ces rapprochements charnels au château ou dans les communs. Tous les mâles de Champtocé, Machecoul, la Gravelle, ou Laval, du vieux d'Ernée au dernier des palefreniers – et bien entendu la soldatesque habituée à prendre tribu entre les cuisses des vaincues de tous âges –, tous étaient constamment en rut. La chape de plomb que mettait l'Église sur le sexe la révoltait secrètement. Les Dieux, auxquels ses parents adressaient quelques invocations, ne se mêlaient pas de leurs vies par le truchement de malins ou de benêts se disant les intermédiaires du divin. Swanhilda, qui avait dévoré la « guerre des Gaules », avait beaucoup aimé cette analyse du romain, vieille de quinze siècles, concernant ses ancêtres. Leur attitude face au divin n'avait pas changé.

César disait qu'ils répugnaient à :

« ... *présenter leurs Dieux sous formes humaines, car ceci leur semble peu convenable à la grandeur des habitants du ciel. Ils leur consacrent les bois, les bocages et donnent le nom de Dieux (Landvaettir) à cette réalité mystérieuse que leur seule piété leur fait voir. Ils n'ont ni druides, qui président au culte des dieux, ni aucun goût pour les sacrifices. Ils ne rangent au nombre des dieux que ceux qu'ils voient et dont ils ressentent manifestement les bienfaits : le Soleil, le Feu, la Lune. Ils n'ont même pas entendu parler des autres.* »

Ayant vécu sur une île où une Curie était absente et où chacun avait le sexe joyeux, elle comprenait bien que ces interdits catholiques faisaient des bataillons « d'affemmés »

– qu'ils soient clercs ou laïcs – lesquels ne pensaient plus qu'à leur vit. Quant aux femmes qui avaient goûté aux délices du grand jouir, elles étaient encore plus en manque d'homme, tout en étant honteuses de ce plaisir donné et reçu que les clercs ne cessaient de proclamer chienneries sataniques.

Femmes et filles qui vivaient dans ce château étaient journellement appelées au déduit. Passé douze ans (l'âge légal du mariage) les filles égaraient leur pucelage. Ces fraîches jeunesses douces et pleines, provocantes ingénues aux pis fermes, au cul rond, à la chatte serrée, qui étaient si bonnes à caresser, à faire rougir, à faire piauler, à ouvrir, dénouaient l'aiguillette du vieux d'Ernée. Bon an, mal an, il en mettait dix en perce. Elle avait entendu ce vieux solitaire à la soie rude dire :

— Les filles sont gênées par leur pucelage, il les gratouille. Une pucelle qui tarde à avoir les talons trop courts, « pour tomber en arrière », ce sont – d'après les mires – des gales, des prurits assurés, des matrices errantes qui se promènent dans tout le corps ! Ne tardons pas ! Dépucelons, dépucelons !

Les quatre fornicateurs avaient entendu s'ouvrir la porte de la chambre de Dame Swanhilda.

— Le garde Jacquot pourra-t-il, quand il aura renoué ses aiguillettes, aller prévenir son Seigneur que la mère et la *fille* l'attendent ? dit-elle avec un sourire. Ovilon, par ici !

Le soldat grimpa les marches quatre à quatre. Il souriait. Elle l'avait déjà bien pourvu en aventures…

Swanhilda le fit entrer.

— Ovilon tu vas attendre le seigneur Geoffrey. Il est sans doute impatient de voir son héritier… son fruit enfin tombé de l'arbre. Quand il en aura fini avec ses émotions de père, tu accompagneras la ventrière et l'enfant… Antoinette, n'est-ce pas ? dit-elle en baissant la voix. Tu prendras, avec toi, Jacquot armé pour accompagner la femme sage. On ne sait jamais avec tous ces sacs à vin qui traînent cette nuit dans les rues. Vous porterez l'enfançon à La Guillaumée qui, elle-même, accoucha d'une fille avant-hier. C'est une bonne nourrice qui loge à la métairie de la Rabine tout près d'ici, avec sa mère. C'est en partie arrangé déjà. La ventrière et toi vous lui expliquerez ce que je veux. Instruis-là bien. L'enfant que je te confie s'appelle Toinon… c'est une fille. On ne doit le connaître qu'ainsi… Elle fera la toilette de l'enfant sans jamais personne auprès d'elle. C'est l'affaire d'une quinzaine pendant laquelle Jacquot ne quittera pas la nourrice. Voici quatre bourses pour vos quatre silences. C'est mieux que quatre langues aux chiens ? Non ? Soyez prudents. Ne me manquez pas !

On ne tue pas un rêve, on n'assassine pas un subterfuge.
Ce serait plutôt lui qui nous tue,
car Dieu met à mort tout ce qui lui résiste.
En premier la raison, l'intelligence, l'esprit critique.
Michel Onfray, *Traité d'athéologie.*

De Paris à la Gravelle.

Chapitre XXIV : Deux templiers du libre esprit.

En 1396 Jehan rencontre Geoffrey du Palindrome pendant une fête estudiantine de Goliards au quartier latin où celui-ci est venu s'encanailler. Il lui a fait lire des passages chauds de Lucrèce, celui qui prône la « Vénus vagabonde et volage » dans « nature des choses » (*de natura rerum*). Ils sont presque pays, l'un a son fief aux marches de Bretagne et s'y ennuie, l'autre est Malouin. De compagnons de fête, ils deviendront amis se retrouvant chaque fois que Geoffrey est à Paris. Jehan ne dédaigne pas de séjourner à La Gravelle. Il aime ce petit château-fort perdu dans la campagne ; une thébaïde laïque. Geoffrey est cultivé, il lit, il s'interroge. Il a de nombreux échanges avec ses cousins les « Laval » qui lisent le grec, parle latin. Il emprunte à leurs riches librairies.

De la Mettrie l'a emmené porte Saint Honoré, vêtu comme lui en estudiant – mais portant long couteau comme un bourgeois – à la taverne de la Coquille. C'est une étape de pèlerins venus du Nord et pérégrinant vers Saint Jacques. C'est aussi un repaire de brigands, les comparses receleurs de Robin Duchesne, de Darcy, du défroqué Jean de Villers. On peut y boire, manger, écouter les bruits et se parler.

Paris compte deux cent mille habitants, trois mille bordels au profit de l'Église et du Roi, trois cents hommes du

Guet et dix fois plus de « demeurant partout ». Ils sont sans logis fixe, souvent sans emploi, donc sans ressources sinon celles que procure une expertise comme celle de Jean des Haies dit « le décier », pipeur de dés et fort larron, tricheur patenté, ou celle de Le Brun, crocheteur de coffre. Il y a là toute une faune : vendangeurs de bourses, envoyeurs ad patres, beffleurs racoleurs de naïfs, tire-laines de manteaux de riches et vide-goussets.

Jehan côtoie ceux qui luttent simplement pour survivre tandis que d'autres amassent comme si la possession toujours augmentée était gage de bonheur. Depuis son adolescence bousculée, il se livre peu, ne se fie à personne ; toujours en garde. Il ne tient pas à finir lui, le bien diplômé, dans les chartres torturantes du Châtelet, puis au gibet de Montfaucon. Il observe le monde, trouve toujours une retraite discrète mais confortable quand la guerre se précise. Quand la famine sera là, comme en 1382 qui fit la « révolte des Maillotains », il se réfugiera auprès de ses parents, qui prudents, ont toujours en caves, salaisons et jarres de froment en réserve. Quand des tiraillements apparaissent entre deux « Grands » qu'il fréquente, lui... disparaît. Il est jeune certes, mais c'est un ancien moussaillon attentif aux dires des vieux marins. La pratique de la mer l'a rendu observateur du ciel, des oiseaux et des vents, donc prudent et sage. Son père lui a si souvent parlé de la vague de derrière à surveiller, celle dont la main géante vous prend à cul et vous fait cabaner. Il a appris que l'histoire est le calendrier du malheur des peuples et que les pages blanches qui pourraient représenter la paix et la belle vie y sont toujours oubliées. Elles devraient y être glorifiées. Mensonge par omission qui fait croire que la guerre, le malheur, sont choses normales, commandées par Dieu !

Quelque part sur un coin de terre ou un continent il y a toujours eu un fou, un dictateur, un jaloux, un fanatique, un mangeur d'or, un vengeur, un tordu, un ambitieux, un religieux borné, pour allumer le brasier dans lequel fondent tant de malheureux.

Geoffrey est subjugué par cet homme de haute culture que rien ne retient en aucun lieu ni emploi même si, pour l'heure, il émarge au budget de l'Université à raison de cinq sols *parisi* par semaine comme *socii* « professeur » à Sorbon. Son peu de fortune est à l'abri chez son père. Saint Malo est son port d'attache, son havre. Il y retourne dès que la tempête menace. Être payé modestement en travaillant le met à l'abri des soupçons et donc d'éventuelles convoitises et lui offre l'accès à toutes les librairies de Paris.

Ils ont mis longtemps avant de se dire mutuellement qu'ils doutaient, des évangiles, de l'enfer. C'est Geoffrey le premier qui a osé par ce mot d'humour :

— Y a-t-il une autre mort, après la mort ?

— Rome nous vend, à crédit, une vie éternelle de locataire… Mais l'éternité, c'est un long bail. On doit s'y ennuyer… à mourir.

— Oui da, surtout vers la fin !

L'œil pétillant, ils avaient souri, heureux d'avoir enfin trouvé un esprit frère avec qui échanger sur le grave. Tous deux restèrent pantois de penser qu'ils avaient enfin trouvé un homme « vrai » et libre d'esprit. Était née, là, une amitié d'une grande force telle que leurs premières retrouvailles à La Gravelle les avaient vus mouiller leurs yeux d'émotion dans les bras l'un de l'autre après s'être embrassés sur la bouche comme deux templiers du libre esprit, deux amis d'enfance, deux princes égaux. Pour la première fois depuis trente ans, Jehan n'était plus seul. Il avait trouvé un témoin de son combat secret. Quoi qu'il lui arrive maintenant le néant n'effacerait pas son aventure de libertaire puisqu'il avait trouvé un alter ego. Aussi longtemps qu'ils seraient deux frères de pensée, leurs forces ne seraient pas doublées mais décuplées. Et ils partageraient la charge de leurs craintes.

— Je veux être plutôt un oiseau libre qu'un roi prisonnier, lui a-t-il dit quand Geoffrey l'a interrogé sur ses biens, sa fortune, son importance aux yeux des autres.

Il avait ajouté :

— Celui qui est peu argenté doit faire des choix, argumenter, sonder sa conscience. Il garde des envies à satisfaire... peut-être... un jour. Ce n'est pas rien que de faire voguer son désir... Ouvrir un cadeau n'est qu'un accostage. L'attente est un voyage dans nos envies.

— Tu es une espèce de vagabond par choix ?

— Non, pas vraiment. Plutôt un nomade lettré qui va d'étape en étape sur les chemins, les librairies et les auberges de la chrétienté. Être un vagabond volontaire réclame une âme forte et légère, mais demande aussi une carcasse solide ! Pas de jonchée de feuilles et fleurs sur les pavés comme sur tes tomettes, tes parquets auprès du feu ! Les autres, « demeurant partout » sont de pauvres hères que la société féodale catholique, dont tu viens, exploite puis jette à la rue, comme elle jette ses mercenaires, quand elle n'en a plus besoin. Elle s'étonne du nombre de voleurs, de brigands qui sévissent dans les murs de la ville et des routiers dans les campagnes. C'est elle qui les crée.

— Tu n'as pas de fortune, de valeurs ? Pas de possessions, point de terres, de maison, de cuisinier ? Tes habits sont élimés... Aucun bijou.

— Non. J'ai quelques écus d'avance de mon travail à Sorbon. Mon père a quatre bateaux dans le port de Saint Malo... Qu'en ferai-je, à sa mort ? J'ai quatre sœurs tendres et aimables... À chacune sa coque. Une maison ? Pour faire quoi ? J'ai plus de mille monastères et abbayes où je peux m'arrêter, dormir et me nourrir, quand je voyage pour le Pape. Je paye mon passage de deux heures d'aide, à traduire ou éclairer. Les temps de prières obligatoires sont mes heures de réflexions les plus fécondes. Je patenôtre comme une mécanique pour mes chers voisins et frères moines, et je pense pour moi. Ces hommes se rassemblent pour vivre en communauté loin du monde. C'est leur droit. Ils renoncent à tous les plaisirs de la vie. Une punition pour quelle faute ? Le riche a cédé toutes ses possessions qui appartiennent à tous. Le noble, le seigneur qui est là est devenu l'égal du plus modeste. Que ne prônait-il cela quand il était hors la clôture. Vêture, nourriture, cellule : c'est l'égalité parfaite. Tous n'ont que leur seul prénom en propre dans cette fraternité. J'espère simplement qu'ils sont tous là par consentement. Comme je connais l'Église, j'en doute. Car elle est habile à tuer en nous la liberté en nous vendant un au-delà bien hypothétique. Les nefs sont des lieux parfaits pour la réflexion. Certains ne peuvent écrire que dans le bruit. Il faut quelques lampées de pugnacité et de méfiance pour aller au plus profond de ses pensées. Car, lorsqu'une idée vous vient à l'esprit, vous ne devez point croire que vous en êtes l'auteur dans sa totalité. Elle a toujours une part d'autonomie… qui vous échappe. D'où vient-elle ? Dans quels esprits a-t-elle voyagé avant ? Avez-vous conscience de la composition réelle du terreau de votre cervelle qui l'a fait naître ? L'Église, cette maladie mortelle des intelligences, chante par la voix des hommes tonsurés, tout autour de moi, ses tristes nénies de la vérité assassinée. Elle décuple ma volonté de recherche du vrai. Mes braves frères bénédictins ou cisterciens ont le beau jardin du cloître pour prier et tourner indéfiniment… en carré, dans un paysage de pierres ; j'ai le monde pour horizon, de Cîteaux à Saint-Gall, de Westminster à Tolède. Mes habits de pauvre et ma tonsure m'épargnent bien des convoitises quand je marche sur les routes. Il me suffit qu'ils soient propres. Et j'emprunte le plus possible le chemin des Jacquets pour plus de sécurité. Les bijoux ? Ils sont pour le regard des autres… ils disent : je suis… j'ai… j'appartiens… Un bijou n'est que feuille morte comparé à une journée de marche en forêt de Fontainebleau. C'est un bonheur incomparable que de voir passer un chevreuil sous l'or des feuillus à l'automne ou quand brame le cerf dans la brume. N'importe quelle couronne me tomberait des mains. Un habit de velours dis-tu ? Une guenille comparée à l'eau qui me vêt intimement quand je m'enfouis, entièrement nu, dans la mer qui clapote contre les rochers du grand Bé et berce inlassablement l'immense plage de sable fin du Sillon ; là où respira mon enfance. Valeurs dis-tu ? Deux chapitres d'Homère valent bien deux de ces tournois où tes pairs s'affrontent pour valoir, gagner les armes et le cheval du vaincu. Un cuisinier ? Mal assis sur les rochers de Cancale, une lame à la main, un panier d'huîtres plates et de moules de bouchot entre les pieds, avec le mont Saint Michel à l'horizon, voilà un repas qui flatte l'œil et la langue et qui dépasse de cent coudées des agapes mondaines chez Pierre II d'Orgemont, l'archevêque de Paris. Une belle amitié, comme la tienne, vaut tous les équipages blasonnés des princes. La question d'une vie ? Être soi ou paraître aux autres. Accumuler à grand prix ou faire des rencontres libres de droits : amis véritables, femmes amoureuses, livres, poètes, artistes, érudits, penseurs. Et la nature, la prodigieuse nature, ses forêts, ses montagnes, ses torrents, ses bêtes libres. Tout ce qui court, vole, nage, dévore. Quand tu as mangé, cuites sur un feu de bois, les truites prises à la main dans la rivière Aragon qui chante après le col du Somport, sur le chemin de Saint Jacques, ton monde ne peut plus être le même. Tu peux parfois penser que Dieu a prévu le paradis. *Hic et nunc.*

Geoffrey restait silencieux. Il pensait que son ami n'était attaché, assujetti à rien, comme s'il avait reconstruit un Éden où l'homme s'abriterait sous une roche qu'il ne peut emporter, et lèverait le bras vers les branches pour se nourrir. Jehan le regardait en souriant. Il lisait si facilement dans les pensées de son ami. Il voyait bien que le noble sire mettait en balance, ses propriétés, son château et ses paysans, ses bois, ses étangs et ses terres, ses prébendes et ses rentes avec ses non-propriétés volatiles de philosophe où l'on ne fait que passer, les campagnes et les chemins, les librairies des monastères, la mer et sa côte, les merveilles du vent et de la lumière qui appartiennent à tous mais dont seuls les désintéressés comme lui peuvent jouir pleinement. Geoffrey se sentit vide et pauvre de sa puissance en droits et argent. Son confort lui sembla soudain obscène. Comme un déshonneur d'être établi aux yeux du monde. Il fit bondir le change et relança le fin Jehan sur une autre sente. Le fumet du religieux.

— Mais Dieu, cette Église et ses serviteurs qui nous clavent, nous lient en tout ? Celle qui dicte le sens de nos pensées, et menace tous ceux qui ne suivent pas à la lettre ses injonctions ? Comment a-t-il pu laisser faire cela, Dieu ? Il y a pourtant de l'amour dans les livres saints.

— Oui de l'amour certes, mais aussi des massacres et des haines. Et une perversité sacrée qui fait appeler frères ceux que l'on torture et toste sans remord. Mon doute sur Dieu est d'abord là. Si Dieu était bon et s'inquiétait de l'humanité, il aurait foudroyé et réduit en cendres les Curies des religions monothéistes.

Leur grande force sournoise est de s'approprier et confisquer « *l'idée de Dieu* ». Jadis un Dieu dit d'amour. Et en faire son outil de domination. Mais un dieu unique, jaloux ; le bon, le vrai, le seul, le grand. Celui et ceux qui ont eu cette idée de génie ont fait comme l'araigne qui tisse sa toile. As-tu jamais observé l'araignée marquée d'une croix, dans la création de sa… relig… non de sa toile ? Elle lâche un premier fil qui flotte dans le vent et va se coller à un support voisin. C'est le « *fil de Dieu* », l'idée de Dieu. Elle se déplace ensuite sur ce fil et, en son milieu se laisse descendre, par son propre poids, jusqu'à un autre support, en excrétant la corde dont elle a besoin pour ne point chuter. C'est le *fil de l'élu,* le « Dieu m'a choisi », « Dieu m'a parlé ». Du milieu de ce fil vertical, elle va construire le moyeu de sa roue de soies et ses rayons *« les fils des apôtres »* qui écoutent, stupidement, celui à qui Dieu ***aurait*** parlé. Les benêts qui ne renvoient pas l'élu a ses études d'escamoteur, d'empalmeur, de menteur ou de fêlé, Jésus, Mahomet, Abraham vont servir de soutien au fil spiralé qui va compléter toute la charpente de son piège. Ce fil spiralé, c'est le *fil de la Curie.* La Curie, l'ensemble des créateurs et gardiens des règles, et aussi les inventeurs de leur histoire initiale enrobée d'amour, prouvée par des textes puissamment inventés où se mêlent, le vrai et le faux, le trivial et le poétique, une histoire construite sur des légendes anciennes, augmentées de paradis, émerveillées de miracles. Car l'Araignée à croix et sa toile, est un immense piège savoureux et sucré, avant d'être sacré, donc inexpugnable. Elle dévore ensuite la première spirale, (en fait, elle mange la cervelle de ceux qui l'ont rejointe…) pour en faire une seconde aux spires plus serrées *« cent milles moustiers et églises »* mais dont le fil est maintenant plein d'une glu où viennent se prendre les hommes dont elle mange ensuite les têtes de l'intérieur en les liquéfiant de sa salive. Les corps et les crânes vides tombent au sol, apparemment intacts, s'accumulent pour faire des monceaux de… croyants à la tête creuse qui sont nouveaux appeaux. Alors elle fait des myriades d'enfants qui construisent des toiles nouvelles : les toiles des règles de vie, de nourriture, de sexe, de parole, d'écritures, de pensée, de parenté, de prière, de liturgie, de droit, et aussi les toiles des règles pour les enfants, les femmes, les constructions, les habits, les pénitences, la mort. Ces fils collants et implacables, inventés par Pacôme, Augustin, Benoît, François, Jérôme, Paul, et dont elle enrobe ses victimes. Elle fabrique ses araignées nouvelles et leurs champions « les saints », prodigieux appelants que l'on dote aussitôt de pouvoirs miraculeux.

Ces nouvelles araignes portent la bonne parole d'amour, bénissent, baptisent, réglementent, surveillent, enrégimentent, obligent, menacent, prêchent la haine, torturent, assassinent. Quand elle rencontre une autre race de faiseuse de toile, elles se battent pour une domination, une suprématie. Parfois elles s'entendent sur le dos des moutons, ce troupeau obtus, que la peur de l'après mort à privé de raison, qui ne voit plus rien de la réalité du monde, l'œil écarquillé sur une étoile, une croix ou un croissant : c'est l'œcuménisme. Sinon, elles s'entre-dévorent. Chacune a dans sa nature, bien caché mais impérieux, l'objectif initial du départ : l'hégémonie, la dictature sur les esprits et les corps, la conquête du monde. Dieu est mort.

Il est son aîné de dix ans. Adepte d'Épicure et d'Aristippe de Cyrène, il a choisi de vivre discrètement heureux, d'amour, d'amitié, de plaisirs. Tous les plaisirs : de la table, de la chair, de l'esprit. Il possède l'art d'être sibyllin, adaptant son discours à chacune de ses rencontres. C'est un incroyant qui fait habilement semblant de croire sous peine de grailler. Depuis belle heurette il a compris avec Ésope que la langue est trop souvent la pire des choses. Que si elle est libre dans sa manière de goûter les aliments, de les offrir aux machines à broyer et déchiqueter des dents et participe aux plaisirs gustatifs de nos mets, elle est aussi esclave de la pensée qu'elle porte et dit. Si elle semble en affirmer fidèlement le sens premier, c'est aussi une traîtresse qui livre, par la voix qu'elle aide à moduler, d'autres attendus cachés, des fonds de nos pensées qui devraient rester prudemment au secret. Le choix des mots, des formules, le débit, les intonations délivrent aux oreilles exercées et attentives ce que nous croyions avoir gardé « derrière la tête », dans nos âmes. La langue, organe de la survie mais drapeau bavard de nos pensées profondes ! Jehan tient donc la sienne avec collier et muselière comme une chienne enragée. Il remplace la parole de « trop » par le sourire et l'acquiescement. Il préfère passer pour un benêt que se dévoiler. Parlant peu, écoutant et observant, il sait lire dans les âmes et les esprits, comprend ce qui bride les uns, fait courir secrètement les autres. Il connaît l'arme du silence, l'art de ne plus regarder son interlocuteur. Ses yeux naviguent dans le vide comme à la recherche d'arguments, de contre-propositions qui ne viennent jamais. Il se contente de hocher la tête comme si tout ce qu'il pourrait opposer à un discours se délitait. Quand une faille se fait jour dans sa cuirasse, face à un trop malin, il a l'art de tourner la truie au foin. Il sait que si l'Église prêche à tous la soumission à la hiérarchie, que si elle déteste le sexe de la femme qu'elle pratique en catimini, elle abhorre, par-dessus tout, l'intelligence.

La vie folâtre des estudiants lui plaisait bien, et aussi celles des professeurs de Sorbon qui étaient tous sur un pied d'égalité sans supérieur hiérarchique, (une rareté dans le monde respecté des universités, d'Heidelberg à Oxford). Lui plaisait aussi de pouvoir, par exemption royale, être jugé seulement par le collège après des beuveries dionysiaques et des charivaris d'estudiants. Le Bailly de Paris n'entrait pas à l'université pas plus qu'il n'entrait jadis au Temple sur l'autre rive de la Seine. Assez vite cependant, il sut qu'il y avait danger pour lui, le mécréant secret, à rester trop longtemps à Sorbon qui était un repaire de papelards, de cafards « mitreux » et de culs bénis patentés. On y regarde les textes grecs qu'il adore avec suspicion. Bientôt ils sentiront le fagot, Platon excepté. Être diplômé en théologie réclame seize années d'études (après avoir obtenu le baccalauréat et la maîtrise *es* arts en huit ans !) dont six à gloser sur Pierre Lombard qui, lui-même, glose sur la bible, même si ses « Sentences » au sujet du mariage ne sont pas dénuées d'intérêt. Lombard devrait quand même s'interroger sur le pourquoi de la haine des femmes de Timothée, le pourquoi de ceux qui prônent la lapidation pour la femme adultère et de la jeune mariée mal pucellée. Le pourquoi de ceux qui, comme Ézéchiel, incitent aux massacres et aux bains de sang, ou comme Samuel, aux génocides. Est-ce là, vraiment, la parole de Dieu ? Il a un doute. Un homme qui doute en ce monde de catholiques bornés ? Quelle prise de risque !

C'est ce qui l'a amené, après des années de travail acharné, à maîtriser parfaitement les idiomes anciens et l'araméen qu'aurait parlé Jésus. Ils ne sont que quelques-uns, parmi les lettrés, à tenir peu ou prou cette langue. C'est un sauf-conduit pour ce polyglotte modeste mais efficace. Il peut voyager, voir le monde. Il vit près du clergé, navigant du régulier au séculier, du Monastère à l'Évêché. Il est lecteur ou traducteur, fait donc partie des ordres mineurs car il n'a pas prononcé de vœux. Il porte la coule et son froc de novice acquis à Cormery quand il séjourne en lieux de retraite. Il se dit de la compagnie des moines errants, un gyrovague allant chercher pour Boniface IX, de bibliothèque en bibliothèque, des ouvrages précieux, des copies d'évangiles d'époque, des manuscrits bibliques anciens ou les écrits sataniques d'Aristippe. Auprès de Geoffrey, il porte son habit d'éternel étudiant. Il a trouvé exactement sa place dans un monde de brutes sanguinaires et de braves artisans, de faux dévots et de moines fervents, de bons bourgeois et de mystiques dangereusement illuminés. Il existe petitement pour tous, n'appartient à personne, n'est d'aucune coterie.

Jehan se rendait bien compte que cette université de Paris était à l'image de l'ancienne Lutèce (lutum : la boue). La boue catholique qui embrenait la réflexion, exigeait la nécessité punitive du sale et du puir, qui faisait oublier combien Rome et Athènes avaient été villes du propre et du respect du corps. Cette stupidité faisait des rues parisiennes des cloaques infâmes dans lesquelles s'accumulaient, dans le caniveau central, les déchets, les ordures, les pissats jusqu'à ce qu'un orage bienvenu, les roulât vers le fleuve. Le reste du temps, c'était le royaume puirant des cochons, des loquetières, des pattiers, drilliers et chiffonniers dans un gigantesque égout à ciel ouvert. Les puissants tenaient le haut du pavé, les pauvres marchaient dans le bren. Geoffrey l'a fait appeler pour veiller à la formation de Swanhilda, puis de son futur fils. Il n'a jamais été aussi bien payé – même en étant enseignant « *socii* » au collège de Robert de Sorbon – sauf quand il a traduit, pour le pape, des textes salaces à la bibliothèque vaticane. Mais surtout, il sait qu'il aura accès ici à des manuscrits introuvables même à Sorbon, pourtant riche de mille ouvrages pieux, de gloses sur les saintes écritures, les évangiles et plusieurs versions de « la cité de Dieu ». Mais il n'a que faire de St Augustin et des chiures que d'autres illuminés vont ajouter à son œuvre. Il se méfie de ceux-là qui gardent la lune des loups, font perdre les pieds aux mouches et s'interrogent longuement pour savoir si Ève n'aurait pas dû croquer une poire plutôt qu'une pomme (alors que la Genèse ne parle que du « fruit » de l'arbre). Laval, Champtocé, Machecoul, Mortesouche maintenant et autres bâtisses fortifiées ou consacrées des Laval, possèdent des exemplaires uniques d'auteurs antiques non retouchés par les copistes de Saint-Gall ou de Cîteaux. Il a reçu crédit du Palindrome pour des achats de manuscrits nouveaux. Robert d'Ernée a toujours considéré les livres comme des placements, car ils coûtent comme joyaux. Il possède des œuvres uniques, achetées au rabais des faillites, dont certaines emballées, non jamais été lues encore. Elles ont échappé aux autodafés.

Jehan, ici, à tout ce qu'il désire. L'amitié, la lecture, la réflexion dans la campagne, les petits plaisirs de la bouche et du corps, l'enseignement, tout en gardant quelques mois dans l'année pour voyager et visiter les bibliothèques d'autres monastères. De formidables richesses dans son panier à bonheurs. Mais surtout Jehan est prêt à donner à son ami ce qu'il a de plus rare, de plus précieux : son temps de chercheur philosophe pour Swan et son futur enfant.

La vengeance est plus douce que le miel.
Homère

Champtocé
3 Juin 1404

Chapitre XXV : Frère Clémente : Errare humanum est !

Geoffrey du Palindrome et sa garde rapprochée, sa mesnie, ses chapelains, dame Swanhilda et ses servantes avaient quitté les rives de l'Oudon pour séjourner quelques temps en Anjou chez leur parent Guy II de Laval. L'enfançon Pierrick était resté avec sa nourrice près de sa « mère » Julia. Robert d'Ernée tenait La Gravelle en l'absence de Geoffrey. Son âge lui interdisait d'aller se frotter aux jeunes les armes à la main, mais, pour commander une place forte et sa défense, son expérience était grande.

Geoffrey et Guy étaient certes proches cousins dont l'un hommageait à l'autre. Ils se prêtaient assistance militaire, mais c'est surtout une franche amitié, des affinités culturelles et philosophiques qui les liaient, plus encore que des obligations de parentelle. Ils partageaient la même méfiance à l'égard du clergé qui tentait, depuis plusieurs décades, de reprendre la main à tous ces nobles, hommes de guerre, dans la conduite du monde. Mais la dernière croisade commanditée par un Pape était un lointain souvenir. Les Templiers, gardes armés des pèlerins, avaient été mis au pas et spoliés. Les rois de France décidaient sur leur territoire tout en faisant, à Rome, une allégeance de forme.

Tous les matins dans la sacristie de la Chapelle, La Berthe préparait mangeaille pour les frères Dominicains Jean et Clémente qui allaient rompre le jeûne nocturne, déjeuner, après avoir célébré la messe à laudes. Les deux abbés avaient réintégré Champtocé avec la troupe de Guy II de Laval quand celui-ci, en Saintonge, avait fini sa reconduite, manu militari, des godons vers l'Aquitaine.

La servante avait installé les plats dont ces gourmands personnages se régalaient. Plateau de fromages, lait, confitures, cuisses de gélines, de poulardes ; de la crème fraîche pour leurs pains. Un pain de seigle, « le pain des pauvres », et un pain de froment. Ils se vantaient de manger « pauvre » mais leur pain gris allait régulièrement nourrir les chevaux et ils se régalaient du bon pain de farine de blé qu'ils disaient distribuer aux nécessiteux.

La Berthe était en retard dans son ouvrage. Dans une petite pièce attenante, elle rangeait couverts et ustensiles nécessaires aux repas des prêtres. La porte était tirée, mais non fermée. Elle pliait une nappe. Elle se figea en entendant la voix de frère Clémente.

— Hier au soir, nous sommes allés visiter le « moutier du diable », la taverne de la Pomme de Pin et je l'ai bien arrosé de vin. Il a boisé quatre jacquelines. Il a l'Anjou et le Morillon bavard, tu peux m'en croire, frère Jean !

— Alors, quoi d'intéressant ?

— De quoi quitter ce château où l'on nous méprise pour aller bien plus haut ! Tirer un peu d'or de qui nous envoie. Et me sucrer le palais du miel de la vengeance. Te rappelles-tu que la Pucelle du Haut Nord, arrivée ici comme captive, m'a mis un jour un braquemart sous la gorge avec menace de mort et tortures ! Alors que je ne lui demandais que confession… Pour savoir comment elle se faisait monter par son Seigneur ! Savoir si vraiment il lui comblait les trois orifices que Dieu, prévoyant, a donné aux femmes, pour nous satisfaire ; surtout les deux que Rome a interdits pour nous obliger à pécher et rendre plus excitants nos déduits.

— Comment cela quitter notre pré carré ?

— Ce château sent le fagot ! Quand dame Swanhilda a posé son *tio* à Machecoul le diable était dans la place. Oui, le malin était là, le jour de la Nativité !

— Attention Clémente, accuser les Grands de ce monde est périlleux.

— Il y avait du petit monde quand elle a ouvert ses belles cuisses la chèvre du Nord : La Berthe, la Margotte, La Ventrière, Ovilon le soudard, Jacquot le vinasseux.

— Oui, mais ce sont tous des fidèles du Palindrome et de Swanhilda.

— Certes, mais quand ils seront en chartre dans les salles basses du Château du Bouffay et soumis à la question, esmoignonés, le vent tournera. Nous écouterons brailler de grevance les deux fer-vêtus, un pied dans le brodequin de bois à huit planches. Ils raconteront dans le détail comment ils tenaient dans leurs mains les pis de la bique blonde, comment ils avaient l'anguille roidie. Nous leur couperons les pices. Leur pendeloche fera grise mine toute esseulée ! Il faut bien qu'il nage icelui qui a de l'eau jusqu'aux dents !

— A-t-on jamais vu une Dame se faire tenir les pis pendant qu'elle met bas ? C'est faément ! Assurément l'enchanteur noir y est !

— Quand on serrera ceux de Berthe dans la trucquoise elle parlera, tout comme la Margotte. Nous serons tous deux présents pour la ficher en pal sur notre vit – service de Dieu – à tour de rôle et à coilles rebattues. Je parie que son fourreau est plus doux et tendre que le tien mon frère Bien-aimé.

— Je la prendrai volontiers à cul, pour l'esforcer la Margotte. Elle l'a si rondelet. Je lorgne dessus depuis longtemps déjà. Toi, je sais que c'est La Berthe qui te fait envie depuis que tu l'as surprise nuitamment en cuisine, braillant sa joie, avec Ovilon et son sergent, comme pâté entre deux tranchoirs. Si tu l'exiges, je serai dans l'obligation de te porter aide mon frère, de faire fleurir son œillet de Socrate, pour la faire chanter… Ah ah ah. Tout cela est assez étrange, mais cependant trop maigre pour que ces quatre-là aillent pendouiller ou rôtir.

— Tu ne sais pas tout ! Au lieu d'accoucher à demi-allongée sur son lit comme on le fait ici chrétiennement, elle a mis bas debout, entièrement nue, en se tenant à ces deux piquiers agenouillés comme priant la Madone !

— C'est déjà plus intéressant. Ah j'imagine la scène ! Toute nue ? Quelle truye !

— Quand l'enfançon s'est montré à la porte, la Swanhilda y est allée de son plaisir ! Une vraie bête, mugissante, faisant jaillir son eau des landilles avec ses râles ! D'après Jacquot – si excité qu'il en a noyé ses chausses de foutre – elle pissait de joie comme une jument couverte. Seul le malin est capable de faire pleurer de plaisir une femme en gésine ! Elle a joui sans la moindre vergogne ! Le diable se baigne dans son bénitier !

— Elle est bonne pour le bûcher, mais avant qu'elle rôtisse, depuis l'évêque De Malestroit jusqu'au portier de l'évêché, tous les mâles consacrés de Nantes viendront la purifier au goupillon rouge ! Eh bien, nous aussi, nous l'absoudrons à deux quand elle nous présentera son éventaire ! Moi par derrière et toi par devant. Elle fera moins la fière quand ton brandon la défoncera !

— Le cornu qu'elle a appelé était partout ce jour-là ! Jusque dans la guillery du petiot ! Un enfançon bandant comme un Carme ! N'est-ce pas là charmement ?

— Je ne te crois pas !

— C'est pourtant la vérité ! Le fillot bandelait ferme tout en braillant son premier couplet. Te rends-tu compte que cette paltonière de Swanhilda a joui avec son fils alors qu'il n'était pas encore né ! Inceste in utero ! L'Évêque Bernard du Peron va en tomber de son fauteuil et la bourrelle se réjouir de tout ce que son homme le tourmenteur – on dit que c'est un abrayeur de culs – va ramasser comme agnels d'argent pour quinze bonnes journées de question avant que de lui faire une bonne flambée ! Et nous serons là pour la voir grailler et nos cierges aussi la questionneront longuement par toutes ses bondes. Oh, bonheur ! La regarder doloir et supplier pendant que nous la monterons après l'avoir cinglée au bleu et au sang cette vuiceuse experte en charmognes !

— Guillaumée, la nourrice, je veux bien l'interroger aussi ! Ne sommes-nous pas Dominicains ? « Veritas » n'est-elle pas la devise de notre ordre de Frères Prêcheurs et... pécheurs ? Ne sommes-nous pas les *domini canes* ? Les chiens du maître ? Les grands lévriers blancs du seigneur ? À ce titre, ne devons-nous pas couvrir ardemment toutes les chiennes en chaleur ?

— Mes oreilles préférées, celles de la jeune Eulalie que j'envoie espionner partout, – elle que mon roide goupillon absous régulièrement ah ah –, ont cru entendre que Pierrick, l'héritier de Geoffrey du Palindrome et de son épouse la d'Ernée serait un enfant trouvé ! Cette épouse, Julia, que l'on disait grosse de trois mois quand elle est partie terminer son angelot auprès de sa mère avait encore ses rouges « tantes » ! Où donc est passé la petiote que dame Swanhilda a posé pendant la fête des fols ? Garçon ou fille ? Je croyais que la petite Toinon était d'elle. De quel ventre vient vraiment l'héritier du Palindrome ? La Berthe et la Margotte, qui lavaient secrètement les pointes sanglantes de la baronne que l'on disait gestante depuis plusieurs mois déjà, doivent en savoir long. L'araigne espagnole qui arrache les pis leur déliera la langue. L'évêque de Nantes va s'étouffer de rage devant ce manquement grossier aux règles des dynasties. La Régente espagnole Jeanne de Navarre est partie se remarier à Westminster avec Henri IV (son amant quand il était exilé à Nantes !). Elle a obtenu du Pape d'Avignon une dispense pour sa consanguinité au troisième degré avec lui. Elle est reine d'Angleterre depuis février de l'année passée et ne s'intéresse plus à la Bretagne, car c'est Philippe le Hardi, le Régent bourguignon de son fils qui l'a poussée à partir se faire trousser à Londres. Celui-ci est trépassé le mois dernier en allant prendre possession du Duché de Brabant. Le petit Duc Jean V est donc, aujourd'hui, un gamin de 15 ans livré à lui-même depuis moins d'un mois. Je me fais fort de le pousser à prendre ombrage, lui aussi, de cette manigance. Les terres des Palindrome et des d'Ernée pourraient bien alors changer de mains… Le jeune Duc me sera reconnaissant, comme l'évêque ! Une dernière perversion salace : Jacquot m'a affirmé qu'une pucelle lui avait sucé le goupillon dans l'escalier menant à la chambre de Swanhilda ! Une vierge godinette à fellatio ! Encore nigromance !

— Comme un pommier au milieu des arbres de la forêt,
Tel est mon bien-aimé parmi les jeunes hommes.
J'ai désiré m'asseoir à son ombre,
Et son fruit est doux à mon palais.

— À elle aussi nous lui ferons chanter le Cantique des Cantiques ! Et la bouche pleine ! Le Noir en commerce était partout ! Je sais qu'à Nantes le chanoine de Saint Pierre et Saint Paul vient de passer *ad patres*. Il y a une belle cassette annuelle de bénéfices à prendre là. Avec ce que je vais aller raconter à l'Évêché et au petit Duc, en deux jours, la place est pour moi ! Je te trouverai un poste douillet mon Jeannot. Nous ferons séparer les deux prébendes. De bref, je serai chanoine majeur de Saint Pierre et toi chanoine mineur de Saint Paul. Il me plairait beaucoup d'être au mieux avec les grands prélats nantais… J'aurais beau jeu pour les étudier de près, connaître leurs choix politiques et en informer notre grand prieur, qui est conseiller auprès de Charles VI. Nous partirons pour Nantes la semaine prochaine, dimanche, après matines et l'office des laudes. Le miel de ma vengeance coule dès maintenant.

Le piège de la haine c'est qu'elle nous enlace trop étroitement à l'adversaire.
Milos Kundera, *L'immoralité.*

Champtocé.
3 Juin 1404.

Chapitre XXVI : Tel fut pris qui croyait prendre.

Berthe dans son cagibi, terrorisée, n'avait osé bouger que bien longtemps après le départ des deux félons. Elle s'était précipitée chez Dame Swanhilda lui racontant l'odieux plan ourdi par les traîtres tonsurés. Swanhilda l'avait interrogée sur les habitudes culinaires des deux clercs.

— Cupidité et pouvoir sont deux venins mortels d'aspic et péliade. Mon sage Jehan ne s'était pas trompé sur ces foimentéors en robes blanches, avait-elle dit.

Elle se souvenait fort bien de sa dernière année au couvent de Morte-souche quand elle allait herboriser chaque semaine avec Sœur Primaël, quand elle apprenait studieusement la façon de préparer les potions et les tisanes pour guérir les maux de ventre, de cœur, de poumon. Elle connaissait par cœur la liste des soixante-quinze plantes potagères et herbes de cuisine du capitulaire De Villis (les gouverneurs de provinces) édicté en 812.

Elle savait aussi son enseignante prudente qui serrait dans une armoire – dont elle gardait la clé jour et nuit sur elle attachée à un cordon – les poudres, de simples dangereuses qui, utilisées avec parcimonie, se révélaient d'une grande efficacité. La jusquiame, l'herbe de Sainte Apolline qui apaise la rage de dent ; la belladone contre les douleurs de ventre ; le pavot souverain contre les douleurs les plus violentes ; l'arnica contre hématomes et contusions ; la rue vineuse, plante abortive. Et aussi la mortelle ciguë, et la racine d'aconit napel à la fleur bleue en « casque de Jupiter » d'une extrême toxicité qu'elle utilisait pour se débarrasser de la vermine. Ce traître aconit au bon goût, aux effets foudroyants : la langue qui gonfle et brûle, le poumon qui se ferme, l'intestin qui se relâche, puis la mort.

Enfin le plus traître de tous car vivant en symbiose : l'ergot, le parasite du seigle qu'elle conservait pour montrer aux serfs et paysans ce qu'ils devaient surveiller dans leurs champs. Elle savait que l'utiliser en très petite quantité facilitait la délivrance des accouchées. Mais aussi que cette plante prise à forte dose provoquait la mort en quelques heures. C'était le « mal des ardents » ou « le feu de Saint Antoine » qui hallucinait les malades, gangrenait les membres et les faisait noircir, pourrir, comme carbonisés.

À mâtines, entre loup et chien, accompagnée d'Ovilon et de Jacquot, elle passa la poterne de Champtocé. Ils firent étape à Châtelais, à onze lieues de Loire, l'une des trente-deux villes closes de l'Anjou, tenu par un féal de Jean de Craon. Ils passèrent l'octroi sans s'arrêter car porteur de ses couleurs « losangé d'or et de gueules ». Ils furent reçus avec les honneurs, passèrent une bonne nuit, harnachèrent des chevaux frais. À sexte, ils étaient à la porte de Mortesouche. La cloche amena la sœur Tourière ravie de revoir Swanhilda qui était devenue, par la volonté de Geoffrey et de Robert d'Ernée, tutrice du couvent. Le Seigneur sur sa terre et l'Évêque se partageaient les revenus du cloître.

Les hommes restèrent dehors pour garder les chevaux.

Swanhilda refusa qu'on l'annonce et frappa à la porte de Marie, la Mère Supérieure. Dès qu'elle l'aperçut, celle-ci se précipita pour baiser sa botte car Swanhilda, comme à son habitude, était en « cavalier » sous sa longue robe à larges plis taillée à sa mesure quand elle chevauchait, car l'Église défendait à une femme de s'habiller en homme. Elle était sortie de Champtocé montant en amazone puis, hors de vue du château, avait rentré la sambue et enfourché sa bête.

Une très jeune nonnette était là dans la chambre de Mère Marie, toute rosissante.

— Carole, voici Dame Swanhilda, notre tutelle. Agenouille-toi. Baise ses pieds.

— Non, debout Carole, approche.

Swanhilda la saisit aux épaules, la fit tourner, releva sa robe jusqu'aux reins, exhiba un joli popotin blanc. Elle lui mignonna longuement le bas du dos jusqu'à la faire rougir plus encore, lui prit la motte, humide.

— Je vois à ces reins immaculés, Mère Marie, que vous avez abandonné la garcette pour la caresse. N'est-ce pas mieux ainsi ? Ne suis-je pas de bon conseil ?

Elle avait pris la bouche de la jeunette pour bien montrer qu'elle était dans sa tenure, que les personnes vivant dans ces murs lui appartenaient corps et âme. Son majeur visita longuement la « puce à l'oreille » de la jeune fille jusqu'à lui faire fléchir les genoux de faiblesse et s'accrocher des deux mains à sa bienfaitrice…

— Le plaisir est un don de Dieu mes sœurs. Saint Paul est stupide et son épître aux Galates, billevesées ! Non, la chair ne convoite pas l'esprit, elle le libère ! Profitez mes sœurs, profitez !

Elle s'en alla visiter son prieuré dont elle avait assoupli la règle, dit un mot aimable à chacune, fit une longue pause chez l'herboriste, la savante et prudente sœur Primaël.

Au retour, en forêt, ils s'arrêtèrent pour se soulager. Jacquot, celui qui n'avait su garder sa langue coite, tenait encore sa pissoire en main quand sa tête vola dans l'herbe sous le fer d'Ovilon. Il urina un instant sur ses yeux grands ouverts et étonnés qui regardaient, incrédules, le jet doré qui sortait de son goujon… Puis il chut, comme un arbre abattu, sur son propre visage. Ovilon le laissa nu, aux loups. Éparpilla ses vêtements, récupéra le cheval et les armes. Swanhilda invita Ovilon pour de brèves et succulentes agapes à Beauvais sur Oudon. Ils changèrent de chevaux à Chatelais et abattirent leurs dix-huit lieux de retour sans souffler. Ils rentrèrent discrètement au recet du bord de Loire à la nuit tombée, fourbus mais contents de leur expédition.

Swanhilda et Berthe allèrent chez le talmelier du château. La Dame voulait apprendre comment on fabriquait le pain. Le talmelier se montra fort disert. Elles pétrirent, firent le pain d'épeautre, de sarrasin, d'avoine, de froment, du bon pain de Chailly. Gonflé de son importance, le compagnon boulanger guida Swanhilda pendant qu'elle faisait du séminel à la fleur de farine et aux œufs. Pendant ce temps, Berthe prépara un pain de pauvre à la farine de seigle copieusement mêlée de poudre des grains rouges de l'ergot. Elles devisèrent, surveillant la cuisson. Swanhilda se déclara enchantée du maître talmelier…

… Les frères dominicains avaient dit leur messe à matines. Les deux larrons étaient joyeux. Joyeux du bon repas qu'ils allaient prendre à laudes après avoir préparé leur baluchon. Joyeux de leur marche vers Nantes et de leur étape au bourg d'Oudon.

— Je sais, avait dit frère Jean, une auberge où nous ferons nuitée et franche repue. On y trouve aussi, contre bons écus, de chaudes ribaudes avec leurs fillettes folieuses, des mignottes ; une puterelle dont on raconte que c'est le feu du plaisir qui lui a fait la coquille roussie et même un très jeune Adonis peu farouche qui monte… les plateaux dans les chambres. Comme le proclame la devise du Seigneur De Malestroit qui tient Oudon : « Maison pleine d'écus ne grince jamais ». Nous avons toutes nos bourses pleines ! Ah ah ah !

Et ils étaient joyeux aussi de l'effet que ne manquerait pas de faire, à l'évêché le récit des turpitudes de Dame Swanhilda, cette coureuse de remparts ! Quoi de plus grave, en ces temps de croyances naïves, que de commercer avec Lucifer aux pieds fourchus ?

Et joyeux de leur future installation en la belle église de Saint Pierre et Saint Paul de Nantes, ils entrèrent dans la sacristie pour déjeuner. Jean s'écria :

— Le pain du bourreau !

Comme à l'habitude, La Berthe avait préparé plateau de fromages, lait, confitures, cuisses de gélines, crème et pains. Un pain des pauvres et un pain de froment. Mais le pain de froment, retourné, montrait son ventre blanc comme un poisson crevé.

— Je ne mangerai pas de ce pain-là, c'est un porte-poisse, un pousse-guignon. Seul le bourreau a droit à un pain à l'envers chez le talmelier. Mangeons le pain de pauvres, nous ferons bombance à Oudon. Mais tu peux me croire que la Berthe paiera cher sa maladresse ! Nous mettre un pain de bourreau ! Je lui arracherai les seins à l'araigne espagnole et je lui écartèlerai le vase naturel et le cul à la fleur de piquants qui s'ouvrent, quand tu auras fini de la machiner de ton gros agace-cul.

Ce n'est pas bombance que firent les deux traîtres. Jean qui s'était goinfré, comme à son habitude de deux tranchoirs de plus que son comparse, commença son voyage par une diarrhée de tous… les diables, polluant maints buissons entre Ingrandes et Varades.

Il commença à avoir des hallucinations à Ancenis se voyant déjà, comme Dominique, frère inquisiteur nanti de tous les droits pour extirper l'hérésie et le fourchu du corps de jeunes Nantais bien trop beaux pour être honnêtes.

Ils avaient oublié les agapes prévues à Oudon, dépassé son château et sa tour octogonale restaurée, tout récemment, par le seigneur de Malestroit. Tous deux commencèrent à sentir chauffer leurs extrémités, mains et pieds. Ils comprirent qu'ils avaient été enherbés. Ovilon les rejoignit à « Blanche », une énorme pierre plantée haute de deux toises contre laquelle, appuyés, ils rendaient leurs tripes. Ils avaient quitté leurs sandales pour se gratter les pieds qui les démangeaient avec leurs doigts brûlants d'un feu étrange. D'un coup de poing, le soldat fracassa le nez de Clémente. Il piqua quelque peu frère Jean de son coutelas et le questionna sur leurs rapports avec les puissants de Bretagne, de France, et de la Curie. Puis il l'envoya dormir d'une caresse... de mule. Quand Clémente ouvrit l'œil et vit l'état dans lequel était son compagnon d'infortune, il comprit que celui-ci avait parlé. Il s'empressa de compléter les informations déjà recueillies, d'autant qu'Ovilon, qui détestait ce prétentieux, lui piqueta copieusement le fessier comme un gigot d'agneau à l'ail. Satisfait, mission quasi accomplie, Ovilon les attacha à son cheval par un pied avec deux grandes et épaisses longes de cuir.

— Que dis-tu de mon brodequin en peau de vache frère Clémente ? Regarde, comme d'ici à Champtocé, ma chartre est grande. Une geôle de tourmenteur de cinq lieues ! Visitons ensemble cette vaste chambre des tortures ! C'est autre chose que la ridicule salle basse de la Tour Blanche du Duc de Bretagne dans laquelle tu voulais m'escoiller. Toi et ton chéri frère Jean (ne devrais-je pas plutôt dire frère Jeanne ?) aimez à faire la femme sur votre couche. Vous allez passer comme Brunehaut passa. Hélas, je n'ai point de troupe auprès de moi pour qu'on vous fasse paine au fondement pendant trois jours comme on lui fit. Vous êtes tonsurés, je ne pourrai donc pas vous attacher, à mon cheval, comme elle le fut, par les cheveux et la cheville. Vous êtes de moins noble extraction. Un pied suffira donc.

Il partit très tranquillement vers la forêt du Plessis par les petites crêtes de la jolie vallée où coule le Havre avant de piquer vers l'est pour rejoindre Saint Herbelon, traverser les ruisseaux de Brail et de la Combaldière et rejoindre Champtocé. Dès que le destrier avança, traînant les deux dominicains, leur mantel noir à capuce puis leur scapulaire et leur tunique blanche se roulèrent vers leur cou. Ils essayaient, ridicules, de cacher leurs culs blancs et leurs organes, mais ils oublièrent vite leur pudeur mise à mal pour essayer de se protéger des aspérités du chemin. Ils crièrent, supplièrent. Le soldat ne parla plus qu'à son cheval.

— Alors, Trois-balzanes n'es-tu point marri d'avoir quitté ta noble tâche de destrier, de « chargeur » pour faire « l'affrus » boulonnais et tirer deux tombereaux de fumier puirant comme un roncin ? Doucement mon beau, faisons profiter ces deux foimentéors, ces Judas, du paysage, de la poussière, des ronces, des cailloux, des épines, des genêts, des fougères, des genévriers, des couleuvres et des vipères, des bois tombés, des aubépines et des églantiers ! Nettoyons les affouages.

C'est leur croix pectorale de buis qui céda en premier. Après leur manteau noir, leur belle tunique blanche se délita peu à peu dans les ronciers du terrain. Elle était déjà rougie de leur sang qui perlait par cent ouvertures, car Ovilon avait décidé de faire du « tout droit » en traversant brosses et buissonnets. Jean cessa de râler au bout d'un quart de lieu. Frère Clémente qui n'avait déjà plus de peau sur le visage et à qui il manquait une oreille sombra quelques instants plus tard. Les mécréants usèrent leur peau à petit feu tout au long d'un chemin de croix. Puis leur viande… Puis leurs os…

Quand Ovilon arriva à la poterne de Champtocé, entre chien et loup, Swanhilda et Berthe l'attendaient. Il descendit de cheval, dénoua les deux longes de cuir de sa selle. Il n'en restait que deux brassées toutes poussiéreuses aux bouts effilochés. Il les tendit à Dame Swanhilda.

— Voyez ici la laisse du chien Jean et là celle du chien Clémente. Ces bons frères blancs se sont éparpillés pour prêcher partout entre Oudon et Champtocé. Ils étaient poussière et sont retournés en poussière. Les voies du seigneur sont impénétrables, disaient-ils, ses chemins pleins de surprises et d'aspérités ! J'aurai à vous entretenir de quelques nouvelles qu'ils m'ont confiées très aimablement... Les Clisson œuvreraient en secret contre le Duc Jean V, le Monfort, et contre la noble famille des Laval.

— Merci, Ovilon, je savais pouvoir compter sur toi. J'avais promis à Clémente de l'escorcher comme connil s'il venait à me manquer. Voilà qui est fait ! On doit toujours tenir promesse !

— Ce fut, Dame Swanhilda, un très, très grand plaisir que de chasser le fot-en-cul enragé.

Swanhilda se savait débarrassée de ces deux foimentéors. Ce qui signifiait un temps d'avance et de répit. Mais ceux qui avaient mandaté les dominicains pour surveiller dans cette forteresse allaient jouer d'autres pions. Elle avait compris, avec le philosophe, que la guerre n'était jamais loin. Elle savait aussi que la couronne ducale de Bretagne, ses grands barons et leurs territoires, était guignée par deux rapaces : La France et l'Angleterre. Le royaume de France – si étendu et prestigieux du temps de Carolus – n'était plus que peau de chagrin lorgnée d'un côté par les Bourguignons, de l'autre les Armagnacs, tous deux aiguillonnés par l'Angleterre des Plantagenets qui voulait régner de l'Écosse jusqu'au Rhin et aux Alpes. La puissante famille des Penthièvres-Clisson venait, semble-t-il se mêler au conflit pour en tirer bénéfice.

Il était temps de quitter Champtocé et la rive de Loire pour retourner dans le Maine au château de La Gravelle. D'autres aventures plaisantes, féroces ou coquines attendaient Geoffrey, Swanhilda, Pierrick et son maître Jehan.

Grand merci à mes relecteurs et conseils, Dany Pagès et Philippe Lefebvre.

À Samuel Chollet, historien, pour le prêt de ses travaux sur le château de la Gravelle.

À Guy Mareuil pour son beau travail sur le son de l'audio book et sa guitare.

Table des matières

Visitez le site des Éditions du 38
www.editionsdu38.com

nous contacter :
contact@editionsdu38.com

Ce roman est disponible en version numérique sur les principales plateformes de téléchargement et en audio book

Lightning Source UK Ltd.
Milton Keynes UK
UKOW06f2018060717
1908UKFR00007B/85/P